로크미디어가
유혹하는
재미있는 세상

ROK
MEDIA
로크미디어

엑스트라 책사의
로열로드

엑스트라 책사의 로열로드 3

2022년 9월 15일 초판 1쇄 인쇄
2022년 9월 20일 초판 1쇄 발행

지은이 mensol
발행인 김정수 강준규

기획 이기헌 왕소현 박경무 강민구 조익현
책임편집 이정규
마케팅지원 이원선

발행처 (주)로크미디어
출판등록 2003년 3월 24일
주소 서울시 마포구 성암로 330 DMC첨단산업센터 318호
Tel (02)3273-5135 **편집** (070)7860-2726 **Fax** (02)3273-5134
홈페이지 rokmedia.com **E-mail** rokmedia@empas.com

ⓒ mensol, 2022

값 8,000원

ISBN 979-11-354-8165-9 (3권)
ISBN 979-11-354-8160-4 04810 (세트)

엑스트라 책사의 로열로드

mensol 퓨전 판타지 장편소설

Contents

1장

베이올라프와의 대담을 마치고 돌아온 아카데미.

나는 자그마한 좌절에 빠져 있었다.

'야설……. 내가 야설을…….'

소설은 둘째 치고 한 문장이나 제대로 쓸 수 있을까 의문이었다.

어릴 때 책을 읽거나 필사한 경우는 많았어도 글짓기 따위는 거의 해 본 적이 없었다. 그나마 글짓기 경험이라고 하면 사회인이 되어 한창 자소서를 썼을 때 정도.

'일단 야설이라고 하면 정사 장면이 가장 중요하니까. 정사 장면만이라도 먼저 써 볼까.'

그렇게 써 보려니 막상 상상력이 따라 주질 않았다. 가장 중요한 히로인의 형태가 떠오르지 않았던 것.

어쩔 수 없이 주변 인물을 대입하는 수밖에 없었다.

가장 먼저 떠오른 건 에오니아였다.

'에오라면…….'

처음엔 드센 면모를 보이겠지만 친밀해지고 난 뒤에는 한없이 여린 모습을 보일 테다.

그러한 히로인의 심경 변화를 소설에 녹여 낸다면 좋은 반향을 일으킬 수 있지 않을까 싶었다.

나는 홀린 듯이 정사 장면을 글로 옮겨 적었다.

문장 표현 능력은 역시 부족했지만 그 부분은 히로인의 심경 변화를 통해 보충해 보기로 했다.

'의외로 재밌는데?'

너무 몰입을 했기 때문일까. 지근거리까지 다가온 인기척을 미처 느끼지 못하고 말았다.

"알스 님."

돌연 옆에서 들려오는 목소리.

"헛!?"

나는 재빨리 종이를 접어 숨겼다.

'이걸 들켜서 소문이라도 난다면…….'

앞으로의 일이고 뭐고 그냥 잠수를 타 버릴 테다.

"……뭘 숨기시는 건가요?"

에스텔이었다. 그녀는 눈매를 좁힌 채 내가 숨긴 있는 종이를 응시하고 있었다.

"그, 그냥 편지예요."

"편지요? ……실례지만 누구에게 보내는 건가요?"

"그걸 물어보는 건 정말이지 실례네요."

"미안해요. 그렇지만……. 혹시 살레온 양에게 보내는 건가요?"

"어머니에게 보내는 거예요."

대충 얼버무리려 했지만 그녀는 집요했다.

"하지만 일라인 남작가의 저택은 이곳에서 30분도 떨어지지 않은 곳에 있는걸요? 클레어 님에게 하고 싶은 이야기가 있는 거라면 편지로 보내는 것보단 직접 얘기하는 게 낫지 않을까요? 클레어 님도 분명 그걸 더 기뻐할 거랍니다. 그…… 저도 오랜만에 클레어 님과 이야기를 나누고 싶은데 함께 가는 건 어떠세요?"

그녀가 웃으며 말하자 주변이 밝아지는 느낌이 들었다.

치료에 들어간 지 어언 8개월. 완치 단계에 접어든 에스텔은 과거 영지를 떠들썩하게 만들었던 미모를 유감없이 뽐내고 있었다.

머리카락도 매력적인 단발의 형태로 자리 잡아 오묘한 적발이 다른 이들의 시선을 잡아끌었고, 악취는커녕 이젠 감미로운 향기가 은은하게 흘렀다.

그녀가 미소 짓자 다른 남자애들은 넋을 놓았다. 괴물이라

놀려 댔던 남자애들도 마찬가지. 이전에 시비를 걸어왔던 휴버트 녀석은 낯짝 두껍게 대시를 했다가 처참하게 까였을 정도다.

"음, 조금 거짓말을 했네요. 이건 편지가 아녜요."

"거짓말!? 왜 저에게 그런……!"

"누구에게나 숨기고 싶은 일은 있는 거니까요. 아, 그러고 보니 다른 볼일이 있었네요."

마침 쉬는 시간이었던 만큼 자리를 피하려 했지만 턱! 에스텔이 떠나려는 내 팔을 붙잡았다. 힘은 강하지 않았지만 어째서인지 나는 그 손길이 억세다 느꼈다.

"……왜 저를 피하려 하는 건가요."

"예?"

"그때부터 그랬어요. 그란셀에서 돌아온 이후부터! 에리나 살레온. 그 여자가 거리를 두라고 한 건가요? 그런 건가요!"

"설마 그럴 리가요. 이건 그냥……."

"그냥 뭐죠?"

눈이 무서웠다. 기분이지만 주변 온도가 족히 3도는 낮아진 것 같다.

'친구가 많아지면서 괜찮아졌던 거 아니었나?'

지금의 모습은 마치 펄펄 끓던 화산이 단번에 폭발하려는 것 같았다.

분위기가 심상치 않아 사실대로 말하기로 했다.

"이젠 당신에게도 친구가 많이 생겼잖아요. 굳이 나 같은 게 없어도 괜찮으니까요."

"뭔가요 그게."

싸늘하게 답하는 에스텔.

"아니. 괜히 내가 붙어 있으면 친구를 사귀기 힘들잖아요? 그래서……."

"그러니까 뭔가요 그게. 그게 무슨 멍청한 생각인가요. 어찌 그리 무도하고 잔혹한 행동이 있나요. 누가 그러라고 한 건가요. 누구죠? 에리나 살레온인가요? 그것도 아니면 르미유 씨가 그러라고 시켰나요? 대체 누구예요!"

그녀의 괴성에 교실에 적막이 흘렀다. 눈빛들을 보니 다들 팝콘이라도 꺼낼 기세다.

"알스 님이 그랬죠. 병이 회복되면 제가 아름다워질 테니 친해지려 한 거라고. 하지만 어째서죠. 병이 나았는데도 멀어져만 가요. 대체 왜? 대체 왜ー!"

"그게……."

"이럴 줄 알았으면 병 따위 낫지 않는 게 좋았어!!"

마치 자해를 하려는 듯 손톱을 얼굴로 가져가는 그녀를 다급히 막았다.

"우왓! 진정해요! 알겠어요. 제대로 얘기할게요. 일단 자리를 옮겨요."

나는 어떻게든 진정을 시키고 인적이 드문 곳으로 이동했다.

에스텔은 모든 걸 실토하라며 차가운 눈빛을 쏘아 냈다.

"그게, 고등 아카데미에 가면 어차피 떨어져야 하잖아요. 그래서 거리를 둔 거였어요. 저는 캘리퍼 아카데미로 가게 될 테고, 당신은 크로싱으로 가야 되니까. 그러니 크로싱 출신의 친구들을 많이 사귀게끔 제가 거리를 둔 거고요. 실제로 제가 같이 있으면 크로싱 쪽 애들은 잘 다가오지 않았잖아요."

"고작 그런 이유로요."

"고작 그런 이유가 아니잖아요."

"고작 그런 이유예요. 그런 하찮은 이유였다니 울어 버릴 것만 같아요."

그런 것치고는 여전히 눈이 무서웠다.

"좋아요. 알스 님의 배려심이 지나쳤다는 걸로 이해를 할게요. 제가 크로싱 아카데미로 가야 하는 것도 사실이니……. 그래도 이제부터 그런 잔인한 배려는 하지 말아 주세요."

그녀의 태도를 보고서야 내가 너무 무신경했다는 걸 깨달았다. 그렇다기보다는 무의식적으로 피하고 있었다.

나는 이전까지 인간관계에 일정한 거리를 두고 있었다. 내가 가진 사명을 우선했기 때문이다.

이성 관계도 그랬다. 게임에서의 알스를 생각하면 연인을 만드는 둥의 행동은 해선 안 됐다.

그도 그럴 게 게임에서 알스는 일곱 가신 중 하나인 성녀 알리시아와 연인 관계가 된다.

스토리도 따라가고, 겸사겸사 알리시아가 내 최애캐이기도 했기에 이성 관계에 대해선 막연히 그녀와 만날 때를 기다리고 있었다.

본래 게임에선 죽게 되는 에스텔이나 등장조차 하지 않는 에리나와 깊은 관계가 되는 건 스토리상 있을 수 없는 일이었기에 적당한 거리를 두고 있었다.

'너무 딱딱하게 생각하고 있었지.'

친어머니의 성묘를 갔다 온 이후로는 생각을 바꿔 먹었다.

알스의 행복을, 내 행복을 위해서라도 너무 어렵게 생각하지 않기로 했다. 예상치 못한 문제가 생기면 그때 해결하면 되는 거다.

"미안해요. 본의 아니게 상처를 주고 말았네요. 앞으로는 이런 일이 없도록 할게요."

"후우……! 저도 소리를 질러서 미안해요. 가끔씩 감정을 주체하지 못할 때가 있어요. 가슴이 찢어지는 느낌이 들면서 다른 것들이 보이지 않게 된다고 할까요."

자각하고 있었던 건가.

"그러니 알스 님? 제가 그렇게 되지 않도록 도와주세요."

그건 마치 알아서 잘 처신하라는 것처럼 들렸다.

병마를 떨쳐 낸 그녀는 점점 루트거를 닮아 가는지 모종의 위압감을 내뿜고 있었다.

'아니, 루트거도 이런 느낌은 아니긴 한데.'

내가 즉답하지 않자 에스텔은 한번 더 압박을 한다.

"부디…… 부탁드릴게요?"

"옙."

"그리고, 아까 쓰고 있던 글은 결국 뭐였던 건가요?"

"그거 아직도 기억하고 있었어요!?"

나는 소설을 쓰고 있다며 사실을 섞어 둘러대기로 했다.

그러자 에스텔은 손뼉을 치며 말한다.

"그런 거라면 제가 도움을 드릴 수 있어요. 저, 병을 앓고 있었을 때는 책을 읽는 것밖에 하지 않았거든요. 글을 써 본 적도 많답니다."

나로서는 귀가 번뜩 뜨이는 제안이었다. 혼자 하기 막막하기도 했고.

"그럼 가끔씩 도와주겠어요?"

관능 소설이라는 걸 모르게만 하면 되는 거다.

그렇게 나는 주말마다 에스텔에게 글짓기를 배우기로 약속했다.

가을이 지나가고 겨울이 온 레인폴.

나는 아카데미가 끝난 뒤 크로싱의 집무실에 있는 경우가 많아졌다.

이 시기가 되면서 슬슬 키메라 전쟁의 전조가 보이기 시작했기 때문이다. 스토리에 대해 크게 신경 쓰지 않기로 했지만 실제로 일어나고 있는 상황을 외면할 수는 없었다.

"그렇군요. 에우로페 왕국에서……."

"예. 양국 모두 병력을 일제히 철수시키고 있다 합니다."

전통적인 앙숙인 에우로페와 툰카이 왕국.

그 둘의 접경 지역에 장기 주둔하고 있던 군대가 철수를 했다.

서로 죽이지 못해 안달인 두 국가가 일제히 병력을 철수시킨다? 다른 무언가가 있는 게 분명했다.

"에우로페와 툰카이의 동맹……. 그렇게 흘러간다고 봐야겠군요."

이것이야말로 틀림없는 키메라 전쟁의 전조였다. 물론 그 실세는 따로 있다.

영토의 형태가 뱀의 꼬리인 툰카이와 소의 몸통인 에우로페. 그렇다면 그 핵심이 되는 사자의 머리가 있다는 뜻이니까.

"쥬라스는 뭐라고 하던가요?"

"알스 님과 비슷한 견해를 보이셨습니다. ……드디어 올 것이 왔다고."

"그렇다면 크로싱의 대비 상황은 걱정할 필요 없겠군요."

나는 에우로페가 군을 물린 장소에서 눈을 떼지 못했다.

"혹시 달리 마음에 걸리시는 거라도?"

"아뇨. 그냥 사람 하나가 떠올라서요."

분명했다. 지금 에우로페가 군을 철수시킨 지점은 베이올라프가 처음으로 전장에 나갔던 그곳이었다.

"당분간은 상황을 지켜본다고 치고……. 다음 안건은요?"

"쿠라벨 사람들을 위한 아카데미 건립 건입니다만. 금광산의 수익을 사용해도 좋다는 허락이 떨어졌습니다."

"역시 쥬라스 녀석은 통이 크네요. 그 정도면 아카데미를 짓고도 남을 금액 아닙니까?"

"예, 하여 비스케타 사무관은 남은 금액을 주거지 확장에 사용하면 좋겠다고 하였습니다. 이것이 그녀가 작성한 주거 구역 예상도입니다. 한번 확인해 주시지요."

"흠. 전에 만들었던 큼지막한 수로는 이걸 노리고 설치한 거였군요. 게다가 아카데미 건립 예정지를 둘러싸고 있으니 장차 교육 지구로 성장이 가능하기도 하고."

역시 일국의 재상을 역임한 인물이라고 할까. 비스케타 크렌은 더할 나위 없는 내정 역량을 보여 주었다.

"알아서 하라고 해요. 다만 자금의 사용처는 철저하게 검사하도록 하십시오."

"명심하겠습니다."

"이걸로 끝인 거죠? 후우!"

피로의 한숨이 절로 나왔다.

최근에는 야설 집필이고 뭐고 해서 정신이 없어 빨리 돌아가서 쉬고 싶은 생각밖에 없었다. 그러나 그때 안톤이 말투를 바꾸며 말한다.

"……주군, 투구를 착용하십시오. 누군가 오고 있습니다."

그 시선은 바깥으로 향해 있었다.

'이 시간에 누구지?'

나는 벗어 놨던 투구를 착용했다.

똑똑. 침착한 노크 소리. 유미르의 것이었다.

"웨이드 님, 손님입니다. ……레그나트 헬리안 공작님이십니다."

"헬리안 공작이? 들여보내 줘."

헬리안 공작은 은밀히 방문을 한 건지 깊은 후드로 얼굴을 가리고 있었다.

"이 늦은 시간에 무슨 일이십니까."

"미안하군. 급한 일이어서 말이네."

"일단 앉으시죠."

나는 투구를 다시 벗어 놓았다. 유미르가 차를 내오자 그가 말한다.

"자네에게 상담을 하고 싶은 게 있어서 말이야. 아니, 상담이라기보다는 고견을 듣기 위해서라는 게 옳겠군."

"하하, 고견이라니 제법 자세를 낮추시는군요."

그가 그렇게 말하니 더 궁금했다.

"무슨 일을 벌이시려고 하는 겁니까? 살레온 계파와의 정치 싸움이 힘들어지기라도 하셨습니까?"

"그따위 놈들은 신경 쓰지 않고 있네. 오히려 이번 일에선 도움이 되겠지. 그놈들도, 그놈들이 내세운 가짜 웨이드도."

"……설마 전쟁을 벌이시려는 겁니까?"

"역시 대단하군. 이 말만 듣고 거기까지 추론을 하다니. 그렇담 어디를 공격하려는지도 알고 있겠군."

"마돈이겠죠."

"정확하네. 이번 기회에 그놈들을 뿌리 뽑을 생각이네."

상책이었다.

마돈이 위치한 남부는 겨울에도 눈이 내리지 않을 만큼 따뜻한 지역이기에 겨울이 되어도 전쟁을 할 수 있었다.

"하지만 식량 사정은 괜찮은 겁니까? 올해는 흉작이 들어 비축한 식량이 많지 않을 텐데요. 타국에서 수입을 하고 있다곤 해도 완벽하진 않아요. 전쟁을 일으켰다는 걸 빌미로 뷜랑 연합에서 식량 수출을 끊어 버릴지도 모릅니다."

"그 부분도 방책이 마련되어 있네."

눈빛을 보니 정말로 대책이 세워져 있는 것 같았다.

'어떻게 이렇게까지 준비한 거지?'

전부 다 준비가 되어 있다면 이번 마돈 원정은 더할 나위 없는 상책이었다.

알바드를 공격하러 들어갔을 때와는 다르다.

이미 캘리퍼는 전쟁의 결과로 알바드 왕국과 1년에 달하는 불가침조약을 맺었다.

그러니 캘리퍼가 마돈을 공격한다고 해도 알바드는 움직일 수 없다.

'무엇보다 마돈은 이 공격을 예측하지 못하고 있을 가능성이 커.'

내가 말했듯 캘리퍼는 식량난을 겪고 있기에 겨울에 갑자기 전쟁을 일으킬 거라고 생각하긴 힘들다.

게다가 마돈의 대장군이었던 줄리안 크레이그가 패전의 책임을 지고 자택에서 근신을 하고 있는 상황이라 군부의 분위기도 어수선하다.

쳐들어간 캘리퍼가 어이없이 패전하는 게 아니라면 못해도 본전은 챙기는 전쟁이었다.

한 가지 마음에 걸리는 건 대체 이 주도면밀한 계획을 누가 세웠냐는 것이었다.

"공작님이 계획하신 일입니까?"

"아니네."

"그렇다면 살레온 계파에서?"

"그것도 아니네. 국왕께서 계획한 것도 아니야. 이 전쟁은……."

나도 이상하게 생각하고 있긴 했다. 지난 전쟁에선 그놈이 너무 조용했으니까.

"쥬라스 파밀리온. 그자가 모든 일을 꾸몄네."

한 방 먹은 기분이었다.

'그래서였구나!'

쥬라스가 노리고 있던 것은 애초에 이것이었다.

녀석은 알바드가 마돈과 손을 잡고 캘리퍼를 공격할 것을, 그리고 캘리퍼가 그것을 막아 내며 전쟁에서 승리할 것을 처음부터 예견하고 있었던 것이다.

'그걸 위한 보험으로 나를 이용한 거였어.'

내가 쿠라벨 출신 군인들을 차출해 달라고 할 때 쥬라스는 기꺼이 8억 실란을 지불해 줬다. 캘리퍼에서 받아 내지 못할 경우 자신이 덤터기를 써야 하는 상황이었음에도 말이다.

그것도 이유가 있었다. 내가 캘리퍼 측에서 싸워 줘야 자신이 그려 놓은 큰 그림에 보험이 생기기 때문이다.

그렇게 내가 캘리퍼군의 승전을 이끌고, 알바드가 캘리퍼와 1년에 달하는 불가침조약을 맺은 시점에 마돈은 무방비 상태가 된다.

"크로싱의 항구도시 고스에 300척의 함선이 준비되어 있다더군. 그것들이 기습적으로 남하하여 마돈의 뒤를 찌를 걸세. 이에 발맞춰 우리가 밀고 내려가면 마돈은 위아래로 협공을 받게 되는 거지."

그렇게 되면 마돈은 아무런 대응도 하지 못한다. 가뜩이나 혼란한 상황에 이 공격을 막을 수는 없다.

"그렇담 전쟁은 단기결전이 되겠군요."

"그래, 식량 소모도 최소화될 걸세. 혹은 마돈이 비축해 놓은 식량들을 탈취해 더 풍족해질지도 몰라."

난 안톤을 곁눈질했다.

"안톤, 당신도 알고 있었습니까?"

"몰랐습니다. 지난해부터 각 항구도시의 수송함 건조량이 많아졌다는 건 알았지만, 해로 교역을 위한 것이라 생각했지 설마 병사를 태워 마돈의 뒤를 찌르려 할 줄은 예상하지 못했습니다."

"지난해부터라니. 쥬라스 녀석……."

그놈은 대체 얼마나 멀리 보고 있는 것인가.

도무지 속을 알 수 없었다. 두려움이 느껴질 정도로.

"이렇게 되면 십중팔구 마돈은 멸망하겠군요. 한데 영토 분배는 어떻게 할 생각입니까? 공동작전이라면 크로싱과 영토를 분배해야 할 텐데요."

"마돈의 북부 영토는 우리가 접수하고 남부 영토는 크로싱이 가져가기로 했네. 크로싱은 줄곧 곡창지대를 원했으니까."

"하지만 그 경우 크로싱의 영토는 위아래로 분단된 형태가 됩니다. 지금이야 괜찮지만 캘리퍼와의 동맹이 끊어지면 곤란해질 수 있어요."

"나도 그렇게 생각했지. 그래서 나는 자네가 이 일에 개입되어 있는 줄 알았어."

"제가요?"

"크로싱이 마돈의 영토 전부를 주는 조건으로 우리의 북부 영토를 가져갈 거라 생각했거든."

"아."

"그래. 그 경우 레인폴은 완전히 크로싱으로 편입이 되겠지. 하지만 파밀리온 그자는 집요하게 마돈의 남부 영토를 원했네. 우리와 동맹이 끊어져 육로가 막힌다 해도 해로를 개척하면 그만이라고 말하면서."

"그게 말처럼 쉬운 일은 아닙니다. 그사이에 캘리퍼의 영해가 있어 해로도 금방 끊기고 말 거예요."

"나도 그렇게 생각했지만 그쪽에도 무슨 생각이 있는 모양이야."

"……."

마돈의 남부 영토를 통해 쥬라스가 꾀하고 있는 일. 나는 그게 절대 평범한 일이 아닐 것이라 직감했다.

"내가 오늘 자네에게 찾아온 것은 이 일의 성공 여부를 묻고자 함도 있었고, 한편으론 사과를 전하기 위해서네."

"가짜 웨이드가 전면에 나서는 것 말입니까."

"그래. 가짜라도 웨이드를 자칭하는 자가 우리 군부에서 출진한다면 상대에게 큰 위기감을 심어 줄 수 있을 테니까. 전략적 가치가 있지."

"그거라면 당신이 사과할 필요는 없습니다. 가짜를 내세운 건 살레온 쪽이니까요."

"그렇다고 해도네. 다른 악감정을 가지지 않았으면 좋겠군."

"그건 걱정하지 않아도 됩니다. 그보다도…… 일이 이렇게 되면 서부의 정황과 맞물려 상황이 묘하게 되겠군요."

"에우로페와 툰카이의 동맹인가. 나도 그 일이 마음에 걸렸네. 분명…… 다가오는 봄에는 대륙의 정세가 크게 뒤흔들릴 거야."

이번 마돈의 멸망은 앞으로 있을 키메라 전쟁에도 영향을 끼칠 것이다.

이는 내가 알고 있던 스토리에 커다란 균열이 생기기 시작했다는 뜻이었다.

다난했던 16살을 마무리 짓는 겨울.

고등 아카데미 입학을 확정 지은 나는 일리야 스승과 무예 단련을 하며 시간을 보냈다.

틈틈이 에스텔에게 글짓기를 배우며 야설 집필에 대한 준비도 착실히 해 나갔다.

그런 와중 크로싱과 캘리퍼의 합동 작전이 개시되었다.

크로싱은 군함 300척을 기습적으로 남하시켜 2만의 병력으로 마돈의 남부를 급습. 그 하루 뒤에 기다렸다는 듯이 캘리퍼가 6만의 군대를 이끌고 밀고 내려왔다.

위아래가 동시에 타격을 받은 마돈은 혼란 상태에 빠졌고, 이 틈을 타 크로싱의 제2장군인 크리퍼 놀락이 수도를 급습해 함락시킨다.

왕과 왕족들이 사로잡힌 상황에서 본래는 지방 귀족들이 힘을 합쳐 수도를 탈환해야 했지만 마돈은 그 근본이 탄탄하지 않았다.

유력 귀족들의 상당수가 다른 국가에서 영입해 온 자들이었기에 국가에 대한 충성심이 크지 않았던 것이다.

그 대표적인 인물이었던 줄리안 크레이그는 근신을 깨고 곧장 반란을 일으켜 병사들을 데리고 서부에 진을 쳤다. 다른 유력 귀족들도 병사와 영지민 들을 이끌고 서부로 도망.

서부로 도망친 이들이 힘을 합쳤다면 또 얘기가 달라졌겠지만 다섯 개의 세력으로 나뉘어 서로 왕이 되겠다 다투면서 자중지란을 일으켰다.

이에 대해 크로싱과 캘리퍼는 빠른 섬멸을 노렸으나 서부에서 난리를 피우고 있는 다섯 개의 세력이 생각 이상으로 거대했다.

이 서부에 마돈의 군사력 대부분과 6할 이상의 국민들이 흡수된 상태였기에 여차하면 10만에 달하는 군사를 끌어모을 수도 있었던 것.

그렇게 섬멸 시기를 놓치자 빌랑 연합이 마수를 뻗쳐 왔다.

괴뢰 세력들을 재빨리 연합으로 포섭하며 그 세력을 꿀꺽해 버린 것이다.

그들이 빌랑으로 들어가자 그 이상 할 수 있는 일은 없었다.

그렇게 마돈 영토의 북부를 캘리퍼가, 남부를 크로싱이, 서부를 빌랑 연합이 가져가며 마돈 왕국은 멸망.

완전한 성과는 아니었으나 마돈 영토의 6할 이상을 점령함으로써 적어도 대륙의 극동 영토는 크로싱과 캘리퍼가 모두 점령하게 된다.

이를 그냥 두고 보고 싶지 않았던 알바드 왕국에서 베카비아를 끌어들여 크로싱을 침공했으나 쥬라스가 10만을 이끌고 수비에 들어간다.

남부인 마돈과 달리 북부인 크로싱은 그 겨울이 혹독했기 때문에 알바드&베카비아 연합군은 전쟁이 길어질 기미가 보이자 별 소득 없이 물러나는 수밖에 없었다.

어느덧 찾아온 17세의 봄.

나는 지난해와 비교도 안 될 정도로 다사다난한 해가 될 것을 예감하며 고등 아카데미로 향할 준비에 들어갔다.

아카데미가 위치한 수도 알펜서드까지는 거리가 멀지 않아 마차로 통학할 생각이었지만 사관생에 한해 첫 한 달여간 합숙을 해야 했기에 짐을 챙겨 가야 했다.

보통 이런 건 유미르와 에오가 알아서 해 주는 만큼 나는 몸만 갈 생각이었으나 둘이 챙겨 준 짐은 올려다봐야 할 정도로 높이 쌓여 있었다.

"이게 뭐야. 짐이 너무 많잖아."

챙겨 준 짐은 마차 하나로도 다 싣기 힘들 정도였다.

에오는 무슨 문제냐며 고개를 갸웃했다.

"하지만 한 달을 머무르시는 것 아니었습니까?"

"그렇다고 한 달분의 옷을 전부 준비하는 게 어디 있어. 옷은 세 벌이면 충분해. 군복도 지급받을 거고, 여차하면 직접 빨아서 입으면 되니까."

"옛? 알스 님께서 직접 빨래를 하신다뇨."

"그야 평소엔 너나 유미르에게 전부 맡기긴 하지만 나도 빨래 정도는 할 수 있거든."

에오는 마치 커서 대통령이 되겠다고 큰소리치는 어린애

를 바라보듯 포근하게 미소 짓는다.

"알스 님. 빨래란 건 그냥 물에 담가 놓기만 하면 되는 것이 아닙니다."

"그걸 모를까 봐!?"

하여간 애 취급이 점점 심해지고 있다. 뭐, 편하니까 전부 맡겨 두는 나도 나지만.

그렇게 가방 하나 분량의 짐만 챙기고 레인폴 사관생들이 모이는 장소로 향한 나는 지인들의 배웅을 받았다.

"알스 님……! 이것을 받아 주세요."

"고마워, 캐시."

"힘내세요!"

볼을 붉히며 꽃다발을 전해 주는 10살짜리 여자아이.

꽃집 가게의 딸로, 레인폴에 살면서 안면을 익힌 아이였다.

"알스 님! 제 것도 받아 주세요!"

"제 것도요!"

캐시 말고도 다섯 명 정도의 여자애들이 꽃다발을 가져와 준 덕에 나는 품 안 가득 꽃을 안아 들고 마차에 탑승해야 했다.

이를 본 동기 배닝스가 못 당해 내겠다며 탄식한다.

"넌 정말 대단하다, 알스. 아니 뭐, 이해 못 할 것도 아니지만……. 그 꽃, 나 하나만 줄 수 있냐? 넌 어차피 에스텔

양이 있잖아."

"준 사람의 성의가 있지. 너라면 주겠어?"

"그것도 그렇지."

짐을 줄였던 덕에 마차 안에 가지런히 꽃다발을 정리해 놓을 수 있었다.

그렇게 출발한 마차는 수 시간이 지나서 중간 경유지에 도착했다.

일종의 출정식 비스무리한 걸 하는지 학생들 모두가 한자리에 모였다.

이 과정에서 다른 아카데미생들과 불편한 동행이 시작되었다.

"쳇! 줄리아의 떨거지들이랑 같이 가야 한다니. 기분 더럽군."

그렇게 불편함을 드러낸 것은 그란셀 아카데미 애들이었다.

"떨거지? 입조심하시지 그란셀의 촌놈 주제에."

으르렁거리는 살레온 계파와 헬리안 계파. 그러나 우위는 명백히 살레온 쪽에 있었다.

바로 가짜 웨이드. 케스퍼 밀리아스가 있었으니까.

케스퍼는 찡그린 얼굴로 서 있었다. 녀석이 본래 줄리아 아카데미 출신인 만큼 줄리아 학생들이 그를 보는 눈빛은 복잡했다.

"웨이드다. 웨이드가 있어."

"저 배신자 자식. 이번 마돈 전쟁에서도 전과를 올렸다지?"

"대단한 녀석이긴 해. 왜 헬리안 공작님은 밀리아스 후작가를 붙잡지 않은 걸까. 웨이드가 있는데도……."

역시 애들이라 그런가. 너절한 사칭을 진심으로 믿고 있었다. 국외에선 베이올라프의 웨이드 설이 주류였던 반면 캘리퍼에서만큼은 케스퍼 녀석이 주목받고 있었다.

심지어 애들뿐만이 아니라 몇몇 사정에 밝지 못한 귀족들과 군인들조차 케스퍼가 웨이드라 생각하고 있다.

'쟤도 운이 좋다고 해야 할지. 나쁘다고 해야 할지.'

본래 케스퍼는 절대로 웨이드를 사칭할 수 없는 입장이었다. 알바드와의 전쟁에서 포로로 잡혔었기 때문이다.

다만 포로로 잡혔을 때 문제가 발생했다.

'마돈과 알바드가 포로 배분 문제로 마찰을 겪었다고 그랬었나.'

이때 알바드가 핵심인 밀리아스 후작과 길버트 살레온을 잡아가고, 나머지는 마돈이 포로로 잡아갔는데 마돈은 케스퍼의 신분을 제대로 파악하지 못했다.

알바드와의 신경전으로 혼선이 빚어지기도 했고, 일일이 확인하기엔 잡아 놓은 포로의 숫자가 너무 많았던 탓이다.

그러던 와중 마돈의 군대가 내게 대패를 당하며 포로 관리에 약간의 허술함이 생겼고, 수백 명이 탈출했다.

포로 교환에서 케스퍼가 없었던 걸 보면 녀석은 그 도망자 중 하나였던 모양이다.

이로 인해 알리바이가 생기자 길버트 살레온은 녀석을 버림패로 쓰기 좋다고 판단해 가차 없이 웨이드를 사칭하게 만들었다.

'본인이 버림패가 됐다는 건 알고 있을까.'

그걸 모른다면 불쌍할 따름이었다.

그런 케스퍼 녀석 외에도 또래의 핵심이 전부 살레온 쪽에 있었다.

루안 차이스도 그랬고, 에리나도 그랬다. 반면 줄리아 아카데미엔 이전에 내게 파트너 신청을 했던 케이트 정도밖에 없다.

배닝스가 내 옆구리를 쿡쿡 찌르며 속삭였다.

"그 케이트 맥밀란이 또래 필두라니. 우리 계파도 인물이 없긴 없구만."

"그건 부정할 수가 없네."

"알스, 네가 나서야 하는 거 아니야? 성적만 놓고 보면 헬리안 계파 내에선 네가 최고일걸? 아니, 전체를 통틀어도 세 손가락 안에 들어갈지도 몰라."

"성적이 중요한 게 아니잖아."

"하긴, 가문의 힘이 더 중요하긴 하지."

우리 레인폴 아카데미는 어느 계파에도 속하지 않고 불구경을 하는 위치에 있었다.

그렇게 애들끼리의 신경전이 벌어지던 와중, 인솔자로 보이는 남자가 소리쳤다.

"각자 마차에 탑승해라! 가지고 온 짐은 되도록 짐마차에 싣도록!"

각자의 짐의 양이 워낙 들쭉날쭉해 마차의 적재 효율이 떨어지니 정리해서 몰아 실으려는 모양이다.

"아이쿠."

그 짐마차에 꽃을 실었다간 전부 다 뭉개지거나 사라져 버릴 게 뻔했다.

"이걸 버릴 수도 없으니……. 나는 따로 마차를 구해 봐야겠네."

"야, 같이 가자. 돈은 나도 낼 테니까."

괜히 양 계파의 기 싸움에 휘말릴 것을 우려한 배닝스가 내 뒤를 따라오고.

"그런 거라면 나도 같이 가도 될까?"

다른 남자 사관생 한 명도 우리를 따라오려 했다.

주근깨가 인상적인 남자애였다.

피부가 무척 허여멀건해 그 주근깨가 더욱 도드라졌는데, 그 하얀 피부에선 병약함이 느껴졌다.

"너는……?"

"도로시 그림우드라고 해. 나르단 아카데미 출신이야. 반가워."

"음……. 알스 일라인이야. 레인폴 아카데미 출신이고."

"레인폴이라면 아카데미를 크로싱이랑 통합해서 운영한다는 거기 아니야?"

"맞아."

"우와. 너네 정말 특이한 곳에서 왔다."

옆에 있던 배닝스가 부산을 떨기 시작했다.

"자, 잠깐. 그림우드라면 듀난 대장군님의 가문 아니야? 너 설마…….''

"하하, 역시 알아챘어? 그분은 내 아버지셔."

"헉!"

대장군의 아들. 도로시는 또래의 핵심이 되기에 충분했다.

"아, 그렇다고 경계하진 말아 줘. 난 그란셀 애들이랑도 친하게 지내고 싶거든."

"그거라면 괜찮아. 나랑 일라인은 헬리안 계파 소속이니까."

"그런 건 신경 쓰지 말자니까. 그보다 마차를 찾고 있었던 거지? 저쪽 짐마차의 공간이 비어 있어. 저기에 얹혀 타면 따로 돈은 내지 않아도 괜찮을 거야."

그 제안을 받아들여 도로시의 뒤를 따라가던 차.

막 귀빈 마차에 탑승을 하려던 에리나와 마주치게 되었다.

"어머나, 어머나."

에리나는 또래 애들에게 있어서 거의 여신 취급을 받고 있었다.

배닝스는 그녀와 마주한 것 자체에 황홀해했다.

나로서는 웨이드와 관련된 문제도 있고, 주변의 시선도 있고 해서 껄끄러웠지만.

그렇기에 사전에 편지를 보내 주변 시선이 있는 상황에선 알은체를 하지 말라고 전달했건만.

"반가워요, 여러분."

촤륵! 부채를 펼치며 인사를 건네 오는 에리나. 그녀의 존재감으로 인해 다른 이들의 시선이 모여들었다.

다른 둘과 가볍게 인사를 나눈 그녀는 곧장 꽃다발을 안고 있는 내게 시선을 주었다.

"일라인 님은 꽤나 요란한 모습을 하고 계시는군요?"

"예, 꽃가루가 휘날려서 계속 들고 있기도 벅차네요. 그러니까 먼저 가 봐도 될까요, 레오나 양?"

"레오나……라고요? 어김없이 한 글자만 맞히셨네요."

이에 배닝스가 '이름도 모르냐!'라며 핀잔을 줬지만 일부러 했다는 것 정도는 상대도 알고 있다.

"미안합니다. 사람을 착각했나 보네요."

"나 참. 또 심술을 부리시는 건가요? 그리고 꽃을 들고 있기 힘든 거라면 제가 나눠 들어 줄게요."

"구태여 그런 수고를 끼칠 필요가 있나요. 그냥 제가 제 갈 길을 가면 되는걸요."

여기서 에리나와 같이 다니면 피곤한 일이 생긴다.

이미 주변에서 여러 가지 시선이 꽂혀 왔다. 살레온 계파 애들은 당장이라도 달려들 것처럼 눈을 부라리고 있었고, 헬리안 계파 애들도 이쪽을 의미심장하게 주시하고 있다.

그나마 나보다 영향력이 높은 도로시가 함께하고 있기에 괜찮은 것 같지만.

"그러니 이만 가 봐도 되겠습니까?"

"……."

촤륵, 탁! 촤륵, 탁!

부채를 접었다 폈다 반복하며 기분이 안 좋음을 표현하는 에리나.

"여러분의 마차는 어디 있나요?"

그 물음에 배닝스 녀석이 있는 것 없는 것 다 털어놓은 것이 문제였다.

에리나가 화사하게 웃으며 제안한 것이다.

"그렇다면 제 마차로 함께 가시지 않겠어요?"

에리나의 마차는 내가 타고 온 마차보다 족히 두 배는 더 컸다.

그 덕에 꽃다발을 늘어놓을 수가 있어 다행이었지만 이에 대해 에리나가 꼬치꼬치 캐묻기 시작한다.

"예쁜 꽃들이네요. 누구에게 그 많은 꽃을 받으셨을까요?"

"지인들에게 받았습니다."

나는 책을 읽으며 짤막하게 대답했다.

"지인들이라고 하면요?"

"여럿이 있죠. 평소 얘기를 나누던 옆집 꼬마애도 있고, 자주 가는 서점의 아가씨도 있고요. 가끔씩 편지를 보내 주던 애도 있죠."

"편지라니 지극정성이군요. 뭐 하는 사람이죠?"

"아직 7살밖에 되지 않은 꼬마 애예요. 그보다 편지라고 하니……. 당신은 편지 같은 걸 꼼꼼히 읽지 않는 편인가요?"

사람이 있는 곳에서 알은체하지 말라고 한 걸 무시한 부분을 꼬집자 에리나는 입을 삐죽 내밀었다.

"꼼꼼히 읽기는 해요, 다만 불합리한 것들에 대해선 머리에 담아 두지 않는 편이라서요."

"불합리한 것이요?"

"그야 뻔히 아는 사람을 모른 체할 수는 없는 거잖아요?"

"하아…….."

그런 거라면 이참에 공개적으로 선을 긋기로 했다.

"전 살레온 계파 사람들이랑은 친하게 지내고 싶지 않습니다. 다음부턴 스스럼없이 말 걸지 말아 주세요."

"앗……!"

살레온 계파가 웨이드를 사칭해 전공을 훔쳐 간 것 때문에 화를 내고 있다 오해했는지 그녀는 뭐라 말하지도 못하고 울상을 지었다.

옆에 있던 배닝스는 무슨 태도가 그러냐며 당황했지만 괜히 이야기에 어울려 줬다간 더 시끄러워질 게 뻔했다.

무거워지는 공기. 이에 도로시가 애써 웃으며 말했다.

"자, 자. 어른들의 사정에 우리까지 얼굴을 찌푸릴 필요는 없잖아."

도로시는 분위기를 주도해 나갔다.

나는 무시하고 책이나 읽으며 시간을 보내려 했지만 이상한 곳에서 이야기꽃이 피었다.

내 책 표지를 본 도로시가 흥미를 감추지 못하고 끼어들어 온 것이다.

"알스, 너 사관생이라고 하지 않았어? 근데 왜 농업 교본을 보고 있는 거야?"

"최근에 관심이 생겼거든."

나는 최근 여러 가지 일을 겪으며 앞으로의 방향에 대해 고심을 했다.

펜실론 제국이 망한 이유, 내 출생의 비밀, 가스파르와 베이올라프의 이야기 등등. 알게 된 사실도 많았지만 여전히 모르고 있는 것들도 많다.

다만 한 가지 확실한 건 장차 국가 운영에 관여하게 될 거라는 점이다. 그게 아니더라도 나는 이미 간접적으로 영지를 운영하고 있다.

그런 만큼 식량 생산에 대해 지식을 갖춰야 했다. 펜실론 제국이 인구수 증가로 인해 멸망한 것을 생각하면 더더욱.

그 인구 증가를 따라가려면 1차산업이 무엇보다 튼튼해야 한다.

하여 최근 1년 사이에는 부쩍 농업이나 축산업, 어업 등 식량에 관련하여 공부를 많이 하고 있었다.

"농업에 관심이 있다고? 우와. 기쁘다."

"기쁘다니?"

"응, 동지가 생긴 셈이니까. 나도 농업에 관련해서 공부를 하고 있거든."

도로시는 본래 원예나 농업에 관심이 있었다고 한다.

다만 집안이 워낙 전통 있는 군부 집안인지라 억지로 사관 학교에 다니게 됐다고.

"아버지는 정 그러면 전쟁에 농업을 대입시킬 방안을 생각 해 보라 하셨거든. 그래서 알겠다고 했지."

"전쟁에서의 농업이라면 둔전인가……. 넌 그게 가능하다 고 생각해?"

"글쎄, 나는 아직 햇병아리니까. 그래도 농사의 효율을 늘 리는 방법이라면 생각해 둔 게 있어."

"효율이라고 하니 궁금하네. 말해 줄 수 있어?"

도로시는 허투루 농업에 흥미가 있는 것이 아니었다. 1년밖에 공부하지 않은 나보다는 더 넓고 깊은 지식을 가지고 있었다.

나는 빠져들듯이 그의 말을 경청하였다.

들러리가 되어 버린 에리나는 촤륵, 탁! 애꿎은 부채만 괴롭히고 있다.

"재배하는 작물의 로테이션을 조절해 수확량을 늘린다는 건가."

"그렇지. 아주 기본적인 거야. 귀족들이 지휘하는 농사는 너무 딱딱해서 효율이 없다고 할까. 날씨나 지역에 관계 없이 한 가지의 작물을 고집하거나 자신들이 좋아하는 작물을 억지로 재배하게 시키거든. 그런 비효율을 줄이면 수확량을 늘릴 수 있을 거야. 토양도 관리가 더 쉬워질 거고."

"하긴 계절과 지역에 따라 재배하는 작물을 바꾸는 건 상식이지. 상식이 통하지 않는 귀족들이 많다는 게 문제지만."

"그렇지? 알스 너 말이 통하는구나. 어휴, 내 약혼녀도 너처럼 말이 통하는 사람이었으면 좋았을 텐데. 내 말은 듣지도 않고 허구한 날 파티 얘기나 다른 애들을 괴롭힌 얘기밖에 하지 않아서 골치 아파."

"약혼자가 있어?"

"응, 나보다 두 살 많은 사람인데 린하르트 후작님의 둘째 아가씨야. 근데 나하고는 안 맞더라고. 그러는 너는 어때?

그 모습을 보아하니 혼담이 무척 많이 들어올 거 같은데."

"그 모습이라니 어떤 거?"

"말 그대로야. 거기 놓여 있는 꽃다발들도 그렇고."

"음……. 혼담이야 있긴 했었지. 비현실적인 거였지만."

"비현실적인 것? 아, 혼기가 많이 지난 사람이 혼담을 넣었나 보구나. 그런 경우가 있지."

"뭐, 최근에는 편지를 통해 이야기를 나누고 있는 사람이 하나 있어. 진지한 건 아니긴 한데 상대가 의외로 재미있는 사람이라서 요즘에는 편지를 교환하는 게 즐거워지더라."

그러자 에리나가 피식 웃었다.

"알스 님도 참. 농담을 잘하시는군요. 제가 듣기로 그런 상대는 없는 걸로 아는데요."

"농담 아닌데요?"

"……그럼 정말로 혼담을 나누는 상대가 있다는 건가요?"

"그러면 안 될 이유라도 있나요?"

촤륵, 탁! 촤륵, 탁! 바빠지는 부채 놀림.

"누구죠?"

"거기까지 캐묻는 건 실례라고 생각하지 않으십니까."

"……."

다시 무거워진 공기.

배닝스 녀석은 왜 또 분위기가 싸해졌냐며 영문을 몰라 하고 있었다.

알펜서드에 들어온 우리들은 아카데미 입구에서 두 갈래로 나뉘었다.

학문과 교양을 배우는 일반과 학생들은 곧장 교실로 향했고, 나를 비롯한 사관생들은 아카데미 중심부에 따로 마련되어 있는 연병장으로 향해야 했다.

"각자 자신의 짐을 발 앞에 둬라!"

인솔 장교의 외침에 각자의 하인들이 짐을 옮기기 시작했다. 나야 짐이라고 해 봤자 가방 한 개 분량밖에 없어 오래 걸리지 않았지만 꽃다발이 문제였다.

'시들기 전에 꽃병에 옮겨 놔야겠네.'

그렇게 각자의 짐을 앞에 쌓아 둔 시점에 교육 장교들이 모습을 드러냈다.

"오오!"

그 면면을 확인한 학생들이 탄성을 내질렀다.

"아이언하트 장군님이야!"

"군부의 장군이 직접 이 자리에……."

캘리퍼의 5장군 아이언하트 란버스.

그가 휘하 장교 수십 명을 이끌고 연병장에 나타난 것이다.

아이언하트는 학생들의 숫자를 어림잡아 세는지 눈매를

좁혔다.

"어림잡아 300명인가……. 생각보다 훨씬 많군."

그렇게 중얼거린 그는 시작하라며 옆에 있던 측근 장교에게 고갯짓했다.

그러자 장교는 목청을 가다듬더니 사자후를 터뜨렸다.

"모두 정렬! 오와 열을 맞춰서 서라!"

그러나 짐을 쌓아 둔 상황에서 오와 열을 맞추기란 불가능했다. 곧장 불호령이 떨어졌다.

"나들이라도 나온 기분인가! 너희들도 이제 어엿한 군대의 장교다! 그런 정신머리로 군대에서 살아남을 수 있을 것 같나! 게다가 그 산더미 같은 짐은 뭐냐! 네놈들은 전쟁터에 나갈 때도 그럴 생각이냐! 누가 너희들의 뒷바라지를 해 줄 것이라 생각한다면 오산이다!"

그 말이 끝나기 무섭게 대기하고 있던 다른 장교들이 학생들에게 달려들어 짐 검사를 시작했다.

장교들은 사관생들의 짐을 마구 풀어 헤치며 면박을 줬다.

파티장에나 입고 갈 연미복, 시간 때우기로 가져온 체스판, 소설 등등. 그것들을 꺼내 망신이라도 주듯 쓰레기처럼 내던진 것이다.

"기, 기다려라! 이건 내……!"

"기다려라? 너 이 새끼, 지금 하극상을 벌이려는 거냐!"

"윽……!"

자존심이 강한 귀족 자제들이 많은 만큼 난리 통이 벌어졌다.

'내가 이럴 줄 알았지. 멍청한 녀석들.'

나처럼 착실히 사관생 코스를 밟은 애들은 알아서 잘 처신했지만 중등 아카데미 말미나 고등 아카데미 때부터 사관생으로 전환한 애들은 곤욕을 치르고 있었다.

전쟁으로 인해 군부의 중요성이 커지자 부모의 강요로 전환한 애들이 많았다. 그러니 뭣 모르고 짐을 저렇게 챙겨 온 것이다.

'뭐, 나도 에오가 챙겨 준 대로 가져왔으면 같은 운명이었겠지만.'

곧 나에게도 장교가 하나 다가왔다.

"이름은?"

"알스 일라인입니다. 직급은 하급 장교입니다."

"하급 장교라면 어릴 때부터 사관 과정을 밟았나 보군."

"옛."

그는 내 짐을 보더니 눈살을 찌푸렸다.

"뭔가. 이 꽃은."

"축하의 의미로 지인들에게 받은 것입니다."

"이곳에 상이라도 받으러 왔나!"

"문제가 될 거라 생각하지 않았습니다. 문제가 있다면 시정하겠습니다."

"어디 말대답이냐! 이따위 것은……!"

그는 꽃다발을 짓밟으려는지 무릎을 들어 올렸으나 그때였다.

"더들리――!!"

연병장이 일순 조용해졌을 정도의 울림이었다.

"예, 옛! 장군님!"

내게 면박을 주려던 장교는 순간 사색이 되며 소리를 지른 아이언하트 장군에게 달려갔다.

아이언하트는 이마가 맞닿을 정도로 얼굴을 가까이 가져다 대고는 재잘재잘 그를 갈구기 시작했다.

그러길 잠시. 내게 다시 돌아온 장교가 떫은 표정으로 말한다.

"미안하다. 내가 잘못 생각한 것 같다. 지인들이 준 축하의 선물이라면 문제없다. 그들은 네가 군에 들어가는 걸 응원해 준 거니까. 우리 군도 그러한 응원에는 언제나 고마워하고 있다. 그래도 계속 가지고 다닐 수는 없는 노릇이니 이 꽃들은 내가 가져가마."

"버리시려는 겁니까?"

"아니, 화병에 옮겨 놓지. 나중에 확인하러 와도 좋다."

"감사합니다."

손바닥 뒤집듯 돌변한 태도.

아이언하트 장군이 내 정체를 알고 있기 때문이었겠지

만……. 어쩌면 헬리안 공작이 신경을 써 준 걸지도 모르겠다.

　본격적으로 시작된 사관합숙.

　우리는 군복 두 벌을 지급받고 그것만으로 생활을 하게 되었다. 자는 때에도 군복을 벗어서는 안 됐기에 여간 불편한 게 아니었다.

　그나마 나는 괜찮은 편이었다. 현대에서의 군대 경험이 있기도 했고, 무엇보다 손수 빨래를 할 수 있었으니까.

　반면 대부분의 귀족 애들은 스스로 빨래를 하지 못했다. 에오니아의 말마따나 물에 헹구기만 하는 애들이 있는가 하면 아예 빨래를 하지 않는 애들도 부지기수였다.

　그런 애들은 자기보다 가문의 힘이 약한 애들이나 평민들에게 자기 빨래를 떠넘기곤 했다.

　나는 그 가문의 힘이 약한 애들 중 하나였으나 내가 도로시와 친하게 지내는 걸 보고는 괜스레 터치하려 들지 않았다.

　그렇게 일주일.

　빨래를 대충 한 애들로 인해 숙소에 구린내가 진동하던 시점이었다.

　'못 버티겠다!'

　나는 항복을 선언했다.

냄새 탓은 아니었다. 그저 밥이 더럽게 맛없었기 때문이다.

이번 합숙에선 보름간 삼시 세끼 전부를 전투식량으로 대체한다는 제정신이 아닌 교육과정이 진행되고 있었다.

현대 군대에서도 맛없기로 유명한 전투식량이 이 세계에선 더 맛이 없었다.

전투식량이야 웨이드로 전장에 나갔을 때도 먹긴 했지만 그래도 그 당시의 나는 최고 장교였기에 나름대로 식사가 충실했다.

반면 지금 지급되는 건 일반 병사용의 식량이었다. 그것도 군량이 부족할 때나 지급되는 것들이다.

이빨이 아플 정도로 딱딱한 빵과 썩은 계란을 넣은 것 같은 수프.

평소 에오가 만들어 주는 진미를 먹고 지내던 내겐 고문이었다.

다른 애들도 마찬가지인지 암암리에 차입이 들어오고 있었다. 장교들은 모른 척을 하는 건지 이것까지 잡아내진 않았다.

'괜한 치기를 부렸어.'

별일 없을 거라며 유미르와 에오를 전부 레인폴에 두고 온 게 탈이었다.

나는 레인폴에서 통학을 하고 있는 베릴에게 대신 부탁하려 했으나 한발 늦고 말았는지 베릴은 이미 돌아간 후였다.

'하는 수 없지. 이틀만 더 버티는 수밖에.'

그렇게 어깨를 축 늘어뜨린 채 아카데미 정원을 걷고 있자니 어디선가 감미로운 음식의 냄새가 풍겨 왔다.

'이건 차와 과자의 냄새!'

이끌리듯 향한 곳에선 누군가가 다과회를 즐기고 있었다.

'무슨 수를 써서라도 얻어먹겠어.'

그렇게 가까이 가자 그 면면들이 익숙함을 깨달았다.

가짜 웨이드 케스퍼. 그리고 에리나와 그녀의 아버지인 길버트 살레온이 티타임을 즐기고 있던 것이다.

살레온 계파 핵심 인물들의 다과회.

과자가 아쉽긴 했으나 끼어들 자리가 아님을 직감했다.

그러나 너무 성큼성큼 다가갔던 탓인지 그들의 시선이 내게 향했다.

"아……!"

나를 보곤 눈을 크게 뜨는 에리나. 반면 케스퍼는 미간을 찌푸렸고, 길버트는 고개를 갸웃했다.

'눈치를 챈 이상 어쩔 수 없지.'

나는 에리나에게 나중에 찾아와 달라는 눈빛을 다급하게 보낸 뒤 모른 척 떠나려 했지만 내 시선을 잘못 이해한 에리나가 조심스럽게 권유한다.

"일라인 님도 합석하시겠어요? 아버님, 괜찮을까요?"

"갑자기 말이냐? 그보다 에리나. 네가 아는 아이냐?"

"예. 알고 지내는 분이에요."

"그거 흥미롭군. 좋다. 자네, 이름은 뭐라고 하나?"

껄끄러운 자리임은 분명했지만 내 시선은 이미 테이블에 놓인 기름진 쿠키에 꽂혀 있었다. 어쩜 저런 촉촉한 쿠키가 있는 걸까.

이번 한 번만 눈 딱 감고 합석을 하기로 했다.

"알스 일라인이라고 합니다. 뵙게 되어 영광입니다. 길버트 님."

"일라인? 일라인……. 어디였더라."

그는 곧 손뼉을 치며 말한다.

"이번에 레인폴의 영주로 부임한 일라인 남작인가!"

"예, 일라인 남작은 저의 형님입니다."

"흐음."

그 표정이 일변했다. 일라인 남작가라고 하면 헬리안 계파 소속이었으니까.

다만 그래 봤자 남작가에 불과하다. 언제 계파를 바꿔 탈지 모르니 경계를 하기보단 오히려 환영을 했다.

"레인폴에 대해선 나도 궁금한 것이 있었지. 이곳으로 와 앉게."

남은 의자는 에리나의 옆에 있는 것 하나뿐이었다. 그녀의 옆에 앉자 케스퍼 녀석의 안면이 꿈틀거렸다.

"나와 자리를 바꾸지."

녀석은 곧장 일어나며 그리 말했지만 에리나가 차갑게 일축한다.

"그럴 필요 없습니다."

"하지만 에리나 양……."

"일라인 님은 손님이에요. 아버님도 묻고 싶은 게 있다고 하시고요. 당신이 이래라저래라 할 건 아닙니다."

"윽……."

엉거주춤 다시 앉는 케스퍼.

나는 그러거나 말거나 과자를 집어 먹고 있었다.

남은 과자가 얼마 없어 아쉽긴 했으나 에리나가 눈치 빠르게 자신의 접시에 있던 과자를 내 쪽으로 슬쩍 밀어 주었다.

이를 본 길버트가 에리나에게 설명을 요구하듯 눈빛을 보냈다.

에리나는 내 소개를 대신하기 시작한다.

"일라인 님은 레인폴 아카데미에서 수석을 차지한 촉망받는 분이랍니다. 그것도 일반과, 사관과 전부 통합을 해서요."

"오호라. 하지만 그곳엔 캘리퍼 출신 학생들이 얼마 없는 걸로 안다. 수석을 차지하기 어렵지 않았겠지. 케스퍼가 해냈던 것처럼 우리 그란셀 아카데미에서 통합 수석을 차지하지는 못했을 거다."

"그렇지 않아요, 아버님. 일라인 님은 중등 아카데미 1년을 레인폴이 아닌 줄리아에서 보내셨는데 그때도 수석을 차지하셨거든요. 그 당시엔 밀리아스 님과도 학우이셨다고 해요. 게다가 초등 아카데미 때도 수석을 놓치지 않으셨다고 하니 굉장히 우수하시죠."

"정말이냐? 그거 놀랍군. 난 필히 케스퍼가 줄곧 수석을 놓치지 않았다고 생각했는데 말이야."

이에 케스퍼가 둘러대듯 말한다.

"개인 교습으로 인해 아카데미를 빠진 일이 많아서 어쩔 수 없었습니다."

"흠. 그런데 에리나, 넌 어떻게 그에 대해 그렇게 잘 알고 있는 거니?"

나도 소름이 돋고 있었다.

'스토커야 뭐야.'

내 질린다는 표정에 에리나는 손사래를 쳤다.

"아, 아니에요! 조안에게서 그런 얘기를 들었을 뿐이에요!"

"조안에게서? 왜 조안의 이야기가 나오는 거니."

"아버님은 모르시겠군요. 일라인 님은 2년여 전에 우리 저택에서 있었던 집사 교육에 참여하였었거든요. 그때 조안이 교육을 했다고 해요."

"집사……? 아, 그런 일도 있었지. 그때 분명……."

"예, 저를 납치하려는 불손한 무리가 있었죠. 일라인 님은 그때 저를 지켜 주셨답니다."

"엘드릭 왕자 때의 일을 말하는 거구나. 그러고 보니 아버님께서 그랬지. 너를 감싸 준 용감한 아이가 있었다고."

"맞아요. 그게 일라인 님이세요."

그리운 듯이 웃는 에리나. 분위기가 묘해짐을 느낀 나는 재빨리 둘러댔다.

"용감하다니요. 저는 그저 도망치기 바빴을 뿐입니다."

길버트는 고개를 흔든다.

"아니, 그래도 이렇게 어엿한 사관생이 됐다는 건 충분히 자질이 있었다는 거겠지. 그때의 일에 대해선 나도 고맙다는 말을 하고 싶군."

"몸 둘 바를 모르겠습니다."

배도 어느 정도 채웠겠다. 슬슬 자리에서 일어나려 했지만 길버트는 이제부터가 시작이라는 듯 질문을 쏟아 냈다.

"그나저나 일라인. 최근 레인폴에서 금광산 채굴을 시작했다고 들었는데. 자네는 뭔가 알고 있는 게 없나?"

"그것이라면 크로싱 측에서 개발하는 걸로 정해졌다고 알고 있습니다. 저희 가문에서는 전혀 관련된 바가 없습니다."

"쯧쯧, 헬리안 녀석. 그런 개발 권리를 크로싱에 넙죽 넘겨 버리다니……."

그는 레인폴의 제반 사정을 내게 캐묻기 시작했다.

레인폴은 쿠라벨 출신 국민들이 대거 이주하는 과정에서 이미 지역 인구 30만을 돌파하며 어엿한 중견 도시가 되어 있었다.

그런 만큼 우리 가문의 위상도 조금씩이지만 높아지고 있었다.

보아하니 길버트는 우리 가문을 자신의 계파로 끌어들이는 데에 큰 관심이 있는 것 같았다.

"헬리안 계파를 선택한 것은 자네 아버지였으니 작위를 물려받은 형은 생각이 다를지도 모르겠군."

"그건 저도 모르겠습니다. 형님은 워낙 영민한 사람인지라 저 같은 건 그 생각을 읽기 어렵더군요."

내가 빠져나가는 대답을 하고 있다는 걸 어렴풋이 눈치챘는지 길버트의 눈매가 좁아졌다.

"흠, 그러고 보니. 최근에 레인폴에서 웨이드가 종종 목격된다고 하던데. 그건 어떻게 생각하나?"

"당연히 가짜 아니겠습니까. 진짜 웨이드는 이곳에 있는 걸요."

거짓말은 아니다.

내가 여기 있으니까.

"그렇게 생각하는가. 그렇담……."

그러나 그때였다.

"꽤나 느긋하시군. 길버트?"

헬리안 공작이었다. 수행원을 대동하고 나타난 그는 불편한 심기를 감추지 않았다.

　"무슨 일인가 레그나트. 딸과의 오붓한 시간을 방해하지 말아 줬으면 좋겠는데."

　"그런 거라면 맡은 일을 다 처리한 뒤에나 하지 그러나? 폐하께서 마돈 영토에 대한 구체적인 측량 자료를 원하고 계시네. 분명…… 자네가 오늘까지 하겠다고 한 일이었지?"

　"그거에 관해서라면……."

　"내게 변명할 필요 없네. 자네가 직접 폐하께 보고를 올리게. 그리고……."

　헬리안이 시선을 돌려 싸늘한 목소리로 말한다.

　"웨이드 자네도. 지금 여기서 대체 뭘 하고 있는 건가?"

　그는 케스퍼를 응시하며 말하고 있었지만 경고를 주는 대상은 당연히 내 쪽이었다.

　자신에게 말한 거라 여긴 케스퍼 녀석은 어쩔 줄을 몰라 하며 엉거주춤 일어난다.

　"이, 이만 훈련에 돌아가 보겠습니다."

　도망가듯 후다닥 자리를 뜨는 케스퍼.

　나도 은근슬쩍 자리를 뜨려 했으나 헬리안 공작은 놓치지 않았다.

　"그쪽의 자네는 잠깐 날 도와주지 않겠나? 아이언하트에게 전해 줬으면 하는 게 있는데."

당연히 전해 줬으면 하는 것 따위는 없었다.

둘만 남게 되자 헬리안 공작은 낮은 목소리로 내게 따졌다.

"조금 전의 그건 뭔가! 내게 위협이라도 주려는 건가? 저놈들에게 붙어 버릴 수도 있다고?"

그의 입장에선 굉장히 위험하게 보였을 것이다.

그 자리에 길버트와 에리나는 물론이고 케스퍼까지 있었으니까. 만약 내가 그쪽에 붙어 가짜 행세에 대한 리스크가 사라지면 살레온 계파는 추진력을 얻게 된다.

"그런 거 아닙니다. 우연찮게 음식을 얻어먹었을 뿐이에요."

"음식을?"

합숙의 식단 사정을 설명하자 헬리안 공작은 이마를 감싸 쥐었다.

"이해해 주게. 막 사관과로 전과한 멍청한 애들이 많았으니까. 그 정신머리를 고쳐 놓기 위해서라도 혹독하게 진행을 하는 걸세."

"걸러 내기 위한 작업입니까?"

"그런 셈이지."

실제로 이 생활을 버티지 못하고 다시 일반과로 복귀를 신청한 애들이 벌써 50명을 넘어가고 있었다.

"그렇다 해도 너무 가혹해요. 훈련 강도를 높일지언정 음식 가지고 장난을 치지는 말아야죠."

"알겠네. 일주일이나 지났으니 슬슬 풀어 주라고 말을 하겠네. 자네도 따로 먹고 싶은 음식이 있으면 말하게나. 부하를 시켜 넣어 줄 테니까."

"오오, 그렇다면……."

나는 메뉴를 읊었다.

그 메뉴의 다양함에 헬리안 공작도 어이가 없는지 헛웃음을 지었다.

보름에 달하는 특별 훈련이 끝나고.

우리는 드디어 군복을 벗고 사복으로 갈아입은 뒤 교실로 들어와 군사학 수업을 받게 되었다.

이 군사학 수업은 고리타분할 줄 알았지만 그렇지만도 않았다.

왕국 측에선 이 기회에 사관생들을 제대로 성장시킬 생각인지 수준 높은 커리큘럼을 준비해 놓고 있었다.

"반갑다 제군들. 듀난 그림우드라고 한다. 나와 안면이 없는 녀석들도 있겠지만 적어도 내 이름 정도는 들었으리라 믿는다."

듀난 그림우드.

캘리퍼 왕국의 군부 1인자이자 대륙에서도 명성 높은 20인의 군웅에 속하는 실력자.

호사가들은 그를 두고 난전의 듀난이라 불렀다.

"듀난 대장군님이 직접 수업을 한다고?"

"어떡해. 갑자기 가슴이 뛰기 시작했어."

거물의 등장에 웅성이는 사관생들.

그 듀난의 아들인 도로시는 어두운 얼굴로 한숨을 쉬고 있었다.

"조용히. 놀라는 건 이해한다. 여기엔 그만한 사정이 있다."

듀난은 그러면서 연이은 전쟁으로 인해 뒤숭숭해진 국제 정세를 설명했다.

"그런 맥락에서 이번 대의 사관생들은 무척 특별하지."

펜실론 고등 아카데미로의 입학 때문이다.

펜실론 아카데미는 과거 펜실론 제국의 수도였던 플라톤에 위치한 곳으로 고등 교육기관으로는 최고봉에 위치한다.

이 아카데미는 국가에 소속되지 않은 중립 구역으로, 각국에서 학생들을 보낸다는 특징이 있었다.

선발된 학생에 한해 고등 아카데미 2학년과 3학년 과정을 펜실론 아카데미에서 보내게 되는 것이다.

"다른 국가의 녀석들에게 밀려선 안 된다. 사소한 것 하나라도 이기려 노력해라. 너희들이 가장 우수하다는 걸 증명해라."

　정세가 어지러운 만큼 이런 사소한 부분에서도 국가 간의 기 싸움이 벌어지고 있었다. 사관생들은 전쟁터에 나갈 인재들이니 직접적인 비교 대상이 된다고 한다.

　그러니 사관생들의 실력을 길러 놓기 위해 군부 최고 실력자인 듀난이 직접 교편을 잡은 것이다.

　"그래도 크게 걱정은 하지 않고 있다. 그도 그럴 게 지금 너희들은 캘리퍼의 황금 세대라 불리고 있으니까 말이야."

　그러면서 듀난은 루안 차이스와 케스퍼 밀리아스.

　그리고 나를 지그시 응시해 왔다.

　본격적으로 시작한 군사학 수업.

　듀난은 실전 상황을 설명하며 사관생들에게 답을 요구했다.

　"이 페리튼 늪지대에서의 전투는 특히 가혹했다. 적들은 수적 우세를 살려 포위망을 좁혀 왔고, 군량은 계속해서 떨어져 갔지. 그러던 도중 우리 군에게 최악의 악재가 발생하게 된다. 그게 무엇이라고 생각하나? 도로시 그림우드. 말해 봐라."

　"저, 저 말입니까……?"

　"달리 누가 있지?"

　"그게…… 상대에게 증원군이 왔던 걸까요?"

"틀렸다. 전선이 고착화되어 우리도, 적군에게도 증원군은 올 수 없는 상황이라 말하지 않았나!"

"으윽……."

벼락같은 호통을 내지르는 듀난. 자신의 친아들이니만큼 특혜 의혹이 나오지 않도록 더 혹독하게 하는 모양이다.

"다음 루안 차이스. 네가 말해 봐라."

"……잘 모르겠습니다."

"모른다는 걸 인정하는 자세는 좋다. 억지로 아는 척을 하는 것보단 훨씬 낫지. 다음, 케스퍼 밀리아스!"

케스퍼 녀석은 잔뜩 짱구를 굴리더니.

"지형에 극적인 변화가 있었던 걸까요. 페리튼 늪지대라고 하면 그 자연환경이 특히 가혹하다고 들었습니다."

"음, 추상적이긴 하지만 근접하기는 했다."

그러자 여기저기서 '역시 웨이드…….', '대단한걸.'이라며 감탄이 흘렀다.

그렇게 대충 정답 처리하면 좋았겠으나 듀난은 기어코 내게 화살을 돌렸다.

"알스 일라인. 네가 말해 봐라."

"귀찮네……."

"뭐라고 했지?"

"아무것도 아닙니다. 그 전황에서 최악의 악재라 표현할 수 있는 사건이 있다면 군량에 문제가 생긴 거겠죠. 말씀하신 대로 5월부터 6월까지 페리튼 늪지대에서 대치를 했다면 페리튼 거식 벌레가 성충으로 활동하는 시기와 겹칩니다. 이 거식 벌레는 유충일 때 작은 몸집을 이용해 먹이가 있는 곳에 파고들어 가 일정 기간 이후 성충으로 성장해 그곳에 있는 먹이를 모두 먹어 치우죠. 그 탓에 군량에 피해가 있었다고 생각이 듭니다만."

"바로 맞혔다."

여기저기서 탄성이 흘렀다.

나는 동기 내에서 실력파로 평가받고 있었다.

줄리아 아카데미 시절에 수석을 차지했던 것도 있고, 레인폴 아카데미에서도 수석이니 소문이 날 수밖에 없다.

남자 사관생 중에선 케스퍼, 루안 다음으로 여겨지고 있었다.

듀난은 채점표로 보이는 서류에 무언가를 적고는 말을 이어 갔다.

"현지의 지리에 익숙하지 못했던 우리는 군량 관리에 실패했다. 하여 군량이 바닥나기 전에 서둘러 포위망을 일점 돌파하여 빠져나왔지. 그런데 이게 의외의 상수가 되어 적의 허를 찌를 수 있었다. 벌레들 덕분에 시기적절한 공격 타이밍을 잡을 수 있었던 거지. 빌어먹을 벌레들인 줄 알았는데 사실은 사랑스러운 놈들이었던 거야. 내 부관이었던 제럴드는 벌레에게 벌거벗고 절을 하더군."

하하하! 웃음이 지나가는 교실.

딱딱할 줄 알았는데 의외로 위트가 있는 수업이었다.

"전장에는 이런 우연적인 요소가 발생할 수 있다. 그리고 우리는 그런 부분도 컨트롤할 수 있어야만 한다. 이 전투를 겪은 이후 적어도 내가 지휘하는 부대에선 군량이 벌레에게 먹히는 일은 없었지. 잘했다. 앉아라."

"옛."

자리에 앉자 여기저기서 훔쳐보는 시선이 꽂혀 왔다.

그중 몇몇 여성 사관생들이 잡아먹을 듯이 바라보았던 탓에 나는 턱을 괴어 얼굴을 가려야 했다.

이후에도 듀난은 끊임없이 내게 질문을 던지며 떠보려 들었다.

그 탓에 나에 대한 주목도가 굉장히 높아져 있었다.

수업이 끝난 후에는 몇몇 사관생들이 내게 모여들었는데 그 대부분이 여성 사관생들. 그것도 평민들이었다.

"알스 님. 잠깐 시간을 내주실 수 있으신가요? 수업 내용에 대해 토론을 나눠 보고 싶은데……."

"편하게 불러도 돼. 난 어차피 말단 귀족이니까."

"그러면…… 알스?"

그렇기에 이렇게 들러붙는 것이기도 했다. 예전 집사 교육에서 시녀들이 내게 관심을 드러낸 것과 같은 맥락이다.

부계가 귀족이면 그 자식도 귀족이 된다는 법령 탓에 말단의 남성 귀족은 평민에게 인기가 있었다.

귀족의 직위가 있으면 얻을 수 있는 혜택이 굉장히 많기 때문에 전략적으로 혼사를 진행하는 경우가 있을 정도.

당연히 순혈주의를 고수하는 귀족들 사이에서는 무척 멸시받는 일이었지만.

"……흥. 천한 것들이."

케스퍼 녀석이 이쪽을 보고 경멸의 시선을 보내는 이유이기도 했다.

저 녀석은 내가 황가의 핏줄이라는 걸 알면 어떤 표정을 지을까.

2장

합숙 말미가 되자 시간적인 여유가 생기기 시작했다.

성과가 부진한 몇몇 애들만 강화 합숙을 받게 되었고, 나를 비롯한 정규 사관생들은 군사학 수업 시간을 제외하면 개인 정비라는 명목으로 자유를 부여받았다.

나는 그 시간을 이용해 소설 집필의 마무리를 하기로 했다.

인적이 드문 곳에 자리를 잡은 나는 소설의 내용을 재검토하고 있었다.

'거의 다 쓰긴 했는데······.'

노른자라고 할 수 있는 정사 장면을 제외하니 심심한 순애소설이나 다름없게 되었다.

에스텔에게 검사받은 뒤 합격 사인이 나면 정사 장면을 추가해 관능 소설로 탈바꿈시키면 되는 상황이었지만.

'뭔가 아쉽단 말이지.'

그 문제점을 찾으려 했지만 쓴 입장인 나에겐 문제가 쉽게 발견되지 않았다. 내용을 평가해 줄 제3자가 필요했다.

베릴이나 도로시에게 보여 줘 볼까 생각했으나 마침 내 주위를 서성이는 인물이 있었다.

눈치를 보는 듯 주변을 맴도는 에리나.

주변에 보는 시선이 없음을 확인한 나는 손짓을 해 그녀를 불렀다.

내 손짓에 에리나는 토끼 눈을 뜨고는 종종걸음으로 다가왔다.

"여기 앉아요."

"……괜찮은 건가요? 제게 화가 난 것 아니었어요?"

"화가 나다니요?"

"그게……. 살레온 계파의 사람과는 더 이상 얘기하고 싶지 않다고 했잖아요. 지난번 다과회 때도 제가 괜히 합석을 하자고 해서……."

"그건 그냥 사람들 있을 때는 알은척하지 말아 달라는 뜻이었고요. 단둘일 때는 상관없어요. 이전의 다과회도 사실은 저도 합석을 하고 싶었으니 괜찮아요."

"휴우! 그랬던 거였군요."

"그보다 빨리 앉아요. 다른 사람들 오기 전에."

에리나를 앞에 앉힌 나는 소설을 내밀었다.

"제 친구가 쓰고 있는 소설인데 한번 읽어 보고 문제점을 찾아 주겠어요?"

"보통 그 경우는 본인의 이야기라고 하던데요. 이건 알스 님이 쓴 것인가요?"

"그, 글쎄요. 무슨 소리인지 모르겠네요."

"후훗, 우선 읽어 볼게요."

문장 하나하나를 음미하듯 정독을 하는 에리나. 언제 다른 사람이 올 수 있을지 모르니 책을 다 읽을 때까지는 거리를 두고 앉아 있었다.

2시간이 지나 그녀가 책을 다 읽은 뒤에는 다시 합석해 감상을 들었다.

'이게 뭐라고 긴장되냐.'

나는 조마조마하며 칭찬을 기다렸지만.

"너무 단조롭고 뻔해요."

"커헉!"

피를 토하는 것 같은 기침이 나도 모르게 나왔다.

"이런 식으로 단조롭게 이야기를 풀어 갈 거면 문장이라도 아름다워야 하는데 그마저도 아니죠."

"크헉!"

"게다가 상황 전개마저 별로예요. 뭔가요? 이 머릿속이 꽃

밭인 것 같은 전개는."

"이제 됐어요……."

이미 내 라이프는 0이었다.

"개선의 여지는 있나요?"

"문장 표현력은 단기간에 느는 게 아니니 상황 전개를 바꾸는 수밖에 없겠네요. 인물을 하나 추가하는 게 좋겠어요. 그러면 이야기가 심화되면서 극의 단조로움과 상황 전개도 해결이 되거든요."

"제3의 인물인가요. 친구 캐릭터를 추가할까요?"

"아뇨, 사랑 이야기이니……. 연적을 추가하도록 하죠."

납득이 가는 해결 방안이었다. 수많은 드라마나 영화도 이런 식으로 극을 전개하기도 하고.

'뭔가 아쉬웠던 부분이 이거였구나.'

새삼 에리나가 대단하게 보였다.

"역시 그란셀의 재녀라 불릴 만하네요!"

"고작 이런 걸로 그 소리를 하는 건가요……."

"그보다 연적이라면 어떤 식으로 해야 할까요? 히로인을 노리는 남자 녀석을 하나 넣는 게 좋을까요?"

"아뇨……. 그보단 주인공과 엮이는 히로인을 하나 더 넣도록 하죠."

"대박사건."

영감이 술술 떠올랐다.

에리나가 그걸 부추기듯이 말했다.

"그 여자애는 그러네요. 웨이브 진 금발을 어깨까지 기르고 있고요. 대귀족의 딸이에요. 그리고…… 부, 부채를 언제나 가지고 다니죠."

"하지만 주인공은 말단 장교라는 설정인데 어떻게 그런 높은 신분의 영애와 만날 수 있는 거죠?"

"그, 그건. 예전에 그 대귀족의 저택에 집사 수업을 받으러 간 거예요. 그때 그 여자애를 알게 되고……. 맞아요! 주인공은 사실 그때부터 그 여자애를 좋아했던 거예요. 그 여자애의 이름은…… 이리나! 이리나 팔레온이에요!"

"……?"

이상한 게 느껴져 시선을 올려 바라보자 에리나는 부채로 얼굴을 가리고 있었다. 목덜미가 달아올라 있는 걸 보면 얼굴이 붉어져 있는 모양이다.

"둘은 신분 차이 때문에 엇갈렸지만 결국 진심이 통해 이어지게 되는 거예요."

"메인 히로인을 제치고요?"

"극의 반전이라는 거죠."

"충격적인 전개이긴 하네요."

"그렇죠? 단조롭지 않죠?"

추가 히로인의 설정은 어찌 됐든, 그녀의 조언은 맥을 짚고 있었다.

나는 새로운 히로인이 포함된 이야기를 술술 써 나갔다.

그렇게 글짓기 작업을 하고 있는 둘을 바라보는 시선이 있었다.

알스는 글쓰기에 열중해 그 시선을 미처 알아차리지 못했다.

"......."

꽈악! 주먹을 불끈 쥐는 케스퍼.

'감히 나의 에리나에게 추파를 던지다니!'

분노로 물든 케스퍼는 당장이라도 달려들어 둘을 떼어 놓고 싶었지만 그랬다간 에리나에게 차가운 소리를 들을 것을 알고 있었다.

에리나는 그에게 싸늘한 태도를 취했다. 웨이드를 사칭하고 나서부터 줄곧 그랬다.

'젠장!'

그는 결국 발걸음을 돌려 길버트를 찾아갔다.

길버트에게 이 사실을 알리면 알스라는 놈은 호된 소리를 듣겠지.

그러나 그의 예상과는 달리 길버트는 오히려 만족하는 듯이 웃었다.

"마음을 넓게 가져라, 케스퍼. 그 아이도 에리나의 친구 아니냐."

"하, 하지만 길버트 님. 그 녀석은 헬리안 계파입니다!"

"어린애들이 계파 같은 걸 따질 필요는 없어."

"그런!"

사실 길버트는 알스를 에리나의 좋은 짝이라고 생각하고 있었다.

그건 알스의 성적을 전해 듣고 나서부터였다. 초등 아카데미부터 중등 아카데미까지 수석을 놓친 적이 없는 엘리트 사관생.

장차 군부의 핵심 장교가 될 자질을 가지고 있다는 뜻이었다.

게다가 일라인 가문도 그렇다.

레인폴이 발전하면서 일라인 가문이 국가에 납부하는 세금이 부쩍 늘어나 있었다. 크로싱과의 무역 중계지로 자리를 잡아 그 세수의 수준만 놓고 보면 백작가에 필적했다.

자신이 조금만 서포트를 해 주면 작위 상승은 금방일 테다.

그렇게 되면 이야기는 달라진다.

백작가의 사남이자 군부의 핵심 장교라면?

'에리나도 녀석을 좋아하고 있는 모양이니 그렇게만 된다면 당장이라도 혼담을 추진해 봐야겠군.'

딸이 행복할 수 있는 정략결혼이라면 마다할 이유가 없었다.

그런 생각을 꿈에도 모르고 있던 케스퍼는 답답한 속내를 토로했다.

"길버트 님. 에리나 양에게 저에 대한 환심을 심어 주신다고 하지 않으셨습니까. 한데 에리나 양은 여전히 저에게 차갑습니다."

"하하, 미안하다. 워낙 변덕이 심한 아이라서 말이야."

케스퍼를 바라보는 그의 눈빛 속에는 모멸의 빛이 담겨 있었다.

'멍청한 놈.'

그에게 케스퍼는 경멸의 대상이었다. 과정이야 어떻게 됐든 자신에게 포로 신세라는 굴욕을 겪게 만들었으니까.

그럼에도 데리고 있는 이유는 나중을 위해서였다.

가짜 웨이드 신분이 들켜 도와 달라 매달려 오는 케스퍼를 조종해 밀리아스 후작가의 자본과 영지를 꿀꺽할 생각이었으니까.

"조급해하지 마라, 케스퍼. 모든 일은 결국 순리대로 풀리기 마련이니까."

"알겠……습니다."

길버트의 집무실을 나온 케스퍼는 다시 에리나가 있던 곳으로 향했으나 에리나는 이미 떠난 뒤였다.

알스 혼자 글을 쓰고 있는 걸 본 그는 성큼성큼 다가갔다.

"이봐."

"……?"

케스퍼는 으르렁거리며 엄포를 놓았다.

"이 이상 나의 에리나에게 접근하지 마라. 그녀는 너 따위와는 다른 세계에 살고 있다고."

멍한 표정으로 듣고 있던 알스는 곧 코웃음을 쳤다.

"하핫, 그러는 너는 같은 세계에 살고 있는 건가?"

"당연하지."

"나 참."

알스는 쓴웃음을 지었다. 본인이 버림패로 이용당하는 것조차 모르는 모습에 측은함마저 느끼고 있었다.

이에 케스퍼는 알스가 자신을 우습게 여긴다고 생각했는지 낮은 목소리로 위협했다.

"네놈, 내가 누군지 알고 그런 태도를 보이는 거냐? 내가 바로 웨이드다. 알바드와의 전쟁을 승리로 이끈 게, 줄리안 크레이그를 무찌른 게 바로 나라고."

"……."

알스는 그 뻔뻔함에 놀라 얼이 빠져 아무런 말도 하지 못했다.

케스퍼는 알스가 겁을 먹었다고 생각했는지 만족스럽게 웃었다.

"알았으면 다시는 에리나에게 접근하지 말도록. 혹시 또 같은 일이 일어난다면 네 주제를 알게 해 주지."

"나도 하나 얘기해도 될까?"

"……?"

"모래로 쌓아 올린 성은 아주 간단하게 무너져 버리고 말 거야. 일단 무너져 내리면 다시는 수습할 수 없게 되어 버리겠지. 그렇게 되기 전에 탈출해. 이건 진지한 충고야."

"너 따위가 나에게 충고라고? 주제를 알라고 했지."

"그렇게 받아들인다면 나도 더 이상 해 줄 말은 없어."

어깨를 으쓱이고는 케스퍼에게서 신경을 끄는 알스.

케스퍼는 한참이나 알스를 노려보고는 등을 돌려 떠나갔다.

합숙은 예정된 날짜보다 이틀 일찍 끝나게 되었다.

내가 무의미하게 시간을 보내고 있는 걸 본 헬리안 공작이 성적 우수자에 한해선 합숙을 끝내라 지시했기 때문이다.

하여 예정보다 일찍 끝을 낸 나는 에오나 유미르의 마중 없이 홀로 레인폴로 향해야 했다.

"휘유! 한 달밖에 안 됐는데도 무척 오랜만인 기분인걸."

영지가 하루가 멀다 하고 발전 중이었던지라 한 달 만에 돌아온 레인폴은 또 다른 모습이었다.

나는 우선 크로싱 방면에 있는 최고 관리 집무실로 향했다.

마음 같아선 당장이라도 저택으로 돌아가 에오가 해 준 음식을 먹고 싶었지만 그럴 수도 없었다.

이곳으로 오기 전 헬리안 공작에게서 전해 들은 그 소식 때문이었다.

'키메라 전쟁이 시작되려 하고 있어.'

북서부의 에우로페. 북부의 툰카이.

그리고 서부의 스벤너가 정식으로 동맹을 맺고 군사를 끌어모으기 시작한 것이다.

이 세 국가의 영토 형태를 본따 키메라 동맹이라는 연합군이 만들어졌다.

이들의 목표는 남부의 대국 뷜랑. 강대국 간의 전쟁이 벌어지려 하고 있었다.

'우선은 첩보 정보를 모아야지.'

그렇게 크로싱의 첩보 정보를 열람하기 위해 최고 관리 집무실로 향한 나는 묘한 소리를 듣게 되었다.

쿵! 덜커덕! 쪼옥! 끼이익! 책이 떨어지거나, 책상이 끌리는 둥. 영문을 알 수 없는 소리였다.

'짐이라도 옮기나?'

그렇게 생각하며 집무실의 문을 연 나는 그대로 굳어 버릴 수밖에 없었다.

그곳에 정열적으로 입을 맞추고 있는 일리야 스승과 안톤이 있었기 때문이다.

심지어는 스승이 안톤을 벽으로 몰아붙여 입술을 가져다

대고 있었다. 얼마나 열렬한지 내 기척조차 눈치채지 못했다.

"읍……!? 일리야, 잠깐……!"

"이제 와서 왜 그래 안톤. 불을 붙인 건 너잖아."

벽에 몰려 있던 안톤은 곁눈질로 내 존재를 확인한 모양이지만 문을 등지고 있던 스승은 그렇지 못했다. 어쩔 줄 몰라 하는 안톤이 귀여운지 더 거칠게 입을 맞췄다.

이에 안톤은 스승을 강하게 밀어 떨어뜨렸다.

"안톤……? 왜……."

상처받은 듯한 표정을 짓는 스승. 그러나 그것도 잠시였다.

"알스 님이 오셨어!"

"뭐!?"

그제야 고개를 돌린 스승은 나와 눈을 마주치더니 돌처럼 굳어 버렸다.

"아, 그게……. 노크하지 않아 죄송합니다. 그래도 되도록 문을 잠그고 하면 어떨까 싶어요."

"아, 아, 아, 아니다! 이, 이건 그, 그런 게 아니야, 알스!"

"괜찮아요. 좋은 일인데요 뭘. 그래도 공과 사는 구분하는 게 어떨까 싶어요."

"그러니까 그……!"

"한 달 만에 재회한 모습으로는 충격적이긴 했지만, 그래도 행복하신 것 같아 보기 좋습니다."

"……."

스승은 생각하는 것을 멈췄는지 아무런 말도 하지 못한다.

"안톤."

"소, 송구합니다. 알스 님. 집무실에서 이런 추태를……."

"당신 집무실인데 미안할 것 없어요. 오히려 집무실이라 더 불타오른 거겠죠. 그보다도 스벤너에 대한 첩보 자료는 어디 있죠?"

"여기 있습니다."

나는 그 서류들을 챙겨 들고 말했다.

"이건 저택으로 가져가서 검토할게요."

"예? 그런 거라면 저도 함께……."

어리둥절해하는 안톤.

"괜찮아요. 당신은 어서 불을 꺼야죠."

나는 철컥! 문의 잠금쇠를 걸쳐 주고 집무실을 나왔다.

내가 배려해 줬다는 걸 깨달았는지 등 뒤로 둘의 웃음소리가 들려왔다.

그것도 잠시. 둘은 금방 격정을 나누기 시작했다.

저택에 돌아온 나는 에오가 해 준 요리를 먹으며 크로싱의 첩보를 종합하고 있었다.

'키메라 전쟁⋯⋯. 이 정도로 큰 전쟁이었구나.'

게임에선 튜토리얼 격으로 나온 전쟁인지라 크게 와닿지 않았으나 실제로는 역사에 길이 남을 만한 규모였다.

스벤너, 에우로페, 툰카이. 키메라 동맹의 연합군이 모은 병력의 숫자만 자그마치 42만.

이 중 스벤너 혼자 24만을 끌어모으며 초강대국으로서의 면모를 드러냈다.

반면 뷜랑은 그에 비해 5만이 적은 19만을 모으는 데 그쳤으나 뷜랑의 진면모는 외교전에 있었다.

뷜랑은 10년 전 스벤너와 격전을 치른 이후 스벤너의 야욕에 대항할 외교 채널을 만들어 놓고 있었다.

그것이 바로 중동부 연합이었다.

뷜랑은 중부의 알바드, 베카비아, 발러스. 동부의 캘리퍼, 크로싱에게 지원을 요청하여 함께 대응해 줄 것을 요구했다.

현재 중동부는 잇달아 전쟁이 벌어지며 도무지 힘을 합칠 상황이 아니었으나 뷜랑은 그걸 해낼 정도의 외교 역량이 있었다.

무엇보다 뷜랑이라는 방파제가 무너지면 스벤너의 야욕이 곧장 다른 세력에게 향할 것이 뻔한 상황이었기에 뷜랑을 도와주는 게 전략적으로 맞았다.

그렇게 각국에선 지원군을 파견하기 위한 준비에 들어갔다.

그 최종 규모는 상대와 마찬가지로 40만가량이 될 터였다.

'엄청난 규모……'

양측 도합 82만의 전쟁.

대륙의 패권국 모두가 참여하는 대전쟁이 벌어지려 하고 있었다.

그렇게 첩보 자료를 읽고 있자니 앞치마를 두른 에오가 나타났다.

"요리는 입맛에 맞으신가요?"

기대감이 잔뜩 담긴 물음. 나는 그 기대에 부응해 주기로 했다.

"맛있어. 솔직히 말해서 이젠 너 없이 살아갈 수 없는 몸이 돼 버린 것 같아."

"예!?"

빈말은 아니었다. 헬리안 공작이 차입해 줬던 요리들도 입맛에 맞지 않아 제대로 먹지 못했으니까. 어느새 내 입맛은 에오가 해 준 요리에 완전히 길들여져 있었다.

"근데 유미르는 어디 있어?"

"저, 저, 저, 저, 저, 저도……"

"갑자기 왜 그래? 고장이라도 난 것처럼."

그때 유미르가 모습을 드러냈다.

"찾으셨습니까. 도련님."

"아, 응. 맥스 형에게 이 편지를 전달해 줬으면 해."

"그런 거라면 저택에 함께 가시는 건 어떠십니까? 도련님이 돌아오신 걸 알면 사모님도 기뻐하실 거예요."

"오늘은 먼저 가 볼 곳이 있거든."

루트거의 저택이었다. 키메라 전쟁에 대해 얘기할 것이 있기도 했고, 무엇보다 에스텔에게 완성된 소설을 보여 주고 싶었다.

에스텔이 합격 사인을 낸다면 미리 써 놓은 정사 장면을 추가해 베이올라프에게 전달할 생각이었다.

루트거 부녀의 저택은 레인폴의 번화가에 위치해 있었다.

똑똑! 저택의 문을 노크하자 중년의 시녀가 모습을 드러냈다. 새로 고용한 쿠라벨 출신의 노예인 것 같다.

"어느 분이신지요?"

"아, 예. 에스텔 양을 만나러 왔는데요."

"어머나, 에스텔 아가씨의 친구분이시군요. 온다는 얘기는 들었어요."

온다는 걸 들었다니. 그건 이상하다. 스승과 안톤이 그 남사스러운 장면을 들킨 것만큼 내가 돌아와 있다는 건 예상하기 힘들 텐데.

"어서 들어와요. 아가씨는 주인님과 함께 과자를 사기 위해 나가셨답니다. 다른 친구분들과 함께 응접실에서 기다려 주세요."

"아⋯⋯."

보아하니 오늘은 따로 친구들과의 약속이 있었던 모양이다.

선약이 있었다면 다른 날에 올까 했지만 어물쩍 응접실에 들어가고 말았다.

"⋯⋯."

"⋯⋯."

누구냐는 듯 초롱초롱한 눈으로 응시해 오는 네 명의 여성. 아무래도 크로싱 고등 아카데미의 학생들인 모양이다.

"실례할게요."

이왕 이렇게 된 거 일단 이곳에서 기다리다 루트거 부녀가 돌아오면 에스텔에게 자리를 맡기고 루트거와의 용건을 먼저 처리하기로 했다.

나는 참고용으로 가지고 있던 다른 소설을 읽으며 시간을 죽이려 했지만 저쪽에서 호기심이 동했는지 내게 말을 걸어왔다.

"에스텔의 지인분이신 거죠? 실례가 안 된다면 성명을 여쭤볼 수 있을까요?"

"알스 일라인이라고 합니다."

그러자 새된 환성이 터져 나왔다.

나에 대한 건 에스텔에게 어렴풋이 들었는지 꼬치꼬치 캐물어 오기 시작한다.

그렇다면 나도 물어보고 싶은 게 있었다.

"하나 묻고 싶은 게 있습니다만, 이번 크로싱 아카데미에서 쥬라스 파밀리온 재상이 교편을 잡았다고 하던데 사실인가요?"

"파밀리온 선생님 말씀이시군요."

그녀들은 쥬라스의 얘기가 나오자 환하게 웃었다.

"무척 위트 있고 신사적인 분이랍니다. 저흰 늘 그분의 수업을 기다리고 있어요."

자세히 듣자니 군사학은 가르치지 않았다고 한다. 녀석이 가르친 수업은 일반과 수업으로, 교양과 댄스였다.

'그놈이 벌인 짓이니 무슨 의도가 있을 것도 같지만…….'

한편으론 아무 의미 없이 그냥 재미 삼아 저지른 일일지도 모른다. 그것이 쥬라스 녀석의 섬뜩한 점이었다.

전혀 종잡을 수 없는 괴짜가 무서울 정도로 유능하니 대체 어떤 일을 벌일까 두려워지는 것이다.

"그런데 일라인 님? 일라인 님은 에스텔과 약혼을 한 사이이신 거죠?"

"아뇨, 그냥 친구 사이입니다만."

"……어머나."

순간 공기가 바뀌는 느낌이 들었다. 왜인지 거리감도 줄어들었다.

"캘리퍼 아카데미에선 어떤 수업을 하는 건가요? 역시 귀족분들이 많으니 매일매일 파티를 하는 건가요?"

"그럴 리가요. 게다가 저는 사관생인지라 그런 사교계 이야기는 잘 모릅니다."

"사관생! 멋지네요!"

그렇게 환담을 나누고 있던 차.

갑자기 등 뒤로 오싹한 것이 느껴졌다.

"……뭘. 하고 있는 거죠."

과자 꾸러미를 든 채 위압적인 아우라를 뿜어내고 있는 에스텔. 곁에 있던 루트거는 딸의 이런 모습을 처음 보는지 화들짝 놀라고 있다.

"모두 알스 님에게서 떨어지세요."

황제의 명령이라도 하달된 것처럼 후다닥 자기 자리로 돌아간 여자애들은 겸연쩍은 얼굴로 찻잔을 홀짝였다.

에스텔은 그쪽을 지그시 노려보더니 내게 시선을 돌렸다.

"언제 돌아오신 건가요."

"오늘 아침에요."

"그렇다면 제게 미리 말을 해 주시지 그랬어요."

"그럴 새도 없이 바로 돌아온 거거든요."

"오늘은 제게 용무가 있으신 거죠?"

"그런 셈이죠. 그래도 선약이 있는 것 같으니 기다릴게요. 그냥 기다리기 뭐하니 저도 함께 이야기를 나눠도 괜찮겠네요."

"안 돼요."

그러고는 루트거에게 말한다.

"아버님, 손님의 접대를 부탁드릴게요. 부디 알스 님이 불쾌함을 느끼지 않도록 정중히 대해 주세요."

"그, 그래."

자신에게 접근하는 남자들에게 루트거가 어떤 태도를 취하는지 잘 알고 있는지 강하게 못을 박는다.

그렇게 계산대로 루트거와 단둘이 남게 된 나는 전쟁에 대한 애기를 했지만 루트거는 혼이 빠졌는지 듣는 둥 마는 둥 하고 있었다.

"후우……."

"왜 그래요? 한숨을 다 쉬고."

"에스텔이 아내를 닮아 가고 있는 것 같아서 말이야……."

"좋은 경향 아닌가요?"

"그럴지도 모르지만……. 뭐, 감당을 해야 하는 건 자네이니 내가 걱정할 필요는 없는 건가."

루트거는 체념한 듯 해탈한 표정을 짓고 있었다.

에스텔의 다과회가 끝난 건 해가 질 무렵이었다.

기다리고 있던 내게 에스텔이 복잡한 표정으로 나타났다.

"죄송해요. 순간 감정을 주체하지 못하고 말았네요. 알스 님은 그저 억지로 이야기에 어울려 주고 계실 뿐이었는데."

"아녜요. 저도 즐거웠는데요 뭐."

"즐거……웠다고요?"

"그야 당신이 아카데미에서 어떻게 지내나 알 수 있었으니까요."

"그, 그런 거군요. 저도 참."

다과회에서 남은 과자를 테이블에 놓은 에스텔은 아카데미 생활에 대해 이야기를 나누고 싶어 했지만 시간이 시간인지라 곧장 본론으로 들어갔다.

그녀는 입을 삐죽 내밀면서도 내가 쓴 완성본이 궁금하긴 한지 곧장 읽기 시작했다.

그러길 잠시. 싸늘하게 말해 온다.

"뭔가요. 이 바보 같아 보이는 금발 여자는."

"새로운 히로인이에요. 극의 상황 전개를 깊이 있게 해 주기 위한 장치죠."

"이 내세울 게 가문밖에 없는 캐릭터가 새로운 히로인이라고요? 게다가 이름이 이리나 팔레온이고요. ……설마하니 알스 님. 에리나 살레온에게 조언을 구하신 건가요?"

"이런 걸 상담할 만한 친구가 그녀 외에 없었거든요."

에스텔은 야속하다는 듯 바라보았지만 이해는 하는지 나머지를 읽기 시작했다.

"내용이 훨씬 더 괜찮아졌죠?"

"예에……."

그건 부정하기 힘든지 에스텔도 고개를 끄덕였다.

"하지만 결말만큼은 아니에요. 납득할 수 없어요. 말도 안 돼. 어째서 이 여자랑 맺어지는 거죠?"

"충격적인 반전이래요."

"반전도 납득이 가야 하는 거예요. 이럴 때는……."

개선점을 말하기 시작하는 에스텔. 그 내용도 충격적이었다.

"제3의 히로인요?"

"예, 언제나 주인공을 곁에서 지켜보고 있던 여자아이예요. 그 여자애는 적갈색의 머리카락을 가지고 있고, 글을 읽고 쓰는 데에 능해요. 게다가 아버지가 무척 대단한 장군이죠. ……그래요! 그 아버지가 주인공의 상관인 걸로 하죠. 여자애의 이름은 에르텔 디온테. 이리나 팔레온이 사실은 악녀였던 게 들통 나고 마지막엔 에르텔과 맺어지는 거죠."

여러 가지 딴지를 걸고 싶은 부분이 많았다.

"그래도 히로인이 세 명이나 됐다간 내용이 중구난방이 될 것 같은데요."

"그렇지 않아요. 자, 이렇게 하면 돼요."

그러면서 에스텔은 플롯을 짜 주기 시작했다. 그 내용은 나도 절로 흥미가 생길 정도의 막장 드라마였다.

윤곽이 잡혀 완성이 되어 가는 소설.

다만 결말만큼은 슬쩍 바꿔 에르텔과 이리나 사이에서 고민하던 주인공이 메인 히로인이었던 여기사와 여행을 떠나는 걸로 결정했다.

그 완성본에 정사 장면을 삽입하는 걸 마지막으로 베이올라프에게 줄 관능 소설의 집필은 마무리.

이제 가져다주기만 하면 됐으나 키메라 전쟁이 개전하려 함으로 인해 대부분의 육상 국경이 폐쇄된 탓에 내가 직접 갈 수는 없었다. 하여 베카비아를 경유하여 에우로페로 들어가는 해양 상단을 통해 물건을 전달하기로 했다.

본격적으로 전운이 감돌기 시작한 대륙.

이는 아카데미에서도 고스란히 느낄 수 있었다.

캘리퍼 왕국은 파병을 위해 귀족들의 사병 위주로 7만의 군대를 조직했는데, 여기에 사관생들도 전장에 나가기로 되어 있었다.

이에 대해 군부의 관계자가 설명을 하였다. 듀난 장군은 바빠졌는지 아이언하트 장군이 대신 나타났다.

"너무 걱정할 필요는 없다. 실제로 전투가 일어나지는 않을 거라는 게 상부의 예측이니까."

이번 스벤너의 진군은 일종의 정치적 편 가르기를 보여 주기 위함이 아니냐는 것이다.

"전쟁의 시기 자체가 그래. 3월에 진군하는 군대는 오래 싸우지 못하기 마련이지."

본격적인 농번기에 들어가기 때문이다. 스벤너와 뷜랑의 군대는 반절 이상이 징집 병사들이기 때문에 이들이 전장에 나와 있을 경우 한 해 농사가 망할 수도 있다.

"기껏해야 한 달 정도일 거다. 너희들은 배운다는 생각으로 각자의 가문에서 종군을 하면 된다."

그러자 가문의 격이 높은 사관생들이 콧대를 높였다.

"훗, 겁을 먹지 않은 건 칭찬해 주고 싶군. 군이 본격적인 소집을 시작하는 건 일주일 후가 될 거다. 그때까지는 아카데미 수업이 없을 테니 집으로 돌아가 지급된 군장을 정리하고 개인 정비를 하고 있도록."

아이언하트가 떠나가자 교실이 웅성였다.

"내가 이런 대전쟁에 참전하게 되다니……."

"위험하진 않을까?"

겁을 먹은 애들도 있었지만 대부분은 큰 전쟁에 참여한다는 것에 설렘을 표하고 있었다. 전공을 세워 승진하겠다느니, 상대 장군을 포박하겠다느니 부푼 꿈을 안고 있는 녀석들도 더러 보였다.

'허영심을 가지고 전쟁터에 나간다니.'

저런 허영심은 전쟁의 참혹함 앞에서 더 큰 두려움으로 바뀌기 마련인데 말이다.

"야, 알스. 너 그거 들었어?"

동기인 배닝스의 말이었다.

"크로싱에선 쥬라스 파밀리온이 총대장을 맡는대!"

"그래서?"

"그래서라니! 스벤너의 악뇌 제무토와 크로싱의 천의무봉 쥬라스! 십걸 두 명이 처음으로 맞붙게 된 거잖아! 나는 제무토의 손을 들어 주고 싶어. 아무리 쥬라스라도 무패의 명장 악뇌의 명성에는 두려움을 느낄걸?"

"그 인간이라면 기뻐하고 있을 거 같은데."

어디 한번 실력을 보자며 음흉하게 웃고 있을 게 분명하다.

"게다가 사략의 카이엔까지 알바드의 총대장으로 나온다니까. 엄청난 일이 돼 버렸어."

사실상의 올스타전이었다.

위의 셋을 제외하고서라도 십걸이 더 나올 가능성이 높았고, 하위 개념인 20인의 군웅 중 8인이 이미 출전을 확정 지은 상태였다.

그렇게 되니 자연스럽게 웨이드에게도 귀추가 쏠릴 수밖에 없었다.

신성처럼 나타난 용병 웨이드가 전장에 나타나느냐에 대해서.

"이봐, 케스퍼. 역시 너도 지휘관으로 출전하는 거냐?"

사관생들은 케스퍼 녀석을 둘러싸고 있었다.

"네가 마음만 먹는다면 듀난 장군과 어깨를 나란히 하는 대장군 자리를 얻을 수도 있다던데."

"그래도 위계라는 게 있으니까. 듀난 장군님을 보조하는 총군사 역할을 맡지 않을까?"

다들 케스퍼를 웨이드라 확정을 지은 채 이야기를 하고 있었다.

케스퍼 녀석이라고 하면 전혀 망설이지 않았다.

어떤 일이 벌어지든 길버트가 뒤처리를 해 줄 거라고 철석같이 믿고 있는 것이다.

"제의를 받긴 했는데 거절했어. 지금의 나는 사관생일 뿐이니까."

"크으, 역시나! 그래도 혹시 전황이 안 좋아지면 부탁한다고 케스퍼…… 아니, 웨이드!"

"그래. 맡겨 둬."

모래로 쌓은 성은 무너질 거라고. 웨이드 행세는 하지 않는 게 좋을 거라고.

그런 내 충고에도 불구하고 케스퍼는 모래로 쌓은 성에서 군림하겠다는 멍청한 선택을 했다.

그런 생각이라면 나도 더 이상 해 줄 말은 없었다.

전쟁을 위한 병력 소집 명령 떨어지자 귀족들이 부지런히 움직이기 시작했다.

이 왕명에 의한 병력 소집은 작위에 따라 그 파견 병력의 최소치가 정해져 있는데, 남작은 최소 500의 병력을 데리고 가야 했다.

우리는 그 최소치인 500명만 데려가기로 했다. 레인폴로 이주하면서 여력이 생기긴 했으나 식량에 여유가 있는 게 아니었던 만큼 허세를 부리지 않기로 했다.

그 부대의 대장은 퍼지 형이 맡기로 했다.

나는 측근 장교들만 모아 퍼지 형의 부대에 합류하기로 했는데 여기서 문제가 생겼다.

"이번 전쟁에 나갈 사람을 정할까 해요."

오랜만에 한자리에 모인 가신들.

"이번 전쟁은 전투 자체가 벌어지지 않을 가능성도 있고, 무엇보다 제가 지휘관으로 출전하는 게 아닌 만큼 많은 병사를 지휘하지 않을 것 같습니다. 그러니 몇 명은 레인폴에 남아 내정과 치안을 담당해 줬으면 해요. 우선 레인폴에 남고 싶은 사람이 있습니까?"

그러자 안톤이 조심스럽게 손을 들었다.

"주군, 제가 전장에 나가겠습니다. 대신 일리야는……."

"스승이 왜요?"

"그게……."

드물게도 우물쭈물하는 안톤. 이에 일리야 스승이 작게 한숨 쉬며 말했다.

"알스, 나는 레인폴에 남아 있어도 되겠니?"

"스승이라면 전장에 나가고 싶다 하실 줄 알았는데 의외네요. 저도 가능하다면 스승을 데려가고 싶었어요."

"미안하다. 지금은 조금 힘들 것 같다……. 아니, 가능은 할 것 같은데 아무리 그래도 신중을 기해야 하는 게 맞을 것 같아서 말이야."

"무슨 일인데요?"

이때 가스파르가 껄껄거렸다.

"크하핫! 왜인지 날카로움이 사라졌다 했더니 그런 거였나. 하기야, 아이를 가졌으면 전장에 나가기 꺼려질 수밖에 없지."

"아이요!?"

생각해 보면 당연한 건지도 모른다. 그렇게나 열정적이었으니.

"저, 정말인가요, 스승?"

"……그래. 이제 두 달이 된 것 같아."

스승의 임신 소식에 모두가 놀라고 있었다.

"축하해요, 스승."

"하하……."

멋쩍어하는 스승의 표정은 처음 보는 것 같았다.

"고맙다. 지금 이런 말을 하긴 뭐하지만 혹시 아이 이름을 정할 때 도와줄 수 있겠니. 나와 안톤을 이어 준 너에게 부탁하고 싶거든."

"물론 도와드려야죠. 그런데 아이를 가졌으면 조만간 결혼식도 올리셔야겠네요."

"그런 허례허식을 뭐가 좋다고 하겠어."

"안톤은 그렇게 생각하지 않는 것 같은데요? 저도 가능하면 했으면 좋겠어요."

"윽……! 새, 생각해 보마."

갑작스러운 경사로 인해 스승이 함께하지 못하자 인선이 꼬여 버리고 말았다.

루트거를 남겨 두고 스승을 데려갈 생각이었으나 스승이 남게 되자 조합을 새로이 짜야 했다.

"에오, 이렇게 된 이상 네가 남는 게 좋을 것 같아. 스승 혼자선 일이 힘들 수 있으니 네가 남아서 비스케타 씨와 연결을 해 줘."

"으으, 전 알스 님과 함께 가고 싶습니다."

"마음은 알겠는데……."

그러고 있자니 루트거가 고개를 끄덕이며 말한다.

"아무리 그래도 임산부를 고생하게 둘 수는 없지. 레인폴의 내정에 대해선 전적으로 내가 담당하겠네. 얼마 전에 비스케타 크렌과도 안면을 익혔으니 괜찮을 거야. 안페이. 자네는 일을 신경 쓰지 않고 푹 쉬어도 좋네."

이에 안톤이 진심으로 고맙다며 루트거에게 예를 표한다.

"흠, 좋습니다. 그러면 스승은 치안 관리만 조금 거들어주세요. 절대 무리는 하지 말고요. 나머지 에오니아, 유미르, 가스파르, 안톤. 당신들 넷이 저와 함께 가겠습니다."

지난번 전쟁에서 큰 공을 세웠던 루트거와 스승이 빠지고 유미르와 가스파르가 새로이 들어온 이번 인선. 이들을 어떻게 활용하느냐는 전적으로 나에게 달려 있었다.

선발된 가신들을 데리고 저택에 돌아가니 퍼지 형이 기다리고 있었다.

퍼지 형은 대략 500명의 직업군인을 휘하에 두고 있었는데, 이걸 우리 영지의 병력과 합하면 대략 1천 명. 전술 하나를 가뿐히 수행할 수 있는 숫자를 지휘하게 된다.

"내게 천 명에 가까운 부대를 지휘하라니······. 500명도 벅찬데 말이야."

"뭐, 괜찮지 않겠어요?"

"그래. 알스 네가 도와준다면 일도 아니겠지."

"저는 그냥 거들 뿐이죠. 부대 지휘의 핵심은 결국 휘하 장교들이 얼마나 해 주냐니까요. 실례지만 퍼지 형의 부대에는 믿을 만한 장교가 있나요?"

"네게 자랑할 정도의 부하는……."

없는 모양이다.

하기야. 능력 있는 장교들은 유력 귀족가가 이끄는 부대에 줄을 타기 마련이다.

대단한 의리가 있는 게 아니라면 별 볼 일 없는 부대에는 남아 있지 않는다. 잘못하다간 승진의 길이 막혀 버리니까.

"그렇다면 골치 아파지겠네요."

유미르는 첩보는 잘하지만 군의 지휘는 하지 못했고 에오니아도 돌격 전술은 잘 수행해도 수비나 교란작전에는 서투른 편이었다. 부하 관리 능력도 시원찮다.

가스파르는 군 지휘가 가능하지만 순혈 수인인 만큼 병사들에게서 반감을 살 가능성이 높다.

그렇기에 소규모 지휘에 능한 스승을 데려오려 한 것이지만 이번에는 어쩔 수 없었다.

'그나마 에오에게 맡기는 편이 낫겠네.'

그래도 평범한 장교에 비하면 훨씬 나으니까.

그런 생각을 하고 있던 차. 생각지도 못한 지원이 도착한다.

"웨이드 님, 인사 올리겠습니다. 전 엘버리 콜튼이라고 합니다."

한쪽 무릎을 꿇으며 그리 말하는 남자. 그의 뒤로 같은 복장의 남자들이 뒤따르고 있었다.

"쥬라스 님의 명에 따라 이번 전쟁에서 당신의 수족이 되어 움직이겠습니다."

내 사정을 알고 있기라도 한 것처럼 쥬라스가 자신의 군장교 20명을 지원해 준 것이다.

"주군, 이들은 제가 요청한 것입니다."

안톤의 말이었다.

"일리야가 전장에 나오지 못한 것은 제 탓이니 주군의 부담을 덜어 드리기 위해 파라인 국왕께 부탁을 했습니다."

"그런가요……."

범상치 않은 기운을 품고 있는 자들. 단순 장교들이 아닌 것 같았다.

"……참고 삼아 묻겠는데 당신들의 본래 직급은 뭐였죠?"

"저는 5천 명의 병사를 이끌고 있었습니다. 다른 장교들도 마찬가지입니다."

"그러고 보니 낯이 익네요."

"예, 지난 캐링턴 전투에서 당신의 지휘를 받았었습니다."

이들은 정예 중의 정예 장교였다. 두세 단계만 진급하면 곧장 장군이 될 수 있을 정도로.

"크, 크로싱의 부대장들이라고!?"

퍼지 형은 떡 벌린 입을 다물지 못하고 있었다. 그들의 이전 직급을 보면 퍼지 형보다 몇 단계는 위에 있었으니까.

이들의 합류는 어깨가 든든해지는 일이긴 했으나 한편으론 우려가 되기도 했다.

'파라인 국왕이 숨기고 있는 일……. 그걸 알지 못하는 이상 안톤 이외에 크로싱의 인물들을 가까이 두고 싶지는 않은데.'

그러나 쥬라스는 그마저도 내다보고 있던 모양이다.

엘버리가 말한다.

"더불어 쥬라스 님께서 이 말을 전하라 하셨습니다. 원한다면 이번 전쟁이 끝난 뒤 당신이 궁금해하는 일에 대해서도 전부 알려 주겠다고요."

"……!?"

이에 안톤도 눈을 부릅뜨고는 어쩔 줄 몰라 했다.

"그게 사실이냐! 쥬라스 님께서 정말 그렇게 말했다는 거냐!"

"그렇습니다."

"그럴 수가! 파라인 국왕께서 그냥 두고 볼 리 없는데!"

그러나 곧 체념하듯 고개를 떨어뜨렸다. 그러고는 내게 말했다.

"후우……! 주군, 그때가 온다면 저도 모든 것을 말씀드리겠습니다."

"좋아요. 얼마나 대단한 일인지는 모르겠지만 알겠습니다. 일단 이들은 안톤 당신이 지휘해 주세요."

"옛!"

20여 명의 장교를 휘하에 두게 된 안톤은 약점이었던 부대 지휘와 전술 능력을 장교들이 보완해 줄 수 있게 되면서 훌륭한 맹장형 장군으로 탈바꿈하게 되었다.

"으그극……!"

에오는 위기감을 느꼈는지 견제하듯 노려보고 있었다.

곧 나에게 속삭여 온다.

"알스 님, 저자들을 신뢰해서는 안 됩니다. 우리를 감시하기 위해 크로싱에서 붙여 놓은 첩자임이 분명합니다."

간신의 기질을 십분 발휘하기 시작한 에오.

진짜로 이간질을 하려 한다기보다는 그저 크로싱에 대한 반감에 더불어 안톤에 대한 견제를 하는 모양이다.

"걱정해 줘서 고맙지만 괜찮아. 그런 부분도 충분히 감안을 하고 있으니까."

"예에……."

에오는 시무룩하여 입을 삐죽 내민다.

반면 퍼지 형은 아까부터 흥분을 감추지 못하고 있었다.

명목상으로 안톤과 그의 부관들이 퍼지 형의 부대에 합류한 것이었으니까.

"내, 내가 적기사 안톤을…… 부관으로……."

말을 잇지 못하는 퍼지 형. 안톤은 고개를 숙여 보이며 말한다.

"걱정하지 마십시오. 저와 제 부하들은 어떤 명령이라도 수행할 준비가 되어 있습니다."

"그러니까 더 걱정인 겁니다만……. 내가 제대로 지휘할 수 있을지 어떨지……."

뭐가 됐든 이들의 합류는 부관의 부재를 걱정하고 있던 우리에게 도움이 되었다.

나는 서둘러 그들의 신분을 감추기 위한 군복을 제작하기로 했다. 크로싱의 군복을 그대로 입을 수도 없는 노릇이니까.

에오와 유미르, 가스파르에게도 신분을 위장할 군복과 투구가 필요했기에 대충 검은색의 전투복을 통일해 입힐 생각이었으나 에오가 색깔에 고집을 부려 왔다.

"저는 박쥐의 색은 싫습니다. 순결한 백색으로 하고 싶습니다."

은근히 안톤을 까내리면서 투정을 부려 오는 에오. 유미르도 은신에 용이한 연녹색을, 가스파르는 흙색을 원했다.

"이게 무슨 전대도 아니고……. 어쨌든 알겠어."

에오는 백색의 군복을 받아 들고 희희낙락했다.

그렇게 화이트와 블랙. 그린, 브라운이 나란히 갖춰진 모습에 조금 아연해졌다.

'내가 회색이니 다섯이 모인 건가.'

나중에는 파워레인저가 결성될지도 모르겠다는 생각이 들었다.

그렇게 군복을 맞춘 시점에서 맥스 형이 영지의 사병 500여 명의 편성을 끝내 주었기에 나는 퍼지 형을 따라 군의 소집 장소인 부레크로 향하기로 했다.

부레크는 북서부에 위치한 도시로 크로싱과의 접경 지역에 위치했다.

우리 캘리퍼는 부레크에서 군을 편성하여 전선으로 이동할 예정이었다.

서부 연합군 42만과 중동부 연합군 40만의 대격돌인지라 전장도 굉장히 넓었다.

전선의 숫자는 굵직한 것만 8개. 우리 캘리퍼는 이 중 하나인 갈라른 산지를 맡기로 결정이 되어 있었다.

"일라인 남작가의 삼남. 퍼지 일라인입니다. 정규병 500명을 지휘하고 있으며, 추가로 영지의 사병 500명을 이끌고 왔습니다."

퍼지 형의 말에 문지기를 맡고 있는 군 장교는 심드렁한 표정을 지어 보였다.

"500명? 하, 알겠다. 통합 막사에서 수속을 받고 편성을 받아라. 아니, 이 숫자면 통합 막사로 갈 필요도 없겠군."

"……알겠습니다. 그럼 곧바로 편성 막사로 가겠습니다."

"서둘러 들어가도록. 뒤에 큰 손님이 오고 있는 것 같으니까."

그는 우리의 뒤편을 바라보고 있었다.

인산인해를 이루고 있는 대부대.

살레온 공작가와 밀리아스 후작가의 합동 병력 2만이 도착한 것이다.

우리 사병의 40배에 달하는 대군.

그 선두에는 케스퍼 녀석이 광택이 나는 회색의 갑주를 입은 채 뽐내듯 서 있었다.

"웃기지도 않는군. 가자 알스."

"예, 형님."

우리는 편성 막사에 가 수속을 밟았다.

병력이 많았다면 모를까 그게 아니었기에 그냥 퍼지 형의 부대와 합치는 방향으로 결정이 되어 번갯불에 콩 볶아 먹듯이 편성이 끝나 버렸다.

덕분에 개인 정비 시간을 얻을 수 있어 보였지만 개인 군복을 제작하고 오느라 시간이 지체됐던 건지 얼마 지나지 않아 모든 군 편성이 종료.

총군부 회의에 참석하라는 명령이 떨어졌다.

부레크에 위치한 군 회의장에는 듀난의 측근이 모두 집합해 있었다.

가장 상석에는 듀난 장군이 앉아 있었고, 그의 앞으로 부관들과 군사들이 직급에 따라 빼곡하게 자리하고 있었다.

나라고 하면 퍼지 형과 함께 구석에 찌그러져 있는 상태였다.

얼마나 구석이었으면 목소리도 잘 들리지 않았기에 온 집중을 다해 듀난의 말에 귀를 기울여야 했다.

그 내용은 우리들이 향할 갈라른 전선에 대한 브리핑이었다.

"우리가 상대하게 될 군대는 툰카이 왕국의 병력이다. 그 숫자는 7만. 우리의 병력과 엇비슷하지."

우리 캘리퍼의 병력도 7만이었으니 전투의 승패는 작전에 달려 있다 할 수 있었다.

"상부에서는 전면전의 가능성이 희박하다 판단했으나 현장에 있는 우리는 그런 걸 생각해선 안 된다. 당장이라도 전투가 발생할 수 있다는 마음가짐으로 종군하도록."

―예, 장군님!

그 뒤로는 현지 지형에 관한 브리핑이 이어졌다.

갈라른 전선은 완만한 산지의 형태를 띠고 있었다.

산지의 높이는 높지 않으나 지형이 제법 넓으며 나무가 울창하게 자라 있었다.

"각 장교들에게 갈라른 산지에 대한 지형도를 지급하겠다. 현장에 도착하기 전까지 모두 숙지해 놓도록. 지형도 곳곳에 산악 전문 장교들이 표시해 놓은 요충지가 있으니 그 부분을 중점으로 기억해 놓으면 편할 거다."

빌랑 연합이 갈라른 전선을 캘리퍼에게 맡긴 이유이기도 했다.

국가 내에 산지가 많은 캘리퍼 왕국은 전통적으로 기병대가 약하고 보병대가 강했다. 산악 전투는 특기 중의 특기였다.

"반면 툰카이 왕국은 전통적으로 기병대가 강한 국가이지. 상대는 사지로 들어온 셈이야."

얼핏 미스매치로 보이는 이 대치. 나는 왠지 모를 불안감을 느꼈다.

'듀난 장군의 말은 옳아. 하지만……'

기병대를 산지에서 쓰지 말란 법도 없다.

이 갈라른 산지는 나무가 많긴 해도 지형 자체는 완만하기 때문에 능숙한 기수라면 충분히 기마를 운용할 수 있었다.

'뭐, 그것도 감안을 하고 있겠지.'

그러던 도중. 케스퍼 녀석이 손을 들며 발언한다.

녀석은 나와는 달리 상석과 꽤 가까운 거리에 앉아 있었다.

"장군님. 적장의 정체는 판명이 된 겁니까?"

"아직이다. 곧 첩보가 들어올 테지."

그때였다. 부산하게 회의장에 들어오는 한 명의 장교.

퍼지 형에게 망신을 줬던 그 문지기였다.

그는 후다닥 달려와 듀난에게 무언가를 귀띔했다. 그 내용을 들은 듀난은 미간을 찌푸렸다.

"뭐라고? 그게 사실이냐?"

"그렇습니다. 회의를 하는 건 알겠으나 한시라도 빨리 이야기를 전달하고 싶다고…….."

"쳇, 왕의 요청을 거부할 수는 없지. 들어오라 전해라."

"옛!"

왕의 요청. 이 말에 모두가 고개를 갸웃했다. 캘리퍼의 국왕은 현재 수도에 있었으니까.

"흠, 흐음. 열심히들 하고 있구만."

그리 말하며 모습을 드러내는 노인.

그 신분을 알아챈 몇몇은 입을 떡 벌리며 경악했다.

"크, 크로싱의 국왕……!?"

"어째서 이곳에!"

웅성이는 회의장.

듀난은 자리에서 일어나 예를 갖춰 인사를 올리려 했으나 파라인 국왕은 손바닥을 들어 보이며 제지했다.

"방해를 할 생각은 없으니 편하게 있어도 괜찮네."

이곳이 크로싱과의 접경 지역인 탓이었다.

크로싱 측도 가까운 지역에서 군을 편성하고 있었는데, 파라인 국왕은 병사들을 격려할 겸 그곳에 내려와 있었다.

"훗. 과연 캘리퍼의 군부는 징그러울 정도로 각이 잘 잡혀 있군요. 뭐, 전혀 부럽지는 않습니다만."

쥬라스였다.

녀석은 능글맞은 얼굴로 파라인을 보좌하고 있었는데, 금방 나를 찾아내더니 섬뜩하게 웃어 보였다.

내 바로 옆에 있던 퍼지 형은 이 뱀 같은 시선에 압도됐는지 부르르 몸을 떨었다.

"폐하. 급히 전하고자 하는 말이란 게 무엇이십니까."

듀난 장군이 물었다.

"음, 우리 첩보망에 툰카이군의 지휘관이 포착됐다네. 캘리퍼 측은 아직 모르는 것 같기에 친히 알려 주러 왔지."

"전령을 이용하셔도 될 것을……."

"하하하! 겸사겸사 자네들의 얼굴을 보고 싶어서 말이야."

"후우, 좋습니다. 우리 첩보망이 한발 늦은 부분을 탓하도록 하죠. 말씀해 주십시오."

"자네, 담백해서 마음에 드는군."

파라인 국왕을 대신해서 쥬라스가 전면에 나와 첩보를 전하기 시작했다.

"크라우스 포크너. 그가 전장에 나왔습니다. 그의 독특한 성향상 전장에 나온 툰카이의 장군은 그가 유일할 겁니다."

"······!"

회의장이 또 한번 소란스러워졌다.

"그 악귀가 전장에 나온다고······?"

"그럴 수가······."

악귀 크라우스. 툰카이의 특무장군이자 악명으로 이름 높은 자였다.

그는 서방 이민족 출신의 도적으로, 툰카이 왕국에 스카우트를 받기 전까지는 도적왕이란 이름으로 불리고 있었다.

그는 도적 출신답게 전쟁을 치르는 방식도 악랄하기 그지없었다.

얼마나 악랄했냐 하면 승전을 거두었음에도 국격을 훼손시켰다며 내부 징계를 먹어 무기한 근신을 해야 했을 정도다.

그런 그가 무기한 근신을 깨고 이 전장에 나왔다.

'크라우스 포크너라니. 처음 들어 보는걸.'

전부 메인 스토리에는 없던 얘기였다.

캘리퍼와 툰카이가 전투를 치른다는 것도 그렇고. 크라우스 포크너도 게임에 등장하지 않은 인물이었다.

"듀난 장군. 툰카이가 굳이 크라우스의 근신을 풀어 주면서까지 이 전장에 파견을 했다. 그 이유에 대해서는 짐작이 가겠지요?"

"······그런 뜻입니까."

"그렇습니다. 전면전의 가능성이 더 높아졌다는 겁니다.

그러니 슬슬 캘리퍼 군부도 그 부분을 고려해야 하지 않을까 생각을 합니다만."

"어떤 부분을 말하는 겁니까."

"이런 말을 하기는 뭐하지만 듀난, 강직한 당신은 크라우스와 상성이 맞질 않습니다. 크라우스의 흔들기에 기어코 인내심이 끊어져 실책을 저지르고 말겠죠. 반면…… 웨이드는 다릅니다. 그는 냉정하게 버릴 것은 버리고, 취할 것은 취하면서 역으로 크라우스의 목을 조르겠죠. 그러니 웨이드에게 지휘권을 넘기십시오. 그게 캘리퍼군이 취할 수 있는 최선책입니다."

역시 이놈은 제정신이 아니다. 남의 군부 회의장에 와서 이딴 말을 하다니.

듀난은 모욕을 당했다 생각했는지 일언지하에 쥬라스를 다물게 했다.

"귀중한 정보는 고마우나 그 이상의 간섭은 불필요하오! 폐하, 이제 그만 그 작자를 데리고 물러나 주시지 않겠습니까?"

"흠, 알겠네. 나도 확인하고 싶은 것은 확인했고. 이만 가보도록 하지."

떠나가는 파라인 일행.

그들이 던진 파문은 작지 않았다.

마지막 쥬라스의 발언으로 인해 웨이드를 사칭하는 케스

퍼 녀석에게 의미심장한 시선이 모였던 것이다.

"윽……."

케스퍼 녀석은 사색이 되어 어쩔 줄을 몰라 했다.

막가자는 식으로 사칭을 하고 있던 녀석도 크로싱의 국왕과 재상까지 웨이드를 들먹이자 불안감에 배가 아파진 모양이다.

3장

갈라른 산지에서 대치를 시작한 툰카이와 캘리퍼의 7만 군대.

그 이튿날 키메라 동맹 측에서 뷜랑에 선전포고를 한 것으로 말미암아 8개의 전선이 동시에 개전에 들어갔다.

총 8개로 이뤄진 이번 전선에는 특징이 있었다.

전선 8개가 거의 일렬로 서 있었다는 점이다.

그렇기에 두 가지 절대 준수 사항이 있었는데, 이웃한 2개의 전선이 동시에 무너져서는 안 될 것. 가장 끝에 위치한 전선이 무너져서는 안 될 것. 이 두 가지였다.

이웃한 전선 2개가 동시에 무너지면 커다란 구멍이 생겨 버리면서 전선을 유지할 수 없어지고, 양측 끝에 있는 전선이 무너지면 그에 이웃해 있는 전선이 일방적인 협공을 받기 때문이다.

캘리퍼군이 위치한 갈라른 산지는 우측 가장자리에 위치해 있었다.

그 옆에 이웃한 전선인 엘론 평야에는 알바드와 베카비아의 연합군 9만이 스벤너의 10만과 대치.

만약 이곳을 툰카이에 먹힐 경우 상대가 산지를 타고 엘론 평야를 옆에서 협공할 수 있었기에 전략적인 중요도가 대단히 높았다.

"장군님! 툰카이의 군대가 진형을 잡았습니다. 하지만 상태가 조금 이상합니다."

"상세히 보고하라."

"상대 본진의 위치가……."

총대장 듀난은 상대를 극도로 경계하고 있었다.

도적왕 크라우스 포크너.

그는 그 잔학성 때문에 20인의 군웅에도 이름을 올리지 못한 무장이었지만 그 실력은 능히 십걸에 필적한다 이야기될 정도로 이질적인 장수였다.

'정보에 따르면 그는 심리전에 능하다고 했다. 하지만 심리전 따위 걸리지 않으면 그만인 것!'

어차피 캘리퍼 측은 수비를 하며 버텨 내기만 하면 된다. 영토를 뺏기 위해 공격해 들어온 쪽은 상대편이었으니까.

듀난은 그 이 점을 십분 활용할 생각이었다.

하나 크라우스 포크너가 개전과 동시에 한 기행으로 말미암아 듀난의 머릿속은 복잡해지고 만다.

크라우스 포크너가 개전과 동시에 한 기행.

그것은 중립 지역의 고지에 망루를 세우는 것이었다.

그 망루가 주변 나무의 높이를 훌쩍 넘어 6층 높이가 되자 캘리퍼 진영에서도 관측이 가능해졌다.

그들은 그보다도 층을 높여 대략 10층 높이의 조잡한 나무 망루를 급조하여 세웠다.

'속도가 무척 빠른걸.'

과연 도적 출신이라고 할까. 부대 내에 산적 출신들이 꽤 있는지 목재 건축물을 짓는 실력이 제법이었다.

소식을 전달받은 다른 장교들도 막사에서 나와 그 망루를 올려다보고 있었다.

"저건 대체 무슨 의도일까요?"

에오가 고개를 갸웃하며 내게 물었다.

"어차피 이곳은 삼림이니 망루를 세운다고 해서 무언가가 보이지는 않을 텐데요."

그녀의 말이 맞았다.

지금은 봄이 와 나뭇잎들이 울창하게 날개를 펼치는 시기였기에 위에서 내려다본다 한들 나무에 가려 땅이 제대로 보이질 않았다.

　얻을 수 있는 정보는 물론 있겠지만 크게 의미는 없었다.

　"오히려 우리 쪽에 좋은 표적이 생긴 것 아닙니까?"

　"그래…… 이쪽에서 훨씬 더 잘 보이네."

　망루 쪽에서 우리는 잘 보이지 않았지만 우리는 비교적 망루가 잘 보였다.

　나는 그 순간 등골이 오싹해지는 느낌을 받았다.

　"……설마."

　그때였다.

　땡땡땡땡! 돌연 비상이 떨어지는 군영.

　"적습! 적 유격 부대의 기습이다! 모두 요격 태세를 갖춰라!"

　습격 소식을 전달받은 퍼지 형이 화들짝 놀라 병사들의 진형을 갖췄다.

　"뜬금없이 기습이라고!?"

　퍼지 형의 말대로 뜬금없는 공격이었다. 개전 첫날에 곧바로 기습을 해 오다니.

　"궁병들은 서둘러서 위치를……."

　"아뇨, 퍼지 형님! 상대는 기병대입니다! 지금 궁병은 의미가 없어요. 빠르게 보병 방진을 펼치세요!"

　"……보병대는 진형을 갖춰라!"

　아무리 산지가 은신에 용이하다 하더라도 이 정도로 빠르게 접근할 수는 없다.

다시 말해 기동력을 올려 줄 수 있는 무언가를 사용했다는 뜻.

더그덕! 더그덕! 아니나 다를까 상대는 500에 달하는 기병 유격 부대를 운용해 우리 진영을 덮쳐 왔다.

"산지에서 기병을 운용하다니…… 미친놈들!"

퍼지 형이 질렸다며 표정을 구긴다.

그 말대로 좋은 수는 아니었다.

말들이 나무뿌리에 걸려 넘어지거나, 나무를 피하다 자기들끼리 엉키거나 하면서 기병들이 무의미하게 죽어 나가고 있었기 때문이다.

하지만 그중에서도 실력이 있는 몇몇 기수들은 단신으로 침투해 들어와 전과를 올리고 있었다.

"저렇게 능숙하게 말을 이용하다니, 이게 말로만 듣던 툰카이의 유격 기병대인가……!"

"확실히 잘하네요. 저쪽도 산지의 이점을 충분히 활용하고 있어요."

보병들이 나무들로 인해 제대로 된 포위 진형을 짜고 있지 못했다는 점이었다. 게다가 궁병들의 지원사격도 상당수가 나무에 가로막히면서 기병을 견제하지 못하고 있었다.

이로 인해 단신으로 침투한 기병들이 우리 진영을 휘젓고 있었다.

"으햐햐햐햐!"

"죽어엇!"

마침내는 우리 부대에까지 접근해 들어온 세 기의 기병.

"에오, 안톤, 다른 둘을 처리해. 하나는 내가 잡을게."

"옛."

"명 받들겠습니다."

나는 턥! 창을 투척 형태로 잡은 뒤.

"흐읍!"

쐐에엑! 돌격해 들어오는 기병에게 쏘아 냈다.

"앙……? 쿠허헉!"

이 투창에 심장을 꿰뚫린 상대 기병은 피를 토하며 낙마했다.

에오와 안톤 쪽이라고 하면 더 간단했다.

"훗!"

피이잉! 에오는 화살 한 발로 미간을 꿰뚫어 하나를 절명시키고는 핑! 안톤이 노리고 있던 기병까지 자기가 뺏어 버렸다.

그러고는 안톤을 향해 '훗!' 하고 썩은 미소를 보낸다.

"……그렇게 나오겠다는 겁니까."

안톤은 어깨를 으쓱이며 아무렇지 않은 것처럼 반응했으나 내심 승부욕에 불이 붙은 모양이다.

지난 전쟁에서 전공 4위를 했던 것을 만회하고자 하는지

의욕이 대단했다.

그는 연이어 들이닥친 세 기의 기병을 말 그대로 반 토막을 내 버리며 일반 병사들에게는 한 발자국도 접근시키지 않았다.

그러더니 에오를 향해 손가락 세 개를 펼쳐 보이며 자기가 하나 더 잡았다는 어필을 한다.

"이……! 지고 있을 것 같냐!"

에오는 약이 올라 눈에 불을 켜고 상대 기병들을 찾기 시작한다.

"여, 역시 엄청나군……. 과연 대륙에 이름을 떨칠 만한 맹자들이야."

퍼지 형은 감탄을 연발하더니 퍼뜩 정신을 차리고 내게 말했다.

"알스, 여유가 있으니 우리가 다른 부대를 지원하러 가는 게 좋을 것 같다."

"산지이니만큼 전부 이동하다간 오히려 진형의 혼란을 초래할 거예요. 그러니 100명 정도만 가는 게 좋을 겁니다."

"그래. 내가 갔다 오마. 진형을 지키고 있어 다오."

퍼지 형은 직접 100명의 병사를 이끌고 지원을 갔다. 나는 혹시 몰라 안톤을 퍼지 형의 호위로 붙여 두었다.

서서히 정리되어 가고 있는 상황.

결국엔 500의 기병대로 7만을 들이받은 것이었다.

상대는 절반 이상의 병력을 잃어버리며 곧 후퇴하기 시작했다.

에오가 말한다.

"정말 멍청한 놈들입니다. 귀중한 기병대를 이런 식으로 사용하다니요."

"아니, 그렇지도 않아."

"예?"

"이번 공격으로 우리 군의 사기가 꽤나 떨어졌거든."

많은 병사들이 실제로 전투가 벌어질 거라고는 생각지 않고 있었다.

그런 의미에서 이번 공격은 전면전의 현실을 피부로 느낄 수 있게 해 주는 것이었다.

"고작 그걸 위해 500의 기병대를 보낸 거라는 겁니까?"

"아니, 그건 부가적인 거고. 실제 목적은 물론 따로 있어."

"실제 목적이라면……?"

"추측일 뿐이지만 아마도 이게 맞을 거야."

내 생각이 맞다면 크라우스 포크너.

그놈은 악귀라는 별명이 어울리는 놈이었다.

첫날 기습을 효과적으로 떨쳐 낸 캘리퍼군.

듀난 장군은 이를 승전이라 포장하며 군의 사기를 올리는 작업에 들어갔다.

죽었거나 생포한 말들을 해체하여 병사들에게 고기를 풀고 자그마한 연회를 개최한 것이다.

이걸 통해 사기를 진작시킬 수는 있었으나 상대의 진정한 악의는 그때부터 드러났다.

그것은 캘리퍼군의 자그마한 연회가 무르익은 밤의 일이었다.

"기다려! 나는 아직……!"

비명이 들려오는 산지.

방향은 망루 쪽이었다.

망루의 정상에는 불이 밝혀져 있어 밤이었음에도 선명하게 관측할 수가 있었다.

그곳에는 포로로 보이는 캘리퍼의 병사가 무릎을 꿇은 채 앉아 있었고, 그 뒤로 집채만 한 뚱땡이가 서 있었다.

이를 보고 장교 하나가 중얼거린다.

"크라우스 포크너……!"

도적왕 크라우스.

그는 걸걸한 목소리로 소리쳤다.

"캘리퍼의 귀염둥이들아! 즐거운 처형 시간이 왔도다!"

후두두둑! 그 목소리에 산새들이 놀라 하늘로 올라가고.

크라우스는 포로를 산 채로 고문하고는 이내 살해해 버렸다.

"시, 싫어! 살려 줘! 듀난 장군님! 웰리스! 제발 좀! 크아아악!"

적막한 산지를 울리는 비명 소리.

이를 캘리퍼 병사들은 망연하게 올려다보고 있었다.

딱히 대처할 방법이 없었다.

이 야심한 밤에 공격을 갈 수도 없는 노릇이었으니까. 저 망루를 치러 갔다간 매복에 당할 가능성이 농후했다.

"에오, 저놈을 맞힐 수 있겠어?"

"이 거리에서는 힘들 것 같습니다."

"……그렇담 어쩔 수 없지."

이게 상대의 진짜 의도였다.

포로를 잡아 처형하는 모습을 보여 주기 위해, 고작 그것을 위해 망루를 짓고, 500에 달하는 기병 부대를 희생시켰다.

그것이 전쟁을 승리로 이끈다고 확신하고서.

"유미르, 귀마개를 하나 준비해 줄래?"

"예, 도련님. 바로 준비하겠습니다."

입맛이 떨어진 나는 막사로 돌아와 귀마개를 끼고 잠을 청했다.

다음 날.

해가 뜬 새벽의 일이었다.

드르르륵! 우리 진영으로 배달되어 온 수레.

그곳에는 그들이 처형한 시체들이 제멋대로 꿰매어져 허수아비처럼 서 있었다.

그 신체 조각들은 무작위로 맞춘 듯 전혀 어울리지 않았다. 각각 다른 사람들의 신체 조각들이 하나가 되어 있던 것이다.

게다가 시체의 머리 부분만큼은 원망을 하는 것처럼 눈을 부릅뜨고 있어 섬뜩함이 느껴졌다.

"빌어먹을 놈들!"

"우웨에엑!"

이에 듀난 장군은 일반 병사들이 이 수레에 접근하지 못하도록 조치를 취하고는 잔뼈가 굵은 장교들에게 수레의 처리를 일임했다.

그리고 해가 떨어지기 직전.

땡땡땡땡! 또다시 기병 유격 부대의 기습이 군을 덮쳐 왔다.

"쳐 죽여 버려!"

"한 놈도 살려 보내지 마라!"

독이 바짝 오른 캘리퍼의 병사들이 요격을 해내며 물리쳤지만 이쪽도 피해가 없을 수는 없었다.

이번에도 스무 명에 달하는 실종자가 나오고 말았다.

이들의 운명이 어떻게 될지는 뻔한 상황이었다.

또다시 시작된 크라우스 포크너의 처형 타임.

나는 귀마개를 끼고 잠을 청하려 했으나 퍼지 형이 다급히 내 막사를 들추며 나타났다.

"알스, 최고 막사에서의 호출이다. 서둘러 오라는 지시가 떨어졌어."

듀난 장군이 나를 긴급 군부 회의에 호출한 것이다.

무겁게 가라앉은 최고 막사의 공기.

밖에서는 여전히 비명이 울려 퍼지고 있었다.

상대는 어떻게든 분량을 길게 뽑으려는지 정성 들여 고문하여 살해하고 있었다.

"저 찢어 죽일 놈들……!"

막사에 있던 듀난의 부관이 이를 갈았다.

명상을 하듯 눈을 감고 있던 듀난이 눈을 뜨며 말한다.

"다들 온 모양이군. 그럼 바로 회의를 시작하겠다."

그러나 한 부관이 이해하지 못하겠다며 말한다.

"장군님, 이 애들은 어찌하여 이곳에 부른 것입니까?"

사관생들의 대표 격인 루안 차이스와 케스퍼 밀리아스. 그리고 나를 가리키는 것이었다.

듀난이 답한다.

"이들은 사관생들을 대표하는 아이들이다. 이들도 전황이 어떻게 돌아가는지 알 권리가 있어."

"그건 그렇습니다만. 저쪽의 한 녀석은 당최 누구인지……."

루안이나 케스퍼는 그래도 유명하니만큼 장교들도 얼굴을 알고 있었지만 역시 나는 듣보인 모양이었다. 내가 참석한 것에 이의를 제기해 왔다.

"사관생들 중에서 특히 성적이 우수했던 녀석이다. 자질 구레한 것은 따지지 말고 지금은 전황에 대한 대처를 말하도록!"

장교들은 나를 대충 헬리안 계파 사관생으로 여겼다. 루안과 케스퍼가 살레온 계파의 애들이니 균형을 맞추기 위해 그냥 성적 우수자를 데려다 놓은 것이라 이해한 모양이다.

그렇게 사관생까지 포함하여 시작된 군부 회의.

"해야 하는 건 하나뿐입니다!"

무투파로 보이는 장교 하나가 앞으로 나서며 작전을 제안했다.

"해가 뜨는 즉시 당장 저 망루를 깨부수러 출진해야 합니다!"

그리하면 이 정신 공격도 약해지고 병사들의 사기도 올라갈 거라고.

나는 얌전히 다물고 있을 생각이었지만 이 멍청한 작전에 입이 저절로 열리고 말았다.

"상대는 그래 주길 원하고 있는 겁니다."

"……."

애새끼 주제에 끼어들지 말라며 레이저 같은 눈빛을 쏘아내는 무투파 장교.

듀난은 그 장교를 제지한 뒤 내게 물었다.

"네 생각을 말해 봐라. 알스 일라인."

"듀난 장군님. 그 전에 하나 묻겠습니다만 상대 본진의 위치는 파악한 상태입니까?"

"……."

"역시 상대 본진의 위치를 파악하지 못했군요. 그래서 그쪽의 장교님께서 상대 본진으로 공격해 들어가는 게 아니라 애꿎은 망루를 공격하자 하신 거고요. 상대 본진에 타격을 입히는 게 아니라면 공격해 들어가 봤자 의미는 없습니다. 오히려 준비된 매복에 당해 큰 피해를 입을 겁니다."

"그러면 뭘 어쩌자는 거냐!"

무투파 장교가 내게 일갈을 가했다.

"지껄일 거라면 대안이라도 내놓으면서 지껄여라!"

"대안이고 자시고 아무것도 할 필요가 없습니다. 상대는 스스로 손해를 보고 있어요. 포로를 처형? 마음껏 하라고 해요. 우리는 가만히 자리를 사수하고 이득을 취하기만 하면 됩니다. 그나마 있는 대책이라고 하면 병사들에게 귀마개를 지급하는 정도일까요."

"그런……!"

내 의견에 듀난은 희미한 목소리로 중얼거렸다.

"버릴 건 과감하게 버리고 취할 것은 취한다……. 쥬라스 파밀리온이 말한 그대로군."

그는 잠시 뜸을 들이고는 말했다.

"그 사관생의 의견은 병법적으로 옳다. 하지만 옳다 뿐이지 최선이라는 뜻은 아니다. 상황을 이대로 방치하는 것보단 분명 더 좋은 수가 있을 거다."

이에 케스퍼가 말한다.

"한 가지……. 말씀드려도 되겠습니까?"

"말해 봐. 케스퍼 밀리아스."

"사관생……들은. 이 전장에서 이탈하는 편이 좋다고 생각합니다."

그러자 여기저기서 소란이 일었다.

"헛소리를! 너희들도 군인이다! 겁이 난다고 전장에서 발을 내뺴겠다는 건가!"

"전장을 이탈? 누구 마음대로! 정 전장을 떠나고 싶다면 당장 퇴역을 해라! 그건 막지 않겠다!"

케스퍼는 오랜만에 느껴 본 날 선 반응에 헛숨을 삼켰다.

평소라면 웨이드 취급을 받으며 아무리 상대가 상관이라 할지라도 정중한 대접을 받았기 때문이겠지.

사칭을 지시한 길버트 살레온은 물론이고, 헬리안 공작마저 내 정체를 숨기기 위해 은밀하게 역공작을 하고 있던 탓에 제법 많은 병사들과 장교들이 케스퍼를 웨이드라 생각하는 상황이었다.

헬리안 공작은 영악하게 움직였다.

역공작을 한 이유는 내 정체를 숨기기 위함도 있었고, 살레온 계파에 리스크를 안겨 주려 함도 있었다.

케스퍼의 웨이드 사칭이 비화될수록 가짜임이 들켰을 때의 타격도 커지니까.

'아무리 그래도 상급 장교들까지 멍청하지는 않다는 건가.'

케스퍼는 이곳에 있는 장교들이 자신을 웨이드라 생각하지 않는다는 것을 깨닫곤 초조하게 입맛을 다셨다.

"그, 그것이……."

나는 지원사격을 해 주기로 했다.

"그의 말이 옳습니다. 사관생들은 전장에서 이탈시키는 편이 좋을 겁니다. 전부가 안 된다면 한 명만이라도 이탈을 시켜야 합니다."

"그 한 명이라는 건?"

"도로시 그림우드. 장군님의 아들은 전장에서 이탈시키는 게 현명할 겁니다. 만약 도로시가 포로가 됐다고 했을 때 장군님은 평정을 유지할 수 있겠습니까?"

"……!"

이에 다른 장교들도 합죽이처럼 입을 다물었다.

그러고는 그 의견에 그런 뜻이 있었던 거냐며 케스퍼 녀석을 재평가하고 있다.

　"도로시는…… 전장에서 이탈하지 않는다. 내 아들이라는 이유로 그런 특례를 둘 수는 없다."

　"그러니까 사관생 전부를 이탈시키자는 겁니다. 그렇다면 특례고 뭐고 없습니다."

　"아니, 사관생들도 우리 부대의 군인들이다. 함께 죽을지 언정 목숨을 보전하기 위해 이탈할 수는 없어. 기각이다."

　"……."

　"그리고 가만히 있는 것 외에 이 상황을 타파할 다른 방법도 분명히 있다."

　"그 방법이라고 하면……?"

　"상대의 본진을 찾아내 타격을 주는 것이지."

　"쉽지 않을 겁니다. 첩보에 걸린 상대의 본진이 정말로 본진인지도 알 수 없어요. 유인하기 위한 미끼일 가능성이 무척 높습니다."

　"우리 캘리퍼의 첩보단을 무시하지 말도록, 알스 일라인. 크로싱의 그것보다 몇 배는 뛰어나니까 말이야."

　"그런 것치고는 툰카이의 지휘관을 먼저 알아내지 못해 파라인 국왕이 직접 군부 회의장에 나타났던 것 같습니다만. 제 기억이 잘못됐던 걸까요?"

　나와 듀난의 기 싸움에 막사에 정적이 일었지만 그것도 잠시였다.

"무엄하다! 사관생 주제에 어디서 장군님께……!"

"괜찮다. 그러라고 부른 것이니. 어쨌든 방향은 결정됐다. 첩보단이 상대의 본진을 알아내기 전까지는 수비에 전념한다. 이상으로 군부 회의는 종료하겠다. 그만 해산하도록."

상대의 본진을 찾아낸 뒤 반격을 가하는 방향으로 결정된 군부 회의.

정말로 상대의 본진을 찾아내 타격을 줄 수 있다면 좋은 수가 될 수도 있었으니 나도 당분간은 상황을 지켜보기로 했다.

나날이 격화하는 상대의 도발.

나는 군부의 인내심이 한계에 다다라 있다는 걸 피부로 느끼고 있었다.

'계속해서 군장을 정비하라는 명령이 떨어지고 있어…….'

군장이야 어느 때가 됐건 정비를 해야 하지만 폭풍전야의 군장 정비는 얘기가 다르다.

흐르고 있는 긴장감의 차원이 다르다고 할까.

병사들도 이러한 기류를 감지했는지 평소와 달리 병기 하나하나를 유심히 살피고 있었고, 가족이나 연인이 준 물건을 군장에 매달고 있었다.

"알스, 너는 뭔가 들은 게 있니?"

퍼지 형이 내게 물어 왔으나 나도 아는 것이 없었다.

"저도 그때 군부 회의에서 들은 게 전부예요. 다만……."

"다만?"

"분위기를 보면 뭔가를 하려는 건 분명해요."

"역시……. 공격해 들어간다든가?"

"아무래도 그 가능성이 높겠죠."

"하지만 네가 말했었지. 지금 상황에선 모두 무시한 채 자리를 지키고 있는 게 상책이라고. 그렇다면 이건 자살행위라는 것 아니냐?"

그렇지만도 않았다.

"상책이라고 했지 그게 유일한 정답이라고는 하지 않았어요. 공격해서 승기를 잡는 법도 분명히 있습니다. 문제는 상대가 그걸 원하고, 유도하고 있다는 거예요. 여기서 가만히 지키고 있을 때는 상대가 무얼 시도하기가 어려운 반면 우리가 공격해 들어가면 상대도 대처할 방법이 굉장히 많아지죠."

"흠……. 그렇다면 괜찮을 거다. 넌 잘 모르겠지만 듀난 장군님은 대단한 분이셔. 전투에 있어선 타고난 분이시지. 만약 교전이 시작된다면 상대는 분명 듀난 장군님에게 크게 델 거다."

"그러면 좋겠지만요."

그러던 도중이었다.

땡땡땡땡! 적의 습격을 알리는 종소리.

"또 왔군. 오늘은 조금 이른걸. 퍼지 보병대! 진형을 갖춰라!"

이제는 하루 일과가 된 상대의 습격 작전.

그러나 오늘은 조금 다른 것 같았다.

더그덕! 더그덕! 더그덕! 피어오르는 먼지의 양이 훨씬 많았고, 기습을 가한 시간도 해가 질 무렵이 아니라 정오가 되기 전이었던 것이다.

"퍼지 형님! 상대의 숫자가 지금까지보다 훨씬 많아요! 가용할 수 있는 모든 기병대를 끌고 온 것 같으니 보병대의 방진을 넓게 펼치지 말고 한곳에 집중시키세요!"

"알겠다!"

내 예상대로 상대 기병대의 숫자가 지금까지와는 궤를 달리했다.

지금까지는 200에서 500의 소규모 기병대로 기습을 가했다면 이번에는 자그마치 1천 명에 가까운 기병대가 한꺼번에 기습을 가한 것이다.

게다가 그 기병대의 뒤로 마찬가지로 1천에 달하는 보병대까지 뒤따르고 있었다.

'쓸 수 있는 기병대를 전부 사용했다……?'

상대도 승부수를 띄웠다는 뜻이었다.

이번 기습에서 우리 군의 인내심을 끊어 버릴 무언가를 찾았다는 것처럼.

"그렇게 나오는 건가……!"

난 곧바로 반응했다.

"퍼지 형. 200명만 빌려 갈게요!"

"그래. 말콤! 내 동생을 따라가라!"

나는 안톤을 퍼지 형의 호위로 두고 유미르와 에오를 대동한 채 재빨리 후방으로 향했다.

진영 후방에 위치한 보급 막사. 이곳에 바로 도로시 그림우드가 있었으니까.

"이야하하핫! 목표물은 이곳에 있다! 잡아라!"

"표적 외에는 전부 죽여도 좋다! 표적만큼은 절대 놓쳐선 안 된다!"

상대가 지금까지 적은 숫자의 게릴라 부대로 공격해 들어온 것은 우리 본진의 형태를 파악하기 위함이었다.

지금까지의 습격은 일종의 척후였던 셈.

'이놈들은 처음부터 도로시의 존재를 알고 있었던 거로군.'

저쪽도 필사적으로 첩보망을 가동하고 있다는 뜻이다.

다행히 늦지 않았는지 나는 상대 기병이 도로시를 납치하기 직전에 난입할 수 있었다.

"흐읍!"

콰콰콱! 무릎, 심장, 머리 순으로 꿰뚫는 쾌속의 3연격.

"쿠헉……!?"

상대 병사는 무슨 일이 벌어졌는가도 알지 못한 채 그대로 낙마하여 사망했다.

나는 그 이후 팁! 창을 반대로 잡고 쐐에엑! 창을 쏘아 여성 사관생을 납치해 가는 기병의 가슴을 꿰뚫었다.

"아, 알스……? 네가 어떻게……."

주저앉은 채 망연히 나를 올려보는 도로시.

"유미르, 에오, 주변을 정리해 줘."

"예, 도련님."

"옛!"

유미르와 에오는 나머지 기병들을 냉혹하게 처리하기 시작했다.

나는 도로시의 앞을 지키고 서서 상황을 지켜보고 있었다.

이곳을 덮친 기병의 숫자만 100기. 평지였다면 200의 보병으론 대처가 불가능했겠지만 산지였던 만큼 효과적으로 소탕할 수 있었다.

다만 상대도 이 작전에 꽤나 진지했던 모양이다.

"으라앗!"

콰드득! 보병의 방패를 망치처럼 생긴 철퇴로 일격에 부숴 버리는 거한의 남자.

"빨리빨리 처리해라! 시간이 얼마 없다!"

"부두목! 큰일입니다요! 갑자기 이상한 놈들이 난입해 들어왔어요!"

"앙?"

거한은 주변을 살피더니 얼마 지나지 않아 도로시를 지키고 있는 나를 포착했다.

"쯧, 날파리가 날아 들어왔나 보군. 내가 직접 처리하겠다. 이럇!"

더그덕! 더그덕! 내게 쇄도하는 거한.

'제법 강해 보이는데.'

쏘아 냈던 창을 회수한 나는 녀석을 상대하려 했으나 피잉! 그 전에 에오와 유미르가 먼저 손을 썼다.

피핑! 말의 머리를 노리는 화살 한 발과 거한의 머리를 노리고 날아든 투척 단검 두 개.

집안일을 함께하며 호흡을 맞췄던 둘은 환상적인 타이밍의 합격을 선보였다.

"무슨……!?"

느닷없이 두 방향에서 오러가 실린 공격이 들어오자 거한도 경악할 수밖에 없었다.

그 본인은 그걸 알아채고 대응을 하려 했지만 말은 아니었다.

머리를 꿰뚫린 말은 즉사하며 앞으로 고꾸라졌다.

"크윽!"

거한은 유미르가 던진 단검을 막아야 했던 탓에 낙법을 제대로 취하지 못해 자세가 무너지고 말았다.

그는 말이 달리던 진행 방향에 있던 내 앞으로 미끄러져 들어왔다.

"넝쿨째 들어왔는데……! 하앗!"

콱콱콱! 나는 이 틈을 노려 창을 찔렀다.

상대가 바닥을 구르고 있거나 변신하고 있을 때는 공격하지 않는 게 매너라고는 하지만…… 실제 전장에서는 당연히 지켜지지 않는 법칙이다.

"젠장!"

놈은 부랴부랴 팔뚝으로 창 촉을 받아 내며 급소만큼은 방어했지만 어림도 없었다.

'일리야류 비기, 사행(蛇行)!'

창은 마치 뱀처럼 휘어 들어가며 상대의 팔뚝을 피해 들어갔다.

난 이를 통해 단박에 머리를 찌르려 했지만 상대의 반응 속도가 만만치 않았다.

푹! 오른쪽 쇄골을 꿰뚫는 창 촉.

"큭!"

충분히 치명상이었지만 녀석은 왼손으로 창대를 잡고는 반격을 꾀하려 했다.

하지만 나는 한번 쥔 승기를 놓칠 정도로 안일하지 않았다.

스릉! 곧바로 등에 차고 있던 검을 왼손으로 뽑아 촤륵! 놈의 왼쪽 쇄골부터 심장까지 베어 버렸다.

"크……헉!"

치명상을 입은 채 눈을 부릅뜨고 나를 올려다보는 녀석.

"이 내가 이렇게……?"

"누구인지는 모르겠지만 운이 없었다고 생각하세요. 아니면 방심하고 있던 자신을 원망하든가."

콱! 나는 놈의 목을 마저 쳐 내고는 병사들에게 외쳤다.

"지금이다! 잔당을 소탕해라!"

거한이 죽자 적들은 눈에 띄게 혼란해하기 시작했다.

"부두목이 당했다고……? 진짜냐!?"

"이, 이, 이게 뭐야!"

필요 이상으로 혼란해하는 녀석들.

어쨌든 녀석들이 혼란해하고 있는 틈을 타 잔당들을 몰아내고 상황을 정리할 수 있었다.

상대 기병대의 대규모 습격을 막아 낸 캘리퍼군은 피해 집계에 들어갔다.

나 또한 우리 부대의 사상자들을 추스르고 있었는데, 갑자기 그런 소식이 들려왔다.

"칼레한 캘러웨이가 죽었대!"

"정말이야!? 그 악귀의 오른팔이?"

무언가 호재가 있는지 떠들썩한 군영.

"그 괴물을 대체 누가 죽인 거야?"

"누가 죽였는지는 몰라도 특진은 확정이겠군."

특진이라. 누군지는 모르겠지만 무척 기쁠 것이다.

그렇게 남 일처럼 생각하고 있던 내게 한 장교가 헐레벌떡 달려왔다.

"알스 일라인! 당장 최고 막사로 와라!"

도로시를 지켜 낸 것에 대해 이야기를 하려는 건가.

그렇게 생각하고 최고 막사로 향하자 그곳에선 군 핵심 장교들이 전부 모여 어이없다는 듯 나를 바라보고 있었다.

"그게 사실인가?"

지난번 나와 말씨름을 했던 무투파 장교의 말이었다.

"네가 정말 칼레한 캘러웨이를 죽인 건가?"

"칼레한이 누구입니까?"

"……?"

"……?"

"……엉?"

듀난은 일이 어떻게 돌아갔는지 알겠다며 한숨을 쉬고는 말한다.

"알스 일라인. 너는 돌연 진영을 이탈해 후방에 위치한 보급 막사를 지키러 향했다고 들었다. 그건 어째서였지?"

"장군님이 더 잘 알고 있다고 생각합니다만."

"물음에 물음으로 답하지 마라."

"도로시 그림우드를 지키기 위해서였습니다. 상대가 누군가를 납치할 생각이라면 그가 가장 좋은 먹잇감이었을 테니까요. 장군님이 하지 않을 것이라 생각해 제가 직접 했습니다."

"뭐, 좋다. 그런데…… 그 과정에서 이 인물을 보지 못했나?"

그러면서 듀난은 시체를 하나 내보였다.

내가 죽인 거한이었다.

"……설마 그런 겁니까?"

"그런 거다. 네가 이자를. 칼레한 캘러웨이를 죽였다는 목격 증언이 나왔다. 정황을 설명해 보도록."

여기서 에오나 유미르의 존재를 밝힐 수는 없었기에 뭉뚱그려 얘기하기로 했다.

"그가 저에게 달려든 순간 말이 나무뿌리에 걸려 낙마를 하였습니다. 저는 굴러 들어온 그를 손쉽게 처치했고요. 그게 전부입니다."

"칼레한 캘러웨이가 낙마 때문에 죽었다고? 노상강도들 사이에서 전설이라 불리는 그자가?"

"원숭이도 나무에서 떨어진다는 얘기는 아십니까? 게다가 이곳은 말이 달리기 어려운 산지이지 않습니까?"

"하……! 거참. 그래도 뭐, 어쨌든 적장의 수급을 쳐 낸 건 사실이니……."

듀난은 기가 찬다며 말을 이어 갔다.

"사관생의 신분으로는 아마 최초겠군. 알스 일라인. 다섯 계급 특진이다. 넌 이제부터 보병 대대를 이끌 수 있는 지위를 가지게 되는 거다."

"……."

"본래는 일곱 계급을 특진시키려 했으나 군의 명령 없이 진형을 이탈해 후방으로 간 것으로 인해 다섯 계급으로 바꾼 거다."

그래서 뭐 어쩌라는 마인드였다.

6만의 지휘를 해 본 적도 있는 내게 2~3천밖에 되지 않는 보병 대대 정도야.

그러나 단순히 그렇게 끝나는 얘기는 아니었다.

이 특진으로 인해 나는 졸지에 퍼지 형의 상관이 되어 버렸으니까.

게다가 보병 대대장이라고 하면 군 1급 회의는 아니더라도 2급 회의에 참석할 수 있는 위치였다.

하여 나는 곧바로 이어진 군 회의에 참석해야만 했다.

이번 군 회의의 주제는 내가 예상한 대로 공격에 대한 것이었다.

첩보 장교로 보이는 자가 전도를 가리키며 말한다.

"확인된 적의 진형은 총 여섯. 부대 규모는 각각 6천에서 1만가량으로 보입니다."

상대는 본진을 쪼갠 상태였다.

그러니 첩보망에 본진이 쉽게 걸리지 않았던 것이다.

"여섯 개의 본진인가……."

듀난은 장고를 하더니 총군사 가이츠를 바라보았다.

가이츠가 말한다.

"예, 장군님의 생각대로입니다. 본진을 여러 개로 나눌 경우 필히 비효율이 발생하고 맙니다."

우리라고 괜히 본진을 뭉쳐 놓은 게 아니다.

군을 여러 개로 쪼갤 경우 부대 간의 연락이 늦어져 지휘력이 떨어지고 마는 큰 단점이 생기기 때문이다.

"군을 두 개로 나누었을 때에도 지휘 체계에 혼란이 오기 마련인데 하물며 여섯 개로 쪼개 버렸으니 필히 적들은 제대로 합을 맞추기 힘든 상태일 겁니다."

"각개격파가 가능하다는 뜻이겠지."

"그렇습니다."

상대를 각개격파 하는 방향으로 공격 의사를 밝히는 듀난.

이번 대규모 습격에서 100명이 넘는 실종자가 나타난 것으로 인해 조바심이 생긴 모양이었다.

그걸 우려해 도로시를 구하러 간 거지만 큰 의미는 없었던 것 같다.

'실종자 중에는 사관생들도 있다고 했지……. 그걸 신경 쓰는 건가.'

만약 이전에 내 직언을 받아들여 사관생들 전부를 이탈시켰다면 그들이 납치될 일도 없었을 테니까.

나는 안 될 것을 알면서도 말을 꺼내 보기로 했다.

"미리 한 가지 상황을 특정하고 본진을 쪼갰다면 애기는 다릅니다."

"……무슨 뜻이지?"

"우리 캘리퍼군이 공격해 들어갈 경우 어떻게 움직여야 하는가. 그걸 미리 정해 놨다면 상대가 기민하게 반응할 거라는 뜻입니다. 여러 개로 나뉜 진형……. 그건 다시 말하면 여차할 때 포위진을 형성하기 좋다는 뜻이 되니까요."

내 말에 가이츠가 반박해 왔다.

"비약이다. 설령 상대가 그리 나온다 해도 우리가 쉽게 포위당할 리 없을뿐더러, 군을 여러 개로 나눈 상대는 힘을 집약하고 있는 우리 군을 이겨 낼 만한 저력이 없다. 군을 여러 개로 나누는 건 그렇기에 위험한 것이지."

"그러니까 그렇게 이론상 그럴싸하다는 부분이 위험하다는 겁니다. 상대가 그 간단한 걸 모를 리가 없으니까요."

"혹은 모를 수 있지. 첩보에 따르면 상대 군의 핵심 전력은 크라우스 포크너가 이끌던 도적단이라고 한다. 도적 따위가 제대로 된 병법을 알고 있을 리가. 그저 자기들 멋대로 날뛰는 것뿐이다. 이번 기병대의 기습을 봐라. 기병대 3천가량을 잃으며 상대가 얻어 간 건 뭐지? 봐라. 상대는 병법에 어둡다."

"우리가 지금 이렇게 공격을 하게끔 만든다는, 병법적으로 커다란 성과가 있지 않습니까. 그걸 대체 왜 모르는 겁니까?"

나와 가이츠의 의견이 팽팽하게 대립하자 듀난은 장교들의 의견을 수렴하기 시작했다.

장교들은 기다렸다는 듯 가이츠의 의견에 손을 들었다.

'난리 났군. 이건 내가 웨이드임을 밝혀도 뒤집히지 않을 거야.'

듀난은 공치사가 공평하며 신분에 구애받지 않고 실력만으로 사람을 평가하는 강직한 인물이었던 한편 고집이 무척 강했다.

이번 것도 그랬다. 그가 내심 공격을 결심하고 있었기에 이런 결과가 나온 것이다.

겉으로는 여러 장교들의 의견을 수렴한다고 하지만 애초에 장교들은 듀난의 성향을 알고서 그 성향에 맞는 말만 하고 있었다.

　이는 듀난이 군부의 지휘 체계를 너무 꽉 잡고 있던 탓이다.

　이렇게 보좌진이 전부 예스맨에 불과하니 의견 수렴에 의미가 없었다.

　'내가 뭘 할 수 있는 상황이 아니야. 지금은 주어진 상황을 보면서 최대한 대처를 하는 수밖에 없겠어.'

　그렇게 군 회의가 끝나고 캘리퍼군은 공격을 결정.

　대대적인 출진 준비에 들어가게 된다.

　회의를 끝마치고 나온 내게 배닝스가 호들갑을 떨며 다가왔다.

　"야, 알스! 너 그게 사실이야? 다섯 계급 특진을 받았다며!"

　"그렇게 됐네. 이제부턴 보병 대대장이라는 것 같아."

　"진짜냐! 보병 대대장이면 엄청 높은 거잖아. 고위 귀족가 출신이 아니면 거기까지 올라가는 데 족히 10년은 걸린다고."

　"그래?"

　"그렇다니까! 심지어 평민 병사들은 거기까지 올라가려면 30년은 걸려. 알고 있어?"

　기본적으로 귀족 출신 사관생들은 하급 장교 위치에서 시작한다. 그로 인해 다섯 계급을 특진하자 꽤 높은 지위에 올라 버린 것.

배닝스는 부럽다며 한탄을 했다.

"후우……! 나도 어딘가의 거물이 말에서 떨어져 굴러와 주지 않으려나."

"그럼 조만간 기회가 생길지도 모르겠네."

"기회?"

"저기 보이잖아."

핵심 장교가 군 출진에 관한 것을 장교들에게 설명하고 있었다.

이를 잠시 지켜본 배닝스의 안색이 창백해졌다.

"뭐, 뭐야. 출진이라니? 진짜 전 병력으로 전면전을……."

"어디 기회를 잘 포착해 봐."

"자, 잠깐! 알스, 그것보다 네게 전할 말이 있었어."

"……?"

"도로시가 말이야. 너한테 감사를 전하고 싶다나 봐. 시간이 되면 찾아가 봐."

"알겠어. 나중에 꼭 찾아갈게."

어차피 귀찮아서 찾아가지도 않을 테니 그냥 흘려듣기로 했다.

그렇게 막사로 돌아온 나는 새로운 부대와 마주할 수 있었다.

듀난 장군이 은근히 배려를 해 줬는지 새로이 합류한 인물들은 내가 아는 얼굴들이었다.

"첫, 설마 네 휘하에 들어가게 될 줄이야."

웨이드가 처음으로 이름을 알렸던 폴딕 전투에서 도움을 줬던 펠릭스 보병 대장이었다. 그는 1천여 명의 중갑 보병대를 이끌고 내 부대에 합류해 있었다.

그리고 옆에는 스티나라는 여성 장교가 있었는데 듣자 하니 퍼지 형의 동기이자 연인이라고 한다.

"반가워, 네가 알스구나. 퍼지와 율리아에게 이야기는 많이 들었어. 한번 보면 다시는 잊을 수 없을 거라는 율리아의 말이 허언은 아니었네. 나도 순간 멍하니 바라볼 뻔했어."

"예에……."

교전 부대에 여성 장교가 있는 것은 무척 드문 일이기에 순간 표정 관리를 못 했던 모양이다.

스티나가 쓰게 웃으며 말한다.

"이상하게 생각할 거 없어. 이번 전쟁에 데리고 온 영지 사병의 지휘를 맡았을 뿐이니까. 평소에는 여성 사관생들의 훈련 장교로 일하고 있어. 그러니 군대의 실전 지휘는 퍼지에게 맡길 생각이야."

"그렇군요. 잘 오셨어요."

그녀가 이끌고 온 병사의 숫자만 3천 명.

스티나의 가문이 남작가임을 감안하면 제법 많은 숫자이긴 했다. 그도 그럴 게 우리가 데려온 사병은 500명뿐이었으니까.

우리 진영으로 들어와 군장을 정리하고 있는 병사들.

이로써 내 부대의 숫자가 5천 명이 되는 순간이었다.

"퍼지 형, 기본적인 지휘 체계는 형이 갖춰 주겠어요? 병사들이 제 말을 곱게 들을 것 같지는 않아서요."

나는 이미 뽀록으로 특진한 벼락출세 사관생이라며 군영에 소문이 나 있었다.

퍼지 형은 고개를 끄덕이면서도 깊은 한숨을 내쉬었다.

"난 일반 장교에서 보병 소대장에 오르기까지 5년이나 걸렸는데……. 일주일 만에 보병 대대장이라니……."

허탈함이 드는 모양이다.

그렇게 퍼지 형이 부대를 정비하는 사이 엘론 평야 방면으로 정찰을 보냈던 가스파르가 돌아왔다.

툰카이 진형 쪽으로 척후를 보냈다간 괜히 혼선을 줄 수도 있었기에 옆 전장으로 보내 놨었다.

"엘론 평야는 어떻습니까?"

"섬뜩한 공기가 흐르고 있어. 카이엔과 제무토가 대치했으니 그럴 만하지. 다만 당장 전투가 벌어질 것 같지는 않아. 그들도 이쪽을 주시하고 있는 것 같다."

"이곳에서의 전투 결과에 따라 행동 방침을 정하려는 건가요."

"아마 그렇겠지. 그런데 왜 이렇게 시끄러운 거야? 설마 출진이라도 하는 건가?"

"그 설마입니다."

사정을 설명하자 가스파르는 떫은 표정을 지었다.

"흐음. 영 탐탁지 않은걸."

"무슨 뜻이죠?"

"이 특유의 유인책. 도적들이 자주 사용하는 방법이다. 인질을 납치해 상대를 조급하게 만들고, 그걸 통해 함정에 빠뜨리는 거지."

"당신도 그렇게 생각합니까. 하지만 그렇게 쉽게 함정에 빠질 리가 없어요."

"크핫, 도적을 얕보지 말라고. 놈들은 병법에는 무지해도 상대를 당황하게 만드는 것에 대해선 누구보다 뛰어나니까."

"흠……. 가스파르. 당신은 엘론 평야 쪽을 계속 주시해 주세요."

"맡겨 두라고."

혹여나 스벤너 측에서 유격대를 편성해 기습적으로 툰카이를 지원한다면 큰 위기를 맞을 수도 있었다.

'악뇌 제무토라고 했지.'

게임에서는 이름만 알려졌다 뿐. 활약하는 모습이 없었던 인물이다.

'이 정도의 인물이 비중이 없을 리 없으니 업데이트되던 스토리에서 그가 관여를 했을 가능성이 농후해.'

그 쥬라스 녀석과 비견될 정도의 인물이다. 단순 엑스트라일 리는 없다.

나는 그가 이 갈라른 산지에도 무언가 조치를 취해 놨으리라는 걸 직감했다.

한편 캘리퍼군과 마주하고 있는 툰카이의 진형.

지휘관인 크라우스 포크너는 부들부들 떨고 있었다.

"지금 뭐라고 했냐! 표적을 납치하지 못한 걸로도 모자라서 칼레한이 뒈졌다고!? 적 진영에 칼레한을 상대하여 죽일 수 있는 건 듀난 외에는 없어! 그곳에 듀난이 나타나기라도 한 거냐!"

"그게……. 칼레한 부두목님은 낙마를 해서 적 병사에게……."

"그걸 말이라고 하냐! 칼레한이 일개 병사에게 뒈졌다니!"

"하지만 사실입니다!"

"닥쳐!"

퍽! 보고하고 있던 병사의 머리를 걷어차 버리는 크라우스. 딱딱한 군화를 신고 있던 만큼 병사는 눈을 까뒤집고 기절하고 만다.

"젠장! 이래선 계획이 틀어지게 되잖아!"

이 한 방으로 캘리퍼군이 공격을 오게끔 만들 생각이었다. 상대 장군의 아들을 납치함으로써 쐐기를 박을 생각이었는데.

만약 캘리퍼가 이대로 앉아 있는 선택을 한다면 툰카이는 애꿎은 기병대만 희생시킨 셈이 된다.

"빌어먹을!"

분을 감추지 못하며 육중한 의자에 몸을 던지는 크라우스. 그때 옆에서 웃음소리가 터져 나왔다.

"하하하, 달라진 모습을 보여 주겠다며 호언장담하던 모습은 어디로 간 거냐 크라우스?"

이국적인 복장을 한 중년 남성이었다.

그 뒤에는 비슷한 복장을 한 매서운 인상의 남자가 서 있었는데, 막사 내 크라우스를 제외한 모든 병사들이 그를 두려워하며 눈치를 보고 있었다.

"아직 작전이 실패했다고 단정 짓기는 이릅니다. 그란디스 님."

"흠, 그렇다면 부하를 가격하면서까지 분노를 표출할 것도 없지 않았나?"

"그건……."

크라우스는 내심 욕지거리를 내뱉고 있었다.

'빌어먹을 스벤너 놈들. 하필이면 서방 민족을 끌어들이다니…….'

이들은 스벤너 왕국이 새로이 동맹으로 받아들인 서방 이민족의 사람들이었다.

그 지역 출신이었던 크라우스는 이 그란디스라는 남자와

이전부터 알고 있는 사이였다.

바로 토벌군과 도적의 관계로서.

크라우스는 그란디스에 의해 패배를 당하고 대륙으로 쫓겨났던 전력이 있었다.

"뭣하면 내가 도와주지. 악뇌께서 나를 이곳에 은밀히 파견한 이유가 무엇이겠나."

"호의는 고마우나 거절하겠습니다."

크라우스는 과거 패배를 당했을지언정 자신이 절대 이 남자에게 밀린다고 생각지 않았다.

'껍데기에 불과한 주제에 잰체하기는⋯⋯. 그래도 다행히 서방의 실세들은 아직 전면에 나서지 않은 모양이군.'

그들이 나타난다면 크라우스는 입장이 난처해진다. 그는 서방 민족에게 있어선 배신자였으니까.

그렇기에 반드시 이 전쟁을 승리로 이끌겠다 이를 악물고 있었다.

'기병대를 통한 유인작전이 실패했다면 더 악랄한 방법으로 수법을 전환하면 그만이야.'

자신에게 전쟁을 가르쳐 준 스승이자 현재는 서방 민족의 우두머리 중 하나가 된 그 여자처럼.

'작전을 변경해야겠어.'

그러나 그때였다.

"두목! 적들이 치고 나오고 있어요!"

"그게 정말이냐!?"

"정말이에요!"

"진짜로 치고 나왔다 이거지? 좋아, 짜식들아 움직여라!"

듀난은 멍청한 놈. 듀난은 멍청한 놈! 크라우스는 그렇게 쾌재를 부르며 준비하고, 또 준비하던 작전의 개시 신호를 보냈다.

동이 트기 무섭게 6만 5천의 병력으로 진군하기 시작한 캘리퍼의 군대.

그들은 첫 번째 타깃으로 중립 지역에 위치한 망루를 깨부 쉈다.

우오오오!!

이 저주받은 망루에 쌓인 게 있었는지 망루가 무너져 내리자 누군가 시키지 않았음에도 병사들이 절로 환성을 내질렀다.

총군사 가이츠는 이를 보고 씨익 웃었다.

"장군님. 좋은 사기 진작이 된 것 같습니다."

"그래, 자네가 말한 그대로군."

캘리퍼군은 망루를 깨부순 것을 시작으로 본격적으로 적진에 침투해 들어갔다.

그들의 표적은 툰카이의 6개 본진 중 가장 끝에 위치한 진형이었다.

끝에서부터 공격해 들어간다면 상대는 줄줄이 소시지처럼

끌려 나와 각개격파를 당할 테니까.

"장군님. 적이 보입니다."

"좋아, 갚아 줄 시간이다! 나를 따라와라!"

듀난은 자신이 직접 선봉에 서서 1만의 정예 병대를 지휘했다.

"으라앗!"

콰드드득! 적의 병사 셋을 일격에 양단하는 놀라운 무력.

게임에 등장하지 않았지만 만약 등장을 했다고 했을 때 그는 무력 95가 책정될 만한 맹자였다. 에오니아, 유미르보다 강하며 일리야와 호각을 다투는 수준이었다.

그는 특히 이런 식으로 교전 상황이 됐을 때 번뜩이는 장수였다.

전장의 흐름을 동물적인 감각으로 읽는 장군이었던 셈인데 그렇기에 듀난은 머지않아 진득한 불길함을 감지할 수 있었다.

"갑자기 공기가 달라졌다……?"

이 전장의 공기가 달라진 게 아니었다. 돌연 캘리퍼군을 둘러싼 주변 방향에서 풍기기 시작한 불길한 기류가 이 전장을 덮어 버린 것이었다.

듀난은 재빨리 총군사 가이츠가 있는 곳으로 돌아와 그 정체를 확인하려 했다.

가이츠라고 하면 크게 당황하고 있었다.

"대체 어떻게 이런 매복병을……!"

캘리퍼의 군대를 사방팔방으로 포위한 채 숨통을 조여 오고 있는 10개의 매복군.

"본진이 6개가 아니었다고!?"

다시 말해 이곳을 포함해 툰카이 군대의 진형은 11개였던 셈이다.

가이츠는 애초에 첩보가 틀렸다는 것에 경악했고, 또한 그들이 이렇게 기민하게 대응하여 동시에 접근해 온 것에 전율했다.

"장군님! 적들이 일제히 접근해 옵니다!"

십면매복의 계책. 한나라의 한신이. 위나라의 정욱이 사용했다는 걸로 유명한 매복의 계책이었다.

열 개의 군이 전방위적으로 타격하면서 단숨에 섬멸하는 전술이다.

"훌륭하군."

듀난은 이 기민한 매복의 계책에 찬사를 보냈다.

그는 군사 가이츠와 달리 애초에 크라우스를 얕잡아 보지 않고 있었다.

'이렇게 감쪽같이 매복을 성공시킬 줄이야. 도적임에도 능히 십걸에 필적한다는 소문은 허황된 것이 아니었어. 하지만……!'

이것이야말로 듀난이 원하는 전황이었다.

"당황하지 마라! 모두 태세를 갖추고 적들을 요격하라!"

캘리퍼 군대는 중앙을 중심으로 힘을 응축하여 포위해 들어오는 상대를 받아칠 준비를 하고 있었다.

포위를 당했다고는 하지만 숫자는 캘리퍼 쪽이 더 많다.

게다가 이곳은 포위진을 통해 이득을 보기가 애매한 산림 지형이다.

힘을 응축해 버티고 버티면 캘리퍼 쪽이 이겨 낼 가능성이 충분했다.

'이제는 나의 시간이다. 박살을 내 주마 크라우스 포크너……!'

난전의 듀난.

그는 이 어지러운 전황을 승리로 이끌 자신이 있었다.

그렇기에 알스가 상대의 매복 계책을 우려해 가만있자고 했을 때도 고집을 부린 것이었다.

결국 듀난도 전쟁을 승리로 이끌기 위한 선택을 한 셈이었지만…….

"핫! 병신."

크라우스는 음흉하게 웃으며 신호를 보냈다.

"지금이다……! 해 버려라!"

그러자 캘리퍼군의 중심부에 위치한 곳에서 이변이 일어났다.

스륵! 미리 땅굴을 파고 숨어 있던 툰카이의 병사들이 은밀하게 나타나 화르르! 준비해 두었던 방화 도구를 사용해 일제히 불을 놓은 것이다.

"뭣……!?"

진형 중앙에서 피어오른 큰 불길.

이 갈라른 산지는 기본적으로 습한 지역이기도 하고, 지금은 나무와 가지의 나뭇잎들이 수분을 많이 머금고 있는 봄이기에 불이 빠르게 번지는 시기는 아니었으나 바닥에 쌓여 말라 있던 꽃잎들이 순간적으로 불쏘시개 역할을 하며 불을 퍼뜨리기 시작했다.

"자, 장군님! 화재가……!"

"……!"

듀난은 말문을 잃었다.

진형 중앙에서 발생한 화재.

이로 인해 군의 힘을 응축해서 상대의 매복을 받아치려 했던 듀난의 계획은 완벽하게 수포로 돌아가고 말았다.

'이 내가 손바닥 안에서 놀고 있었다고……?'

이 정도로 치밀한 계책을 준비했다는 건 어디로 공격해 올지. 어떤 타이밍에 공격해 오는지까지 전부 다 알고 있었다는 뜻.

"에잇! 빠르게 진화를 해라!"

가이츠가 듀난을 대신해서 화재를 진화할 것을 지시했으나 불이 나무를 타고 올라가 가지와 나뭇잎을 태우기 시작하자 도저히 진화가 불가능해졌다.

"이걸로 끝이다 캘리퍼의 귀염둥이들아. 몰살을 시켜 주마!"

십면매복의 계책으로 인해 완전히 포위당한 캘리퍼군에 활로는 없다.

중앙에선 불이 치솟고 있었고 바깥은 포위되었으니까.

크라우스는 그대로 섬멸 작전을 진행하려 했으나 쿠궁! 그의 로직에 금이 가는 소리가 후방에서 들려왔다.

"……뭐지?"

소란이 일고 있는 북쪽 전장.

곧 부하가 다가와 소리쳤다.

"두목! 자가르탄 부두목의 부대가 패배! 뚫려 버리고 말았어!"

"뭐라고!?"

이렇게 빠르게 매복 포위망이 뚫린다고?

이번에는 크라우스가 말문을 잃을 차례였다.

"아, 안 돼! 이렇게 빠르게 퇴로가 열려선 안 된다! 당장 그곳을 막아!"

크라우스는 양쪽 매복군에서 병력을 차출해 구멍을 막으려 했으나 그 지원 병력도 알스의 부대에 의해 대패.

십면매복의 계책에 커다란 구멍이 뚫리게 된다.

열 방향에서 숨통을 조인 채 중앙에 불을 지른 툰카이의 책략.

나는 적장을 향해 마음속 깊이 찬사를 보냈다.

"대단한걸."

이건 우리 첩보망을 완벽하게 속였다는 뜻이었다.

이런 치밀한 책략을 사용한 자가 병법에 어두울 리가.

"알스! 감탄하고 있을 틈이 없다!"

퍼지 형이 절박하게 말했다.

"당장 요격 태세를 취해야 한다!"

"아뇨, 지금은 요격을 하면 답이 없어요. 영격을 하러 가야 합니다."

"영격을!?"

요격은 제자리에 앉아 받아치는 것이고 영격은 앞으로 치고 나가며 받아치는 것이다.

둘 다 받아친다는 점에선 똑같지만 전진의 유무로 인해 전술적인 의미는 완전히 달라진다.

"공교롭게도 우리가 진형의 후방에 위치해 있으니까요. 우리가 치고 나가서 받아치면 자연스럽게 퇴로가 열릴 거예요."

우연은 아닐 테다.

나는 듀난이 의도적으로 우리 부대를 후방에 배치했다고 생각했다. 자신이 실패했을 때를 위한 만일의 보험을 들어놓은 게 아닐까.

"안톤, 당신은 전방으로 가 듀난 장군에게 퇴각을 촉구하고 그를 호위하여 구출해 와요. 유미르, 너는 우측에 위치한 군세의 척후를 부탁해. 이쪽으로 오는 기미가 보이면 즉시 나에게 알려 줘. 그리고 에오, 너는 선봉에 서서 나랑 같이 가자."

"바로 가겠습니다."

"예, 도련님."

"옛!"

일사불란하게 움직이는 가신들.

나는 에오와 함께 선진에 서서 다가오는 적을 가리키며 소리쳤다.

"전황을 바꾸겠습니다. 알스 보병대. 전진!"

병사들은 어리둥절하며 얼을 타고 있었지만 선봉에 선 에오가 저돌적으로 돌진해 들어가자 이를 악물고 따라 들어갔다.

"하아아앗!"

사르륵! 적 병사 넷의 목을 부드럽게 쓸어 내는 순백색 오러의 검.

에오는 이런 식으로 웨이드가 아닌 알스와 함께 있을 때에는 창이 아니라 검과 방패를 주로 사용했다.

병사들이 난전을 펼치는 백병전에선 창보다 검과 방패가 더 효율적인 것도 사실이었기에 에오는 마구 날뛰며 적 병사들을 베어 내고 있었다.

"헷! 대단하시군. 저게 바로 용병 웨이드의 오른팔 에오니아 미라벨인가. 우리도 지고 있을 수 없지. 펠릭스 중갑 보병대! 적들을 짓눌러 죽여라!"

쿠궁! 중갑 보병들이 방패를 세우고 적들과 부딪히자 마치 바위가 떨어진 것 같은 충격음이 울려 퍼졌다.

"무슨!?"

상대는 설마 이렇게 빠르게 치고 나올 거라고는 생각지 못했는지 당황한 기색이 역력했다.

"발이 멈춰선 안 된다! 어렵더라도 밀고 들어가라!"

적 진형에서 그런 목소리가 울려 퍼졌다.

'저 부근에 지휘관이 있다 그거지…….'

누군지는 모르지만 병법의 이치 정도는 알고 있는 모양이었다.

앉아서 받아치는 요격이 아니라 치고 나가 받아치는 영격.

왜 이 상황에서 영격이 정답이냐 함은 상대는 열 방향에서 일제히 접근해 들어왔기 때문이다.

그러니 한쪽의 군세만 발이 멈춰 버릴 경우 필히 불협화음이 생길 수밖에 없다.

물론 이렇게 될 경우 우리만 앞으로 치고 나간 형태가 되어 좌우측에서 협공을 받을 수 있기에 리스크가 있지만 당장은 적들도 밀고 들어가며 포위 섬멸하는 데에 집중하고 있는 만큼 시간이 있다.

나는 그 시간을 이용해 좌우측의 협공에 대한 대비를 해놓기로 했다.

"퍼지 형님. 제가 말해 두었던 대로 공작 부대를 지휘해 주세요."

"그래. 어디로 가면 되는 거지?"

"저곳에 있는 거목을 아래쪽 사선 방향으로 쳐 내 주세요. 그리고 저쪽에 있는 나무들은 베어 내는 방향 상관없이 모조리 쳐 내 주세요. 그게 완료되면 추가로 지시를 내릴게요. 최대한 빨리 부탁드립니다."

"그래. 맡겨 둬라."

퍼지 형은 미리 선별해 둔 병사 200명을 호출했다.

그들은 긴장한 표정으로 벌목용 도끼를 손에 쥐고 있었다.

퍼지 형은 그들을 데리고 우리 진형 좌우측에 있는 나무들을 베어 내 쓰러뜨리기 시작했다.

나무를 베기 시작한 캘리퍼의 군대. 이를 본 툰카이의 지휘관, 자가르탄은 눈을 부릅떴다.

"좌우측의 증원로를 좁혀 놓을 생각인가!"

기민하고 신속한 부대 움직임에 자가르탄은 마른침을 삼켰다.

'누구냐. 이 앞의 부대에 대체 누가 있는 거냐……!'

그는 모종의 압박을 받고 있었다.

'무서운 놈. 이 수법으로 좌우측의 증원군마저 잡아먹을 생각이구나!'

녀석은 나무를 베어 내 길 곳곳을 막아 자기에게 유리한 진형을 만들고 있었다.

'멀리 떨어진 곳에서 전장을 바라보고 있는 크라우스 두목은 이걸 알아챌 수 없어. 급하게 지원을 가라고만 명령을 내릴 거다.'

상대는 그걸 알고 이런 식의 계책을 사용한 것이다.

자가르탄은 비교적 빠르게 대처를 했다.

"갤러드! 우니안!"

과연 크라우스 도적단의 두뇌라 불릴 만한 지략이었다.

그는 즉각 병력을 투입해 좌우측으로 향한 퍼지의 공작 부대를 처리할 생각이었다.

그러나 그때.

"……찾았다. 거기 있었네?"

툰카이군의 지휘 체계를 읽으며 마침내 자가르탄의 위치를 알아낸 알스가 음흉하게 웃었다.

피이잉! 알스가 쏘아 낸 화살이 자가르탄에게 향했다.

오러가 담기긴 했지만 멀리서 쏜 것이기도 했고 급소를 노린 것도 아니었기에 가볍게 쳐 낼 수 있었지만 애초에 목적은 맞히기 위함이 아니었다.

펄럭! 화살의 끝에서 너풀거리는 붉은색 천.

"뭐지 이건?"

자가르탄이 그 의문에 대한 해답을 궁리하고 있는 사이.

알스의 신호를 확인한 에오니아는 쿵! 자신의 앞에 있던 적병을 방패로 밀쳐 내 거리를 만든 뒤 등에 메고 있던 활을 꺼내 들었다.

"흐읍……!"

핑! 오러가 잔뜩 담긴 화살이 쏘아졌다.

에오니아는 툰카이 군세 내부에 침투해 들어와 있던 만큼 사정거리도 충분했다.

그렇다고는 해도 자가르탄과 그녀 사이에 놓인 장애물은 수십 개.

얽혀 있는 병사들, 우거진 나무, 시야를 방해하는 새, 떨어지는 꽃잎 등등.

그러나 에오니아가 쏘아 낸 화살은 그 사이를 절묘하게 통과하더니 퍽! 자가르탄의 머리를 꿰뚫어 버렸다.

"자가르탄 부두목!"

"뭐, 뭐야! 대체 어디서 화살이……!"

혼란에 빠진 툰카이 병사들.

이는 크라우스 포크너의 실수 아닌 실수였다.

크라우스는 혹시라도 캘리퍼군이 퇴로를 열려는 움직임을 보일까 우려해 군의 책사인 자가르탄을 후방에 배치했다.

자가르탄이라면 영리한 지휘로 적의 퇴로를 막아 줄 거라는 계산이었다.

그것이 알스와 에오니아의 존재로 인해 완전히 수포로 돌아가면서 십면매복의 계책에 금이 가고 만다.

이어진 크라우스의 명령에 의해 좌우측의 툰카이 병력이 알스의 부대를 협공하러 갔으나 이미 준비가 되어 있는 상태였다.

"뭐야, 왜 길이 막혀 있는……. 크악!"

"매복이다! 크헉!?"

쓰러져 있는 나무로 인해 바뀌어 버린 진형.

그 나무의 뒤에서 불쑥 창이 튀어나와 그들을 찌르는가 하면 나무에 매복해 있던 병력이 뒤를 잡아 공격하기도 했다.

그렇게 증원을 간 군사들까지 와해되자 기어코 진형 후방에 큼지막한 퇴로가 뚫리게 된다.

"대, 대단해……."

퍼지의 연인 스티나는 입을 다물지 못하고 이 광경을 바라보고 있었다.

"정말 퍼지와 율리아의 말대로였구나."

둘은 알스에 대해 이렇게 말하고 다녔다.

─알스라고 남동생이 하나 있거든. 그 녀석은 장차 우리 가문을 빛낼 보배가 될 거야.

─스티나, 너도 우리 막둥이를 보면 깜짝 놀랄걸? 엄청 멋지고, 또 엄청 똑똑해. 왜인지 출세욕이 없는 게 문제지만.

웨이드가 아닐 때의 알스는 되도록 튀려고 하지 않았지만 낭중지추라는 말이 괜히 나온 게 아니었다.

적어도 곁에서 지켜본 사람들은 일관되게 알스를 고평가 하고 있었다.

"스티나 씨. 이제부턴 많은 병사들이 이곳을 지나쳐 퇴각을 시작할 거예요. 당신은 퇴로의 입구에 서서 퍼지 형과 함께 부상병들의 퇴각을 도와주세요."

"으, 응. 그럴게. 아니, 그렇게 하겠습니다!"

스티나는 토를 달지 않고 후다닥 이동하기 시작했다.

퇴로가 완벽하게 뚫린 시점에서 크라우스의 계책은 파훼 됐다고 봐도 무방했다.

불을 질러 버린 것 때문이다.

이로 인해 한번 전장이 소강상태에 빠져들면 툰카이의 병사들도 제대로 된 추격전을 벌이기가 힘들었다.

'망했다……!'

캘리퍼의 병사들을 많이 줄였다면 모를까 너무 초장부터 퇴로가 뚫린 탓에 이득을 거의 보질 못했다.

심지어 어떤 신호를 받았는지 듀난이 신속하게 퇴각을 명령하고 있었다.

"퇴로가 열렸다! 모두 후퇴해라! 이곳을 빠져나간다!"

후퇴하기 시작한 캘리퍼군.

크라우스는 입술을 질끈 깨물더니.

"도와주십시오!"

그란디스에게 도움을 요청했다.

얌전히 전황을 지켜보고 있던 그란디스는 씨익 웃고는 말한다.

"입장상 너무 요란하게 개입할 수는 없다. 퇴로를 지휘하고 있는 지휘관을 처리하는 정도로 괜찮겠나 크라우스?"

"그걸로 충분합니다."

"그렇다면 간단하지. 렉시트. 갔다 오거라."

그러자 그의 뒤에 있던 험악한 인상의 수인 남성이 묘한 형태의 할버드를 들고 앞으로 나섰다. 그것은 할버드라기보다는 마치 언월도와 비슷한 형태였다.

그는 자신의 말을 타고 알스가 위치한 곳을 노려보더니 무지막지한 속도로 쇄도해 들어가기 시작했다.

듀난의 명령하에 후퇴를 시작한 캘리퍼군.

나는 진형을 유지하며 퇴로를 방어하고 있었다.

'이걸로 피해는 최소화했어.'

적어도 결정적인 패전으로 이어지지는 않는다.

나는 병사들이 빠져나가는 걸 지켜보고 있었다.

전방에 있는 주력 부대가 이곳으로 와 대신 퇴로를 방어해 줄 때까지 자리를 지키며 기다리기만 하면 충분했다.

그러나 그때.

"……!?"

두근! 심장을 움켜잡힌 듯한 오한.

나는 본능적으로 한 방향을 바라보았다.

압도적인 투기를 지닌 기병이 돌연 11시 방향에서 내게 접근해 오기 시작했던 것이다.

먼저 반응한 것은 떨어져 있던 유미르와 에오였다.

"알스 님!"

"도련님!"

둘은 피피핑! 화살과 단도를 사용해 접근해 오던 기병의 말을 노려 일차적으로 저지를 하려 했다.

칼레한을 죽였던 방법과 똑같았으나 이번에는 상황이 달랐다.

낙마를 하게 된 상대가 마치 짐승처럼 바닥을 굴러 들어오더니 부웅! 언월도처럼 생긴 할버드를 휘둘러 주변 병사들을 낙엽처럼 쓸어버렸던 것이다.

그 병사들과 함께 있던 나는 캉!! 다급히 오러를 끌어 올린 창을 수직으로 세워 막았으나 힘을 이기지 못하고 튕겨 나가 나무에 처박히고 말았다.

"크윽! 뭐야 이놈은……!"

첩보상 크라우스의 군대에 존재하는 맹장은 둘.

오른팔 칼레한과 왼팔 갈탄이다. 그중 칼레한은 내게 죽었고, 갈탄은 듀난과 전투를 벌이고 있을 테니 눈앞에 이놈은 완벽한 이레귤러라는 셈이었다.

"흥, 내 일격을 막아 낸 건가."

놈은 그럼에도 별 감흥이 없다는 듯 마무리를 지으려 들었다.

"도련님!"

"네 이놈 떨어져라!"

이를 에오와 유미르가 동시에 달려들어 남자와 전투에 들어간다.

개인 무력 93의 유미르와 창이 아닌 검과 방패를 들어 88 정도의 무력을 갖춘 에오.

둘 다 충분히 상위권의 강자였음에도 이 괴물은 당해 내지 못했다.

"재미있군!"

그는 만족스럽게 웃으며 전투를 즐기고 있었다.

'안되겠어. 이대로 가다간……'

둘이 역으로 당하고 만다.

아직 캘리퍼군이 완벽히 퇴각하지 못해 시간도 벌어야 했기에 나는 전투를 벌이고 있는 셋에 끼어들어 갔다.

"이쪽으로 오지 마십시오! 이놈은 우리가 상대하겠습니다!"

"안 됩니다, 도련님! 어서 안전한 곳으로 가세요!"

둘이 애원하듯 소리쳤지만 나는 이미 발돋움을 한 상태였다.

"하앗!"

카카카카캉! 내가 창으로 할 수 있는 최고의 공격기인 쾌속의 연격.

하나 놈은 유미르와 에오의 공격을 막아 내면서도 몸을 뒤로 빼며 양 팔꿈치에 착용하고 있는 갑주와 철로 된 정강이 보호대로 내 창격을 절묘하게 흘려 내었다.

무예의 화신과도 같은 경이로운 움직임.

"무슨…… 헛!?"

캉! 놈은 묵직한 일격으로 우리 셋을 한꺼번에 튕겨 내었다.

놈의 공격을 막을 때마다 스승이 선물해 준 철창이 구부러져 가고 있었다.

'셋이 덤벼도 상황이 좋아지질 않다니……!'

그렇다면 도박을 거는 수밖에 없었다.

"에오, 훈련 때 해 왔던 그걸 하자! 유미르, 넌 알아서 맞춰 줘!"

"하지만 알스 님, 그건……!"

"잔말 말고!"

"크윽!"

에오가 우려한 부분은 이 전법이 내가 미끼가 되는 전법이기 때문이었다.

먼저 내가 창을 찔러 가며 돌격.

"훙!"

부웅! 놈은 날파리를 쳐 내듯 일격을 가했다.

나는 이를 악물고는 스릉! 왼손의 검을 꺼내어 창과 검을 교차했다.

'체스터류 비기……! 일월합!'

쿵! 창으로 흘려 내는 게 아니라 검과 창을 교차해 공격을 받아 내고 상대의 무기를 잡아 버리는 것.

이것이 체스터류의 비기 중 하나인 일월합이었다.

"음!?"

무기가 빠지지 않자 녀석의 눈에 이채가 지나갔다.

그리고 그때.

"흐아아압!"

에오가 방패에 오러를 잔뜩 실은 채 놈에게 쇄도.

놈은 언월도를 한 손으로 잡고 남은 손으로 등에 차고 있는 검을 꺼내 공격을 막아 낼 만반의 준비를 했지만 안타깝게도 표적은 그쪽이 아니었다.

콱! 에오는 내가 묶어 놓고 있던 언월도의 중간 부분을 방패 모서리로 내리쳤다. 오러가 실린 방패는 최고의 둔기가 되어 무기를 부러뜨려 버린다.

유미르는 그사이 에오가 반격을 받지 않도록 놈의 검을 적절히 막아 주었다.

'성공했다!'

이건 과거 스승을 상대로 사용한 적이 있는 에오와의 합격 기술이었다.

훈련이기 때문에 상대에게 직접적으로 상해를 입히지 않고 무기를 파괴하는 기술.

단번에 놈을 죽이기는 어렵다고 판단하고 무기를 파괴하는 이 기술을 사용하기로 한 것이다.

이것이 유효타로 들어갔다.

"네 이놈들……!!"

놈은 처음으로 분노를 드러냈다. 녀석은 검을 이용해 재차 우리를 덮쳐 왔다.

그 검술의 수준도 당해 내기 어려울 정도였다.

'이렇게 해도 상황이 좋아지지 않는 건가!'

전장의 상황도 악재로 작용했다.

우리 군의 후위군과 중위군이 발 빠르게 후퇴를 하면서 적 병사들이 이곳으로 일제히 몰려오고 있었던 것이다.

시간이 끌렸다간 설사 이놈을 처치한다고 해도 적 병사들에게 포위당해 죽는다.

'다른 방법이……!'

그때였다.

녀석은 셋 중에 무력이 가장 약한 내 쪽을 노려 왔다.

나는 녀석의 공격을 흘려 내며 빠져나오려 했지만 팅! 공격을 버티지 못한 검이 동강 나고, 창은 완전히 구부러졌다.

오러의 수준에서 격차를 드러낸 것이다.

'이런……!'

무기를 잃은 내게 쇄도하는 괴물 같은 놈.

일단 하나를 제거하기 위해서 어느 정도의 피해를 감수하려는지 에오에게 어깨를 찔리고, 유미르의 공격을 팔뚝으로 막아 내면서까지 내게 공격을 가해 왔다.

그 공격을.

"꺼져라."

쾅! 난입해 들어온 안톤이 거칠게 쳐 내었다.

"크윽!?"

녀석은 처음으로 힘에서 밀리며 멀리 튕겨 나갔다.

"안톤!"

"주군, 늦어서 죄송합니다."

전방에 있는 듀난에게 향했던 안톤.

그는 자신의 무기인 월도를 치켜들고는 녀석에게 고했다.

"주군에게 상해를 입히려 한 죄. 만 번 죽어 마땅하다!"

분노로 일렁이는 검붉은 오러.

이 강인한 오러에 녀석의 표정이 위기감으로 물들었다.

"흐아아앗!"

"큭!?"

캉! 안톤은 녀석을 강하게 쳐 내 나를 노리지 못하게끔 만들었다.

얇은 검으로는 안톤의 공격을 온전히 받아 내기가 힘든지 놈은 점점 밀려 나기 시작했다.

둘의 대결은 거의 호각.

나는 다 같이 협공을 하여 놈을 처치하고 싶었지만 안톤이 여기까지 왔다는 것부터 시간제한이 끝났다는 뜻이었다.

전위군이 여기까지 후퇴를 해 왔다는 건 상대의 병력도 코앞까지 와 있다는 뜻이니까.

'이대로 가다간 전부 죽는다.'

그러나 빠져나가자니 저놈에게 발목을 잡히고, 협공을 해서 처치하자니 그 시간이 부족하다.

지금까지는 놈이 맞서 싸워 주었기에 상대를 할 수 있었던 거지만 네 명이 협공을 가한다면 놈도 목숨의 위기를 느끼고 필히 몸을 피해 가면서 전투를 할 것이다.

그렇게 될 경우 단시간에 처리해 낼 수가 없다.

안톤도 이걸 알고 있는지 내게 말해 왔다.

"주군, 이곳은 제가 맡겠습니다. 전장을 빠져나가십시오."

"······!!"

분명 그 외에 선택지는 없었다. 하나를 희생해서 빠져나오는 것만이 이 전황에서의 유일한 해답이었다.

그리고 그걸.

그자가 맡아 주었다.

"아니, 패전 처리는 마땅히 패장이 해야 하는 법이지."

만신창이가 된 몸으로 나타난 듀난이었다.

"네가 패전의 뒤처리를 할 필요는 없다 알스 일라인. 물러나서 퇴각하는 군에 합류해라."

"듀난 장군……."

"어서 가라."

여기서 쓸데없는 치기를 부리는 건 어리석은 짓이었다.

나는 곧바로 안톤에게 물러날 것을 명령하여 전장을 빠져나가기로 했다.

그런 내게 듀난이 나직이 말한다.

"……미안하군, 웨이드. 염치없다는 건 알지만 군을 부탁하겠다."

듀난과 그의 측근 부관들이 미끼가 되어 자리에 남았다.

그 괴물과 직접 맞상대를 하게 된 듀난은 죽을 각오를 한 듯 이미 반파가 되어 있던 갑옷을 벗어 던진 뒤 놈에게 달려들었다.

4장

여덟 개의 전선에서 일제히 전투가 벌어지며 전면전에 들어가자 각국의 상층부는 난리가 났다.

그중 하나인 캘리퍼의 왕궁에는 국왕과 최고 귀족들이 모두 모여 이번 사태에 대해 이야기를 나누고 있었다.

"스벤너가 정녕 사달을 내다니!"

국왕 가레스는 탄식했다.

"전장에 소집된 병력만 양측을 합쳐 80만을 넘어! 피가 강처럼 흐를 게 뻔한 전쟁을 진심으로 하려 하다니. 스벤너는 천벌을 받을 게야!"

알바드와 마돈을 연달아 침공했던 캘리퍼가 할 말은 아니었으나 그래도 캘리퍼의 전쟁은 명분이라도 있었다.

반면 스벤너가 침공해 온 이유는 그저 대륙 정벌에 대한 야욕 때문이었다.

다른 귀족들도 스벤너가 진심으로 전면전을 걸어올 줄은 예상치 못했기에 당황하기는 마찬가지였다.

이야기를 진행하듯 길버트 살레온이 말한다.

"헬리안 공작, 우리 군의 상황은 어떤가? 우리 군이 상대를 물리칠 수 있을 것 같나?"

"전쟁이란 해 봐야 아는 법. 다만 듀난 장군은 명실상부 우리 군의 최고 실력자일세. 그를 믿지 않고서 누굴 믿는단 말인가?"

"듀난의 실력을 의심하는 것은 아니네. 상대로 밝혀진 크라우스 포크너라는 자의 악명이 워낙 높은지라 걱정이 될 뿐이지."

"걱정 말게. 들어오고 있는 첩보에 따르면 상대 기병대의 습격을 잘 막아 내고 있다고 하네."

이때 살레온의 계파에 속한 백작가가 기다렸다는 듯이 말했다.

"백전노장인 알티오르 어르신이라면 듀난 장군보단 믿을 만하지 않습니까. 은퇴를 하셨다고는 해도 상황이 상황이니만큼 간곡히 부탁한다면 복귀를 결심하실 수도 있겠지요."

헬리안 공작은 내심 이를 갈았다.

'이 간교한 자들……! 이제 와서 군부의 영향력을 되찾아

보려 너절한 발버둥을 치다니!'

물론 그런 속내를 겉으로는 전혀 드러내지 않았다.

"이미 군부는 듀난 장군의 주도하에 개편이 됐소. 알티오르 공작의 실력은 의심할 바가 없으나 지금에 와서 복귀를 한다 해도 군부에 혼란을 줄 뿐이오."

"그렇소! 듀난 장군을 믿지 않으면 누굴 믿는단 말이오!"

"정녕 복귀를 할 거라면 알티오르 공작이 직접 나와 말하라고 하시오!"

헬리안의 계파가 일제히 반박을 하며 일단 듀난을 믿는 방향으로 결정이 되었다.

그러나 얼마 후 들어온 그 소식에 모두가 말문을 잃게 된다.

갈라른 산지에서 벌어진 전투에서 캘리퍼군이 패배를 당해 총대장인 듀난이 사망했다는 보고가 들어온 것이다.

"듀난이…… 죽었다고?"

망연히 중얼거리는 헬리안 공작.

"피해는. 우리 군의 피해는 어느 정도인가!"

"2만에 가까운 사상자가 나왔습니다. 다행히 시기적절하게 퇴각을 하여 많은 병사를 온존해 상대와의 병력 차이는 거의 없다고 합니다."

캘리퍼군은 4만 8천. 툰카이군이 5만 2천. 이는 툰카이가 사전에 벌였던 습격 작전에서 기병대를 소모한 탓이었다.

듀난의 죽음에 국왕은 사색이 되었다.

"어찌해야 한단 말인가! 듀난은 우리 군의 대들보가 아니었던가!"

제2장군 델바도바를 비롯해 장군이 더 있긴 했지만 델바도바는 명예직이나 다름없는 왕가 직속 장군인지라 나서기 애매한 부분이 있었고, 다른 이들은 듀난에 비해 기량이 떨어졌다.

그 듀난이 죽었는데 이들을 투입해 봤자 바뀔 것은 없었다.

"정녕 알티오르를 불러들여야 하는 것인가…….."

이에 살레온 계파의 인물들이 반색을 했으나 헬리안 공작이 두고 보지 않았다.

"전하, 그 부분은 군부를 책임지고 있는 제게 맡겨 주십시오."

"어떻게 할 생각인가?"

"……용병 웨이드를 부르도록 하겠습니다."

"오오! 기린아 케스퍼 밀리아스를 말인가!"

놀랍게도 국왕은 웨이드의 정체를 케스퍼라고 생각하고 있었다. 살레온 계파가 벌인 사칭극과 헬리안 공작의 역공작이 효과가 있었던 것이다.

헬리안은 씁쓸함을 감출 수 없었다.

'폐하께서도 나이가 드셨다는 거겠지.'

예전이었다면 이런 치졸한 수작도 간파를 했을 테다.

하지만 가레스 국왕은 이제 83세의 노인. 이미 대부분의 일선에서 물러나 왕세손의 교육에만 집중하고 있는 상황이었다.

그렇기에 케스퍼의 사칭극을 눈치채지 못했다.

헬리안은 굳이 이 부분을 정정하고 싶지는 않았다.

국왕이 알스의 정체를 알 경우 공주를 이용해 혼사를 진행하거나 일라인 남작가를 출세시켜 자기 편으로 만들려 할 가능성이 높았으니까.

그랬다간 상황이 복잡해질뿐더러, 무엇보다 알스가 그 정도의 권력을 등에 업을 경우 어떤 일을 벌일지 우려스러웠다.

"하지만 길버트. 자네가 케스퍼 밀리아스는 당분간 전면에 나서기 힘들다고 하지 않았나?"

"예, 예에……. 그렇긴 합니다만."

"한데 어떻게 레그나트가 그를 부른다는 거지?"

길버트는 헬리안이 진짜 웨이드를 고용하려 한다는 것을 알고서는 눈치를 보기 바빴다.

그는 머리를 굴리며 이 상황을 이용할 방법을 찾았으나 헬리안 공작이 못을 박는다.

"길버트, 지금은 국가의 위기 상황이네. 피차 사적인 이득을 위해 그를 이용하지는 말도록 하지. 혹여 이번에도 자네가 괜한 짓을 하려 한다면 내게도 다 생각이 있네."

이번 일을 정치적으로 이용하려 들지 말라는 경고였다.

이에 길버트는 깨갱할 수밖에 없었다.

"끄응……. 알겠네. 폐하, 이번 일은 저도 헬리안 공작을 물심양면으로 돕도록 하겠습니다."

"그런가! 아암, 케스퍼가 전면에 나서 준다면 믿을 만하지! 아직 어리다곤 해도 알바드를 무찌르고 마돈을 정벌했던 지휘관이니까."

결정이 된 이상 헬리안 공작은 지체하지 않았다.

그는 즉각 갈라른 산지로 발걸음을 향했다.

패전으로 인해 군영의 분위기는 축 처져 있었다.

마치 세상이 멸망하기라도 한 것 같은 분위기다.

군을 이끄는 총대장의 사망이란 그런 것이었다.

게다가 툰카이 측에서 포로들을 처형한 시체 수레를 계속 보내왔기에 군의 사기는 바닥을 치고 있었다.

심지어 그중에는 사관생들도 있었다.

본래 대륙 조약에 의거해 사관생들을 포로로 잡을 경우 조건 없이 해방을 하는 게 관례였으나 크라우스 포크너는 그딴 건 개나 줘 버리라는 듯 곧장 처형을 해 버렸다.

이로 인해 사관생들의 사기가 바닥을 치고 있었다.

"알스!"

나를 찾고 있었는지 배닝스가 지친 표정으로 다가왔다.

"살아 있었구나. 다행이야."

배닝스는 위로하듯 내 어깨를 두드리더니 곧 고개를 푹 숙였다.

"……그랭엄이 죽었어. 너도 알지? 줄리아 아카데미 시절에 제멋대로 나대던 그 녀석."

"별로 기억 안 나."

"하기야 넌 그럴지도 모르지. 걔랑 이야기한 적이 거의 없을 테니. 나, 난……. 난 달라. 그 녀석의 저택에 놀러 간 적도 있다고……!"

"진정하고 일단 앉아 봐, 배닝스."

나는 천천히 배닝스를 위로해 주었다.

"후우! 고맙다, 알스."

"조금 진정됐어?"

"그래. 게다가 내가 이러고 있을 틈도 없지. 무엇보다 슬픈 건 도로시일 테니까. 난 지금부터 도로시한테 가 볼 생각인데 넌 어쩔래?"

"같이 가지 뭐."

다행히 툰카이군은 당장은 치고 들어오지 않고 있었다.

자기들이 벌여 놓은 화재를 진압해야 했기 때문이다.

만약 화재를 진압해 놓지 않고 우리를 공격해 들어왔을 경우, 우리가 방어를 해내기라도 하면 반대로 저쪽이 난리가 난다. 뒤에서 불길이 쫓아올 테니까.

그렇기에 크라우스는 확실하게 불을 꺼 후방을 확고히 해놓고 군을 재정비하고 있었다.

그 시간이 3일.

우리 군은 이 3일 안에 새로운 지휘 체계를 확립할 필요가 있었다.

그러니 아주 자연스럽게.

케스퍼 녀석에게 기대의 시선이 모였다.

배닝스와 함께 도로시를 만나러 가던 중 케스퍼 녀석을 찾을 수 있었다.

"케스퍼, 아니 용병 웨이드. 이제는 네가 나서야 할 때야."

"부탁한다. 듀난 장군님의 복수를. 그랭엄과 피터의 복수를 해 줘!"

사관생은 물론이고 일반 장교들까지 케스퍼를 붙들고 사정을 하고 있었다.

제발 군을 지휘해 달라고.

베카비아의 천재공주를, 마돈의 대장군 줄리안 크레이그를 물 먹인 것처럼 저 증오스러운 녀석들을 박살 내 달라고.

"나, 나는……."

케스퍼는 새하얗게 질려 아무 말도 하지 못했다.

마침내 도로시까지 눈물범벅이 된 채 나타나자 그는 귀신이라도 본 것처럼 부들부들 떨기 시작했다.

"아버지는 분명 네가 군을 맡아 줄 거라 생각하고 목숨을 바쳐서 후방을 지키신 걸 거야. 그러니 케스퍼……. 부탁할게. 군을 지휘해 줘."

"으윽……."

무너지려 하고 있는 모래성.

궁지에 몰린 케스퍼는 최악의 선택을 하고 말았다.

다음 날 아침이 오기 전에 홀연히 자취를 감춰 버린 것이다.

"실화냐……."

탈영을 해 버리다니.

그럼에도 동기 사관생들은 케스퍼가 웨이드로 나타나기 위해 준비를 하는 거라며 행복회로를 돌리고 있었다.

'이건 답이 없어. 그냥 후퇴를 하는 게 낫겠네.'

그나마 아직 병력이 있으니 이 병력을 이끌고 좌측에 위치한 전선인 엘론 평야로 가 알바드&베카비아 연합군에 합류하는 게 나았다.

전선 하나가 무너지는 격이었지만 다행이라면 다행인 게 이 갈라른 산지는 8개 전선의 가장자리에 위치해 있다.

갈라른 산지를 빼앗길지언정 이웃한 엘론 평야와 군을 합치면 어떻게든 전황을 유지시킬 수 있다.

게다가 그쪽은 사략의 카이엔이 지휘하고 있다고 하니 믿고 맡길 수 있기도 하고.

"알스 님."

에오가 말해 왔다.

"이렇게 된 이상 알스 님이 지휘권을 잡는 게 낫지 않겠습니까."

"별로."

듀난은 내게 군을 맡아 달라 부탁했지만 그걸 곧이곧대로 따를 생각은 없었다.

말이 좋아 군을 맡아 달라는 거지 속된 말로 그냥 똥을 치워 달라고 한 것이다. 그에 따른 대가도 별거 없다.

게다가 애초에 내 말을 조금이라도 들었다면 이런 상황은 오지 않았을 거다.

난 이 패전에 대한 책임감을 느끼지 않았다. 작전에 대해서도 충분히 직언을 했다. 상대의 함정이니 들어가지 말라고.

그걸 무시한 건 듀난이었다.

"어차피 곧 상층부에서 사람이 올 거야. 뭐가 됐든 결정을 하겠지."

이때 나는 어느 정도 예상을 하고 있었다.

헬리안 공작이 찾아오리란 것쯤은.

밤이 깊어진 군영.

내 막사에는 은밀히 방문한 헬리안 공작이 앉아 있었다.

뭘 말하고 싶은지는 뻔히 보였기에 내가 먼저 말했다.

"전후 보고서를 받아 봤다면 뻔뻔하게 제 앞에 나타날 생각은 하지 못했을 텐데요."

"듀난이 자네의 직언을 받아들이지 않았다는 건 들어서 알고 있네. 다만 그건 듀난의 책임이 아니라 내 책임이네. 듀난이 군부를 너무 깊숙이 장악하지 못하도록 내가 막아야 했어. 그를 견제해 줄 누군가가 곁에 있어야 했던 거야."

만약 총군사 가이츠가 내 의견에 찬동을 했거나, 다른 장교들이 내 의견에 손을 들어 줬다면 상황은 달라졌을 수 있었다.

하지만 그들은 눈치를 보며 듀난이 원하는 방향으로 작전을 결정했다. 그냥 허수아비들이었던 셈.

"그도 아니면 처음부터 듀난이 아니라 자네를 총대장으로 삼았어야 했던 거겠지."

"그건 어떨까 싶네요. 제가 처음부터 총대장을 맡았다면 여러 곳에서 잡음이 일어났을 겁니다. 이전 마돈과의 전쟁과는 달리 국가의 위기 상황도 아닐뿐더러 무엇보다 이번 군의 주체는 귀족들의 사병이니까요. 제 지휘를 탐탁지 않아 하는 자들이 많았겠죠. 그래서 애초에 제게 제안을 하지 않았던 것 아닙니까?"

"그것보단 자네가 요구할 거래 조건이 부담됐기 때문이지. 어느 쪽이 됐든 내 탓인 건 분명하네."

"후우……. 그래서요? 당신의 실패를 시인하려고 이곳에 오지는 않았을 테죠."

"그래, 알스. 자네가 군을 수습해 줬으면 하네."

"그것보단 엘론 평야로 내려가 알바드군에 합류를 하는 게 더 빠릅니다."

"그 경우 외교적인 문제가 발생하고 말아. 베카비아는 둘째 쳐도 알바드와 합류하는 건 무리가 있네."

"그러니 내가 맡아 달라?"

"자네에게 전권을 주겠네. 감히 장교들이 대들지 못하도록 내가 직접 얘기를 해 놓지."

"……."

그렇다면 얘기가 조금 달라진다.

내가 웨이드로 지휘권을 잡지 않으려던 이유 중 하나는 듀난의 측근과 알력 다툼을 하고 싶지 않았던 것도 있었다.

헬리안 공작이 그 부분을 해결해 준다면 군을 지휘하기 훨씬 편해진다.

"……대가는요?"

그렇담 거래를 시도해 볼 정도는 된다.

그가 답한다.

"8천만 실란."

"매력적이지 않습니다. 전 이제 돈에 휘둘릴 필요가 없어졌거든요."

"그렇담 뭔가. 금전 이외에 원하는 걸 말하게."

어떤 조건이든 쿨하게 들어주려는 듯했다. 다만 나도 막상 떠오르는 게 없었다.

"그게 없어서 곤란한 겁니다."

돈도 필요 없고 그렇다고 영지가 필요한 것도 아니었다.

고민하던 와중 문득 떠오른 게 있었다.

"그렇다면 제가 포로의 일부를 데려가도 괜찮겠습니까?"

"포로를? 어떻게 할 생각이지?"

"제 쪽으로 데리고 오고 싶은 인물이 있거든요."

"자네가 직접 포로로 잡는다면 허락해 주지. 다만 다른 국가의 군대가 잡은 포로까지 자네에게 가게 할 수는 없네."

"그걸로 좋습니다. 그리고 겸사겸사 2천만 실란 정도만 챙겨 주십시오. 지난 전투에서 고생한 제 부대의 병사들에게 포상금을 주고 싶거든요."

"그런 거라면 내가 알아서 처리하도록 하지."

"나 참. 제가 빼돌리기라도 할 것 같습니까?"

"하지 말란 법은 없지 않나?"

하여간 까탈스럽다.

"그럼 그렇게 정하는 걸로 하고 당장 지휘권을 잡아 주게. 한시가 급하네."

"……알겠습니다."

지휘권을 맡는 대가로 받게 된 포로에 대한 권리.

나는 이걸로 베이올라프의 영입에 쐐기를 박을 생각이었다.

이튿날 아침.

나는 회색의 갑주를 착용하고 헬리안 공작과 함께 군영을 걷기 시작했다.

이를 본 병사들의 눈에 생기가 돌기 시작했다.

"왔어……! 드디어 왔다고! 용병 웨이드!"

"믿고 있었다고, 케스퍼!"

"넌 우리 사관생들의 자랑이야!"

"함께 듀난 장군님의 복수를 하자!"

케스퍼가 탈영해 군영에 없었던 탓에 다들 내가 케스퍼라 착각하는 모양이었다.

이 환호를 들은 헬리안 공작은 머리가 아픈지 고개를 절레절레 흔들고는 내게 속삭여 왔다.

"저 부분에 대해선 지금은 그냥 넘어가 주게. 쓸데없이 상황이 복잡해질 것 같군."

"저는 별로 상관하지 않습니다."

그렇다기보다는 일일이 상대하기 피곤했다.

케스퍼 말고도 대륙적으로 웨이드를 사칭하는 자들은 족히 10명은 넘었다. 내 입장에선 케스퍼도 그중 하나였을 뿐이다.

게다가 지금은 사기 진작 효과도 있었기에 그냥 놔두기로 했다.

나는 군의 사기 진작을 위해 일부러 군영을 한 바퀴 순회한 뒤 최고 막사로 향했다.

최고 막사에는 군 핵심 장교들이 잔뜩 긴장을 한 채 서 있었다.

이야기는 헬리안 공작에게 미리 전해 들었는지 나를 보는 눈동자에는 경계심과 두려움이 깃들어 있었다.

"웨이드, 이쪽에 앉게."

헬리안은 상석에 나를 앉히고는 보좌하듯 바로 옆에 앉았다.

상석이라 그런가. 의자가 괜스레 더 푹신푹신하게 느껴졌다.

"군부 회의를 시작하겠다."

나는 잔뜩 긁어 변조한 목소리로 말했다.

장교들은 혹여 헬리안 공작이 임시방편으로 데려온 가짜가 아닐까 생각한 모양이지만 내 뒤를 지키고 선 에오니아의 위압감을 보고는 침을 꼴깍 삼켰다.

나와 마찬가지로 회색 투구로 얼굴을 가리고 있던 에오는 나를 단독으로 수행하는 이 상황 자체에 웃음을 참고 있다.

　"일단 지난 전투를 복기하는 게 먼저겠군."

　나는 헬리안 공작이 주었던 전후 보고서를 지휘 테이블에 내던진 뒤 말했다.

　"이건 정말이지 바보 같은 작전이었어. 그래, 듀난에게 이 멍청한 작전을 제안했다는 총군사 가이츠란 놈은 이곳에 있나?"

　"제, 제가 가이츠입니다."

　"뻔뻔하게도 살아 돌아왔군. 넌 열 계급 강등이다. 하급 장교부터 다시 시작해라."

　"그게 무슨⋯⋯!?"

　"그리고⋯⋯ 보고서에 따르면 출진하지 않고 자리를 지키고 있어야 한다 직언을 했던 장교가 있었다고 하는데, 그건 누구지?"

　장교들은 눈치를 보며 머뭇거리고 있었다.

　그러던 중 한 장교가 작심한 듯 말한다.

　"알스 일라인이라는 사관생 출신의 보병장이었습니다. 그가 출진을 반대했었습니다."

　"좋아, 너 빼고 나머지 전부 세 계급 강등이다."

　그러자 이번에는 납득하지 못하겠는지 장교들이 내게 항변을 하려 들었다.

그것을.

"그 입 닥쳐라!"

헬리안 공작이 일갈하여 잠재웠다.

"네놈들이. 무능한 네놈들이 듀난을 죽인 것이다! 내 마음 같아선 네놈들 모두 군법에 따라 감옥에 처넣고 싶으나 전황을 생각하여 하지 않고 있을 뿐이다!"

"……!"

"불만이 있으면 내게 말해라! 당장 그 군복을 벗게 해 줄 테니까!"

쥐 죽은 듯 조용해진 막사.

나는 어깨를 으쓱이고는 말을 이어 갔다.

"그래서 그 알스 일라인은 어디에 있는 거지?"

"그게…… 희망하는 사관생들에 한해 전장을 이탈시켜 후방 보급고 쪽으로 편성을 해 주었습니다. 그도 지난번 전투에서 부상을 입었는지 자원하여 후방으로 이동했습니다. 현재는 부상을 치료하고 있는 중일 겁니다."

"복귀는? 가능한가?"

"현재 중상자의 치료를 위해 모든 신관들이 이곳 본대에 배치돼 있는 상황인지라 후방 보급고에는 신관이 배치돼 있지 않은 상황입니다. 원하신다면 그를 본대에 복귀시켜 최우선적으로 치료하게 할 수 있습니다만."

"그럴 필요는 없다. 유일하게 제대로 된 대책을 내놨기에 어떤 녀석인가 조금 궁금했을 뿐이야. 뭐, 나중이라도 좋으니 녀석에게 포상금을 두둑하게 쥐여 주도록."

그러자 헬리안이 '그건 얘기한 것과 다르잖아?'라는 눈빛으로 노려봤기에 헛기침을 하며 화제를 전환했다.

"그 외에도 산지 전투에서 퇴로를 열었던 부대의 장교 퍼지 일라인, 펠릭스 데런, 스티나 발스타인의 계급을 한 단계 진급시키겠다. 알아서 처리해 놓도록."

"옛!"

크! 이게 바로 갑질의 맛이라는 건가.

이참에 내 계급도 진급시킬 수 있었지만 이미 불필요하게 많이 진급된 상황이었기에 더 올리지는 않기로 했다.

"그럼 이제 전황을 살펴보도록 할까."

나는 첩보 장교가 펼쳐 놓은 전도를 유심히 지켜보았다.

'전황이 바뀌었군.'

개전 초기와는 상황이 완전히 달라져 있었다.

일단 상대 툰카이군은 더 이상 본진을 숨기지 않았다. 이제는 그럴 필요성이 없어진 까닭이다.

놈들은 당장이라도 공격을 해 올 것처럼 최전방에 5만의 군대를 포진시킨 상태였다.

'게다가 듀난 장군 덕에 수준 높은 지형도가 확보되었어.'

듀난의 지시하에 상대 본진을 수색하던 첩보병들이 작성한 지형도였다.

거대한 나무들에는 일일이 표식을 해 놨는지 그 지점이 표기가 되어 있어 어떤 형태로 지형이 이루어져 있는가를 추측할 수 있었다.

'진형 좌측의 지대가 조금 더 높은 건가.'

고지라고 할 것도 없었지만 그래도 30m 정도 지대가 더 높았다. 그로 인해 진형 좌측부터 우측으로 완만한 경사가 이어지고 있었다.

"……."

"어떤가 웨이드. 내가 보기엔 지키고 있는 게 정답으로 보이는데. 상황이 상황인 만큼 말이야."

헬리안 공작은 사관 출신의 엘리트였다.

정계에 진출하기 전까지는 군에 몸을 담고 있었는데 그의 계급은 장군을 보좌하는 일급 장교였다.

충분히 이 자리에 있을 만한 인물이라는 뜻이다.

"아닙니다. 지금 상황에서 지키고 있는 건 상책이 아니에요. 기껏해야 차선책 정도 될까요."

군의 사기가 너무 떨어져 있기도 했고, 상대측에는 그 괴물 같은 무력을 가진 무장이 있다.

그놈이 우리 진영을 휘저으며 난리를 피우면 전술이고 뭐고 제대로 작동하지 않을 가능성이 있었다.

안톤으로 놈의 발을 묶을 수는 있겠으나 상대의 공격을 받아치는 형태로 안톤을 투입하게 될 것이기에 전술의 방향성이 수동적으로 변하고 만다.

"그렇다고 치고 나가기에는 상황의 여의치 않네. 따로 생각해 놓은 책략이라도 있는 건가?"

"일단은요."

"오오, 어서 말해 보게."

"그 전에…… 잠시 자리를 비우겠습니다."

이번 전투는 마돈과의 전투나 삼사자 전쟁 때와는 달랐다. 책략에 대한 리스크가 너무 컸던 것이다.

회의장을 박차고 나온 나는 주변의 눈을 피해 내 막사로 돌아와 군장에 챙겨 두었던 서적 두 권을 꺼내었다.

산지의 전투에 관해 쓰여 있는 전술서였다.

"산지 전투의 핵심은 고지대를 선점하는 것에서 시작된다……."

이것들은 내가 현대에서 익혔던 병서들을 필사해 놓은 것이었다.

나는 순간적인 머리 회전은 자신이 있으나, 에리나의 이름을 잊어버린 것처럼 자잘한 기억력이 좋은 편은 아니었다. 그렇기에 필요한 정보들은 되도록 필사를 해 놓는 버릇이 있었다.

나는 알스의 몸으로 처음 들어온 그때부터 기억을 더듬어 가며 주요 병서들의 핵심 정보만큼은 책으로 만들어 옮겨 적어 났었다.

지난번 퍼지 형이 내 방에서 읽었던 병법서들이 그것들이다.

그렇게 서재에 쌓인 현대의 병법서들과 전술서들이 도합 13권 정도.

그 외에 이 세계에서 수집한 병법서 60권을 합쳐 70권이 넘는 병서가 내 서재에 숨 쉬고 있었다.

이미 다 읽은 것들이긴 하지만 가끔씩 확신이 들지 않을 때에는 직접 책을 펼쳐 보곤 했다.

나는 책을 읽으며 구상하고 있던 책략을 시뮬레이션하고 있었다.

"지형을 충분히 활용하면 가능해 보이기는 하는데……. 준비해야 할 작업들이 너무 많아……."

이건 상대가 눈치를 채기라도 하면 수포로 돌아가는 건곤일척의 책략이었다.

과연 상대가 내 책략을 읽어 낼 수 있는가.

그 부분은 모험에 가까웠지만 근거가 있는 모험이었다.

크라우스 포크너.

그자는 정석보다는 특유의 교활함으로 전쟁을 이끄는 장군이었다.

병법을 보는 눈이 어둡지는 않지만 특출나지도 않다. 이것까지 읽을 수 있을 거라고는 생각지 않았다.

혹시나 내 생각이 읽힌다면 그때 가서 플랜 B를 가동하는 수밖에.

"좋아, 한번 해 볼까."

막사를 나온 나는 측근 가신들을 먼저 불러모았다.

"안톤, 당신에게 한 가지 작전서를 주겠습니다. 신뢰할 수 있는 장교들만을 모아 그 작전서의 내용을 교육시키도록 하세요. 장교들이 지정된 기한까지 그 작전을 수행할 준비를 갖춰야 합니다. 알겠습니까?"

"옛, 명심하겠습니다!"

캘리퍼 측의 장교들은 솔직히 믿을 수가 없었다. 툰카이의 첩자가 있을 가능성도 있고.

이 작전은 기밀이 생명이기 때문에 안톤을 비롯한 크로싱 출신의 장교들을 이용하기로 했다.

"그다음. 유미르."

"예, 도련님."

"넌 이것들을 모아 와 줬으면 해. 가능한 한 많이."

나는 이 산지에서 우연히 채집한 그것을 보여 주었다.

이것을 본 유미르는 쫑긋! 동물 귀를 움찔하더니 이내 토를 달지 않고 고개를 끄덕였다.

"알겠습니다."

"이틀 안에 준비를 해 줘야 되는데. 괜찮겠어?"

"하루 안에 끝내겠습니다."

"믿음직하네. 그래도 혼자 보내긴 조금 불안한데…….

주변엔 툰카이의 정예 척후병들도 있었기에 만에 하나의 일이 걱정되었다.

"가스파르, 당신이 호위를 해 줘요."

"그래. 그, 근데 나도 그 모아 오라는 걸 같이 모으면 어떨까? 유미르 양이 혼자 하면 힘들지도 모르잖아."

"하핫, 그 부분은 둘이서 상의를 해요."

"끄응……. 알겠다."

가스파르는 멋쩍은 표정을 지으며 유미르와 상의를 하기 시작한다.

이제 남은 건 자질구레한 중노동뿐이었기에 퍼지 형에게 부탁하려 했으나.

제발 부탁이니 자기에게도 일을 달라며 초롱초롱 눈을 빛내고 있는 에오를 무시하기가 힘들었다.

"나 참. 그렇게 일을 맡고 싶어?"

"부디! 저 녀석에게 뒤처지고 있을 수는 없습니다!"

안톤이 중임을 맡았다는 것을 본능으로 알고 있는지 에오는 경쟁심을 불태우고 있었다.

내 등장과 함께 순백색의 갑주를 벗어 던지고 회색 갑주로 갈아입은 그녀는 검과 방패가 아닌 창으로 무장하고 있었다.

지난번 대결에서 그 괴물 같은 놈에게 밀린 것이 두고두고 마음에 걸리는지 이번에야말로 끝장을 보려는 심산이다.

"하여간, 좋아. 그럼 나머지 작업은 네게 맡길게."

"예, 맡겨 주십시오!"

"에오, 너는 지금부터 캘리퍼 병사들을 이끌고……."

어떤 대단한 임무인가 창대를 움켜쥐며 기대하는 에오.

그러나 이어지는 말에 그녀는 얼이 빠져 버리고 말았다.

"이 주변에 있는 나무들을 모조리 베어 버려."

용병 웨이드가 출현했다는 소식은 툰카이 군영에도 들어
간 상태였다.

"역시 나타나셨군……."

크라우스는 음흉하게 미소 지었다.

듀난을 죽이고, 이제는 용병 웨이드까지 잡아낼 기회가 찾
아왔다.

그는 자신의 몸값이 오르는 소리가 귓가에 들려오는 것 같
았다.

"용병 웨이드? 그게 누구지?"

그란디스가 금시초문이라며 물었다.

"서방에는 소문이 닿지 않은 모양이군요. 놈은 2년여 전쯤
에 나타난 용병 지휘관입니다. 제법 명성이 높긴 하지만 실
상은 거품이 많이 끼어 있습니다."

웨이드는 삼사자 전쟁에서 카이엔을 이긴 것으로 명성이 높았으나, 그 당시 알스가 직접적으로 상대했던 건 베카비아의 군대였다.

카이엔을 속여 한 방 먹이긴 했지만 그건 엄밀히 말해 카이엔과 대치하며 첩보를 교란한 쥬라스의 공로가 더 컸다.

마돈과의 전쟁에서 줄리안 크레이그를 물리친 건 평가할 만했으나 줄리안은 대장군임에도 20인의 군웅에 끼지 못한 덜떨어진 놈이다.

"베카비아와 마돈 따위를 이기고는 초신성이니 뭐니 떠드는 애송이가 제 상대일 리 없죠. 후하핫!"

"훗, 확실히. 이번 매복의 계책은 훌륭했다. 장군으로서 한 단계 성장한 모양이군, 크라우스. 그녀도 이 모습을 본다면 기뻐할 거다."

"……하, 하핫. 그, 그렇습니까?"

"어때, 한번 만나러 갈 생각은 없나? 그녀도 반가워할 텐데."

"그, 그보다도!"

크라우스는 급하게 화제를 전환했다.

그는 그란디스의 뒤에 서 있는 남자를 가리키며 말했다.

"렉시트라고 했습니까? 대단한 무력이더군요. 지친 상태였다고 해도 그 듀난을 고작 30합 만에 살해하다니 말입니다."

"그야 대단할 수밖에. 우리 서방이 자랑하는 삼건장(三乾將) 중 한 명이니 말이야."

"삼건장……?"

크라우스는 자기도 모르게 미간을 찌푸렸다.

'내가 서방에 있을 때만 해도 삼건장이라는 건 없었는데……. 빌어먹을, 이런 괴물이 둘이나 더 있다는 말인가. 역시 서방의 저력은 끝을 알 수가 없군…….'

크라우스는 이번 일만 끝나면 더 먼 곳으로 망명을 해 서방과 최대한 거리를 두기로 마음먹었다.

"두목!"

그때 막사를 젖히고 들어오는 툰카이의 병사.

"무슨 일이냐."

"상대가 기묘한 움직임을 보이기 시작했어요!"

"기묘한 움직임? 무슨 짓을 하고 있는 건데?"

"그게…… 나무를 무차별적으로 베어 버리고 있습니다!"

"……?"

설명을 듣고도 순간 이해를 하지 못한 크라우스는 직접 전방으로 향해 캘리퍼군이 벌이고 있는 기행을 두 눈으로 확인했다.

콱! 콱! 쩌어어억! 계속해서 넘어가고 있는 나무들.

캘리퍼군은 자기들 진영에 위치한 나무는 물론이고 부근에 있는 나무들까지 모조리 베어 내며 산을 민둥산으로 만들어 버리고 있었다.

벌목을 하는 병사의 숫자만 1만이 넘었던 만큼 산은 머지 않아 뽀얀 속살을 드러냈다.

"이건 대체……."

알스의 의도를 읽어 내지 못한 크라우스는 눈매를 좁혔다.

이건 기행을 떠나 멍청한 짓이었다.

나무를 베어 버림으로 인해 군의 진영이 훤히 보이게 되었고, 엄폐물인 나무가 없어져 화살에도 취약한 상태가 되었으니까.

"오호라, 평범한 장군은 아닌 모양이구나."

"그란디스 님……?"

"크라우스. 아무리 기묘한 수법이라도 이치를 좇아 생각하면 답은 나오기 마련이다. 수비의 이점을 버렸다는 건 다른 뜻이 아니야. 공격해 들어오겠다는 거겠지."

"설령 그렇다 해도 나무를 벨 이유는 없습니다."

오히려 나무가 있는 편이 공격하기가 쉽다.

상대의 화살을 크게 걱정할 필요도 없고, 공격해 들어가는 병사의 숫자나 진형 등을 감추기에도 용이하니까.

그란디스가 말을 이어 간다.

"대신 나무가 없어짐으로 인해 병력의 힘을 더 쉽게 응축시킬 수 있게 됐지. 진형을 형성하는 데에 장애가 되던 나무가 없어졌으니까 말이야. 물론 이게 진짜 의도는 아니지만."

"진짜 의도…… 그게 무엇입니까?"

그란디스는 입꼬리를 올리며 웃었다.

"상대의 진정한 의도. 그것은 화공이다."

"화공!?"

"네겐 느껴지지 않나? 나무를 베어 버림으로 인해 바람의 방향이 우리 쪽으로 향하기 시작한 게."

"앗……!"

크라우스는 자신을 향해 날아오고 있는 꽃잎들을 보며 소스라치게 놀랐다.

"지형을 인위적으로 바꿔 화공을 시도한다라. 용병 웨이드. 아주 재밌는 녀석이군."

"……."

크라우스는 부르르 몸을 떨었다.

기행에 숨겨진 의도도 놀라웠지만 그걸 단박에 읽어 내는 그란디스의 통찰력이 더 무서웠던 것이다.

"전방에 위치한 나무들을 흠뻑 적셔 놔라. 소화를 할 태세도 충분히 갖춰 놓고. 그것만으로도 상대의 계책은 무위로 돌아갈 테니까."

그란디스의 완벽한 수읽기.

과연 서방의 실력자라는 말이 어울렸으나.

촤르륵! 물을 뿌려 나무를 적시고 있는 툰카이 병사를 멀리서 확인한 알스는 피식 웃었다.

"역시 읽어 내지 못했군. 어쩌겠어, 모르면 당해야지."

알스는 그리 중얼거리며 본격적인 작전 준비에 들어갔다.

작전 개시를 앞둔 시점.

알스는 군영을 떠나 엘론 평야로 향했다. 작전이 상대에게 읽혔을 경우를 가정한 플랜 B를 확실히 해 놓기 위해서였다.

그걸 위해 엘론 평야의 지휘관을 만날 필요가 있었다. 바로 알바드의 대장군 사략의 카이엔을 말이다.

여기에 더불어 엘론 평야의 좌측 전선에 있는 쥬라스까지 호출했다.

알스보다 먼저 도착한 쥬라스는 알바드의 인물들과 신경전을 벌이고 있었다.

"쥬라스, 이번엔 대체 무얼 기도하고 있는 게냐?"

"노리는 건 아무것도 없습니다. 그저 흘러가는 대로 맞춰 갈 뿐이지요…… 카이엔 선생님."

"너에게 만큼은 선생님이라 불리고 싶지 않구나."

"어째서입니까? 두 번밖에 되지 않는다고는 하나 펜실론 아카데미에서 당신에게 교육을 받은 건 사실인데 말입니다."

"허울 좋은 소리를 하는구나. 그 시점에서 이미 네 녀석에게 가르칠 만한 건 없었다. 너도 그건 알고 있었겠지."

"훗, 그렇다 해도 저에게 있어 선생님은 특별합니다. …… 당신처럼 잡아먹을 보람이 있는 사람은 드무니까요."

이 말에 카이엔의 측근인 길리아스와 유시스가 벌떡 일어나며 소리쳤다.

"헛소리 마라!"

"언행을 조심해라!"

카이엔은 손바닥을 들어 둘을 제지하더니 호기롭게 웃었다.

"나를 잡아먹는다라. 그거 재미있구나. 어디 해 볼 수 있으면 해 보거라."

"안됐지만 선생님. 이미 외통수입니다."

"뭐라?"

"선생님은 이미 제 손아귀에 있다는 말입니다. 지금은 아직 깨닫지 못했을 뿐. 그걸 깨닫게 되는 순간을 즐겁게 기다려 주십시오."

"......"

다른 사람이 그런 말을 했다면 개소리를 지껄인다 치부하고 넘어갔겠지만 쥬라스가 그런 말을 하니 카이엔은 마음속 깊은 곳에서 불안감을 느꼈다.

길리아스와 유시스도 닭살이 돋았는지 쥬라스를 매섭게 노려보았다.

그런 와중 알스가 나타났다.

에오니아를 대동한 채 나타난 알스는 경직되어 있는 분위기를 보고는 쥬라스가 저지른 것이라 확신했는지 작게 한숨을 내쉬었다.

"당신도 참……. 빨리도 왔군요."

"그쪽보단 상황이 괜찮아서 말입니다."

알스는 곧장 카이엔에게 시선을 돌렸다. 카이엔은 가라앉은 눈으로 알스를 지그시 응시하고 있었다.

'대단한걸.'

알스는 순수하게 감탄했다.

카이엔은 노쇠했음에도 강철을 정련한 것같이 또렷하고 강직한 기운을 뿜어냈다. 모든 것을 꿰뚫어 볼 것 같은 올곧은 기운.

알스는 예의를 갖춰 인사를 했다.

"현재 임시로 캘리퍼군을 지휘하고 있습니다. 웨이드라고 합니다."

"흠. 카이엔이다."

"예, 그 명성은 익히 들어 알고 있었습니다. 대륙 최고의 책사로 명성 높은 사략을 뵙게 되어 영광입니다."

한번 알스와 격돌했었던 길리아스는 아득바득 이를 갈고 있었다.

그래도 자기가 함부로 난리 칠 자리가 아니란 건 아는지 그 분노를 드러내진 않았으나 한 가지는 확실히 짚고 넘어가려 했다.

"본론으로 들어가기 전에. 루트거 님은 대체 어떻게 된 거지?"

"당신은 누구입니까?"

"모른 척하지 마라!"

"아, 그러고 보니 낯이 익네요. 굴리아스라는 이름이었던가요?"

"네 이놈……! 이 이상 조롱을 할 생각이라면 나도 참지 않겠다."

"나 참. 농담이 통하지 않는 분이군요. 루트거라면 제 휘하에 있습니다. 알고 있는 대로 딸의 병을 고쳐 준 대가로 충성을 맹세받았습니다. 그걸로 끝인 이야기예요."

이에 카이엔이 나직이 말한다.

"루트거가 헛말을 하진 않았을 터이니 정말로 병을 치료한 모양이군. 놀라워. 나조차도 어떤 병인지 알 수가 없었는데 말이야. 그 병에 대해 자세히 말해 줄 수 있겠나?"

"좋습니다."

병에 대해 얘기하자 카이엔은 놀랍다며 고개를 끄덕였다.

"엘프의 피가 불러온 저주였던 건가. 그건 예상하지 못했군. 필시 서방에서 전해져 온 풍토병이라 생각해 서부에서 단서를 찾고 있었는데 말이야. 정작 정답은 북동부에 있었던 겐가."

"루트거에 대해선 어쩔 생각입니까?"

"녀석이 선택한 길이다. 스승 된 자로서 지켜봐 줘야지 않겠나."

"그는 당신의 목까지 노릴 수 있다고 했는데요."

"그것도 내겐 기쁜 일이 되겠지. 40년 만에 드디어 나를 뛰어넘은 제자가 나왔다는 거니까."

"보기보다 호기로우시군요."

알스에겐 만족스러운 대답이었다. 만약 알바드가 다른 생각을 먹는다면 에스텔이나 루트거에게 괜한 해코지를 할지도 몰랐으니까.

적어도 카이엔과 그 수하들은 그럴 생각을 하지 않고 있다.

"그럼 여담은 이것으로 끝난 것 같으니 슬슬 본론으로 들어가도 되겠습니까?"

알스는 전도를 가리키며 플랜 B에 대해 설명을 하였다.

자신의 계책이 읽힐 경우 갈라른 산지를 버리고 전장을 우회해 엘론 평야에 위치한 스벤너군의 옆구리를 타격한다는 것이었다.

"전군으로 우회를 하겠다는 건가?"

"버릴 땐 화끈하게 버리는 게 맞겠죠. 당신들은 발맞춰서 스벤너를 공격해 주면 좋겠습니다."

알스는 가스파르가 얻어 온 정보와 알바드군이 가지고 있는 전황도를 바탕으로 스벤너군을 잡아먹을 전술을 설명했다.

이 전술 설명을 듣고 있던 길리아스와 유시스의 표정이 점점 굳어 갔다.

특히 유시스가 받은 충격은 작지 않았다.

'대단한 놈이다. 줄리안 녀석이 당한 것도 이해가 가.'

알스는 진형을 보고 상대 전술의 의도를 단번에 파악했을 뿐만 아니라 그 취약점까지 찾아냈다.

"우리 캘리퍼군이 옆구리를 치고 들어오면 스벤너는 군을 옆으로 이동시키며 대처할 겁니다. 우리 군을 뒤쫓아올 가능성이 높은 툰카이군과의 연계를 쉽게 하기 위해서죠. 그러니 쥬라스. 당신이 기동대를 파견해 반대편 옆구리를 찔러 줘야겠습니다."

"그 전에 들킬 텐데요?"

"당신이라면 들키지 않게 잘할 수 있잖습니까."

"억지를 부리긴. 뭐, 좋습니다. 분명 이런 식으로 전투를 한다면 이득을 볼 수 있겠죠. 다만…… 갈라른 산지를 뺏긴 부분을 전부 만회할 수 있다는 건 아닙니다. 게다가 상대 진영에 있는 건 그 제무토예요. 불의의 반격을 당할 가능성도 배제할 수 없습니다."

"아마 그렇겠죠."

"그러니 웨이드. 당신이 계획하고 있다는 책략에 대해서도 들어야겠습니다. 나무를 전부 베어 냈다는 기행. 그것이 가진 의미를. 그걸 듣고 나서 결정을 하겠습니다."

"알겠습니다. 제 계획은……."

알스가 꾸민 책략의 전모가 밝혀지자 막사가 순간 조용해졌다. 길리아스와 유시스는 말문을 잃은 채 멍한 표정을 짓고 있었고, 카이엔은 놀랍다며 눈을 반짝였다.

반면 쥬라스라고 하면 돌연 광소를 터뜨렸다.

"후하하하하하하핫! 재밌군요. 정말 재밌어요! 이래서 내가 당신에게 흠뻑 빠진 겁니다! 좋습니다. 아주 좋아요, 웨이드!"

"으엑."

그 애정과 광기가 섞인 시선에 알스는 진심으로 질린다며 쥬라스에게서 한 발자국 거리를 두었다.

결국 알바드 측은 알스의 플랜 B에 대해 승낙을 하기로 했다. 이후에는 플랜 A가 성공했을 때의 움직임에 대한 토의가 시작됐다.

키메라 전쟁 개전 13일 차.

8개의 전선에서 시작된 전투는 제각각의 양상을 보였다.

일부는 소강상태에 접어들었는가 하면 또 일부는 격렬한 전투를 벌였다.

특히 게임의 주인공 카시우스 로이드가 소속되어 있는 빌랑의 제2군은 스벤너 3군과의 혈투를 벌이며 도합 7만에 달하는 사상자를 내었다.

호사가들은 그 전투야말로 이번 전쟁에서 가장 큰 전투가 될 거라 예상했지만 개전 14일 차의 아침.

갈라른 산지에서 역사에 남을 만한 전투가 시작된다.

"선진은 전진해라!"

전진해 들어가는 캘리퍼의 선진.

알스는 1만의 병력을 횡대로 넓게 펼쳐 세웠다. 그것이 2겹. 총 2만의 병력을 배치했다.

병사들 사이를 막고 있는 나무가 없어진 관계로 질서 정연한 대형을 완성할 수 있었다.

남은 2만의 병력은 선진과 거리를 두고서 대기. 나머지 8천의 병력은 아직 나무를 베지 않아 몸을 숨길 수 있는 후방 삼림 지역에서 대기하고 있었다.

"정말로 공격해 들어오다니……."

크라우스는 캘리퍼의 진형을 바라보며 왜인지 모를 불안감을 느꼈다.

교활함의 화신과도 같은 그는 무언가 또 다른 것이 있음을 본능으로 감지하고 있었지만 그것이 무엇인지를 이성적으로 밝혀내지는 못하고 있었다.

그란디스가 말한다.

"나쁘지 않은 수야. 알겠나 크라우스? 상황이 이렇게 되면 역으로 우리는 공격을 할 수가 없어진다."

"그렇게 되겠지요. 나무가 없어진 저곳은 이제 산지가 아니라 평야가 되어 버렸으니까요."

상대는 대형을 갖추고 힘을 응축시키고 있는 반면, 툰카이군은 나무의 존재로 인해 그게 불가능했다.

수비는 그렇다 쳐도 공격을 위한 진격을 할 경우에는 나무로 인해 대형이 흐트러질 수밖에 없다.

그러니 현재 툰카이군이 전술적으로 할 수 있는 건 제자리에서 상대의 움직임을 받아치는 것뿐이었다.

공격의 칼자루를 손에 쥔 캘리퍼군.

그란디스는 흥미롭다며 웃었다.

"자, 어디 발버둥을 지켜보도록 할까."

척! 척! 전진해 들어오는 캘리퍼의 선진 보병대.

그들은 곧 화살의 사거리에 들어왔다.

"쏴라! 멍청하게 나무를 베어 버린 걸 후회하게 만들어 줘라!"

피피핑! 비산하는 화살.

이에 캘리퍼 보병대들은 기다렸다는 듯 대처했다.

앞의 1만 병력이 쪼그려 앉아 방패를 바닥에 세우고, 뒤에 있던 1만 병력이 그 뒤로 바짝 붙어 위에 방패를 세우면서 2인 1조로 방패를 쌓아 화살에 대한 대비를 한 것이다.

쿠구구구궁! 화살은 대부분 방패에 막히며 무위로 돌아갔다.

발을 맞춰 천천히 전진해 들어오는 캘리퍼 보병들. 툰카이의 병사들은 나무 사이에 몸을 숨기고 받아칠 태세를 하고 있었다.

그리고 이때 크라우스가 느끼고 있던 위화감이 한층 더 짙어졌다.

'잠깐……. 애초에 왜 우리 군은 이런 곳에서 싸우고 있는 거지?'

이곳은 툰카이가 기존에 잡고 있던 진형보다 더 앞에 위치한 중립 지역으로, 그 저주받은 망루를 세웠던 곳이었다.

'아니, 이건 그럴 수밖에 없었어.'

상대가 화공을 한다는 걸 알았기 때문이다.

그렇기에 벌목이 되지 않은 구간부터 수비진을 세워야만 했다.

상대가 불을 지르게 놔두면 바람을 타고 불이 어떻게 퍼질지 모르니 화공을 사전에 차단하기 위해서였다.

'잠깐. 그럴 수밖에 없었다……라고?'

알스가 건 심리전의 존재를 그제야 깨달은 크라우스의 표정이 급변했지만 이어지는 캘리퍼군의 행동에 말문을 잃고 말았다.

선진의 보병들이 적진 진입을 눈앞에 두고 척! 방패를 세워 요새화를 꾀한 뒤 부스럭! 준비해 두었던 불쏘시개들을 쌓기 시작한 것이다.

나무를 베어 내며 마른 장작이나 나뭇잎들을 많이 확보할 수 있었기에 그 불쏘시개의 양은 상상을 초월했다.

"정말로 화공을 한다고……?"

"내가 뭐라고 했나."

화르르륵! 보병들의 진형과 똑같이 횡렬로 타오르는 불길.

크라우스는 고개를 갸웃하면서도 대처를 지시했다.

"전방의 병사들은 지시한 지역까지 물러나도록!"

이미 조치를 취해 놨기에 불은 쉽게 옮겨붙지 못한다.

설령 옮겨붙는다 해도 소화할 준비가 되어 있다.

실제로 불은 나무에 옮겨붙지 못하고 그저 연기만 거세게 내뿜고 있을 뿐이었다.

"잠깐……. 이 연기의 양……! 설마!"

"오호라. 그런 거였군."

이번에는 그란디스조차 입을 둥그렇게 모았다.

탁한 연기가 가로로 광범위하게 피어오르면서 캘리퍼군의 동태가 전혀 확인되지 않았기 때문이다. 임시로 세워 둔 망루에서도 적의 움직임이 관측되질 않았다.

그란디스가 껄껄 웃었다.

"하하하! 내가 이렇게 대처할 것을 상대도 이미 알고 있었던 거군. 화공을 펼친 이후에 어떻게 공격을 해 올까 줄곧 궁금했었는데. 이 방법을 사용하는 건가. 크라우스, 지금의 화공은 기만이다. 이제 적군은 한 지점을 노려 우리 구역에 침투해 진형을 잡으려 들 거다."

"역시……!"

연기가 너무 거세고 높이 치솟았던 탓에 툰카이군은 그 돌파 지점이 어디인지 알 수가 없었다.

그러던 때였다.

쾅! 돌연 깨져 버리는 툰카이의 진형.

캘리퍼의 입장에선 좌측이자, 툰카이의 입장에선 우측 진형이었다.

"급보! 캘리퍼의 군세가 우측 군영으로 진입해 들어왔습니다!"

"우측의 고지대를 선점하려는 건가……!"

고지대라고 할 것도 없는 높이였으나 침투해 들어와 진형을 잡는다는 관점에선 가장 이상적인 위치였다.

"쳇! 당했군."

진형을 넓게 잡고 있던 툰카이의 군대는 당장 이 일점 돌파에 대처를 할 수가 없었다. 만약 적의 동태가 보였다면 발빠르게 대처를 했겠지만 연기 때문에 그게 불가능했다.

그란디스는 알스를 향해 아낌없는 찬사를 보냈다.

"과연 신성으로 불릴 만한 잔꾀로구나! 하지만 자살행위일 뿐! 크라우스, 병대를 재편해라. 곧바로 잡아먹으러 가겠다."

"쯧! 알겠습니다."

크라우스는 어느새 총대장 노릇을 하고 있는 그란디스가 마음에 들지 않았지만 판단 자체는 옳았기에 그 말대로 우측의 병사들을 물려 재정비를 시작했다.

그의 말대로 이쪽 진형에 침투해 들어온 상대의 선택은 자살행위였다.

진형을 잡기까지 시간이 걸릴 게 뻔했기에 그 전에 포위 섬멸을 하면 그만이었으니까.

그러나 그 전이었다.

"장군님! 적들이 치고 내려오고 있습니다!"

"벌써!?"

진형을 잡기도 전에 빠르게 치고 나온 캘리퍼의 군대.

"숫자는!"

"시야가 가려 잘 확인이 되질 않지만 얼추 1만에 가까워 보입니다!"

"흥, 시간을 벌기 위함인가!"

툰카이군이 진형을 재편할 것을 노리고 급한 대로 병력을 파견한 것이다.

"받아쳐라. 별거 아닌 공격이다."

하나 콰드드득! 막으러 간 툰카이의 병사들이 안톤의 무력에 쓸려 나가며 순간 진형이 무너지고 말았다.

그란디스는 눈매를 좁히며 그 위치를 바라보았다.

"과연, 저게 렉시트를 가로막았다는 무장인가. 크라우스, 저자의 정체에 대해 아는 것이 있나?"

"첩보에는 아무런 정보가 없었습니다. 아마 암약하고 있던 웨이드의 수족이 아닐까 합니다."

"뭐, 어찌 됐든 상관없나. 어차피 이 자리에서 죽을 테니까 말이야. 렉시트. 갔다 오거라."

삼건장 렉시트는 기다렸다는 듯이 무기를 꼬나 쥐었다.

지난번 결투에서 무기를 잃은 탓에 안톤에게 조금 밀리긴 했지만 이번에는 달랐다.

"죽여 주마! 우오오오옷!"

"오너라!"

캉! 안톤과의 일대일 대결에 들어가는 렉시트.

안톤은 기다렸다는 듯 응전.

둘은 최고 레벨의 무예가 무엇인가를 여실히 보여 주며 수백 합을 겨루기 시작했다.

그 탓에 전선이 둘을 기점으로 교착되고 만다.

"불필요하게 시간이 끌리는군……."

그란디스는 입맛을 다시고는 크라우스를 재촉했다.

"아직이냐 크라우스?"

"조금만 기다리십쇼!"

그러길 30분.

크라우스가 드디어 군의 재편을 끝마쳤다.

"일단 선발군의 편성을 끝냈습니다!"

"좋아, 일제히 밀어붙여라."

상대가 자리를 잡고 있는 고지를 향해 진군하기 시작한 2만의 선발 병력.

나머지 2만의 후발 병력이 뒤이어 공격을 가하면 캘리퍼 군은 버티지 못하고 무너지리라.

전진해 들어가는 툰카이의 선발 병력.

"오는가……! 더 이상은 버티지 못한다! 모두 퇴각해라!"

툰카이의 병사들이 진군해 오는 것을 확인한 안톤은 군영에 신호를 보내고 후퇴를 시작했다.

"도망치게 둘 것 같은가!"

이를 렉시트가 쫓으려 했으나 피피피핑! 에오니아가 오러가 담긴 화살로 지원을 해 주며 안톤은 거리를 벌리고 후퇴를 할 수가 있었다.

"쳇!"

렉시트는 오만상을 찌푸렸다.

그는 안톤에게 고전한 것에 수치를 느끼고 있었다.

자신과 맞설 수 있는 호적수는 같은 삼건장뿐이라고 생각하고 있었으니까. 그러니 이번 승부는 치욕이나 다름없었다.

그런 그에게 선발 병력을 이끌고 올라온 크라우스의 측근 갈탄이 말했다.

"형씨, 렉시트라고 했었지? 두목이 형씨에게 이 병력의 지휘권을 맡겼어. 이 병력으로 상대를 쫓아 적진을 휩쓸어 버리라더군. 그대로 밀고 올라가면 지휘 체계를 마비시킬 수 있다나 봐."

막 진형을 잡고 있는 상대는 밀고 올라가는 렉시트의 군대에 대처하기가 힘들다. 그렇게 선발 병력이 적진을 휘저어 지휘 체계를 마비시키면 그사이 후발 병력이 밀고 올라가 이 전투를 승리로 끝낼 수 있다.

"대신 포위를 당해 당신이 당해 버리면 죽도 밥도 안 된다고 하니 주의해 주쇼."

"좋다. 나를 따라와라. 적을 모조리 도륙해 버리겠다!"

"하핫! 무섭구만 형씨."

병력을 이끌고 상대 진형으로 저돌적으로 진입해 들어가는 렉시트.

그 목표는 고지에 있을 게 분명한 알스였다.

그리고 이 순간.

알스가 쳐 놓은 책략이 본격적으로 이빨을 드러낸다.

5장

쾌속으로 산지를 올라가기 시작한 툰카이군.

그들이 열어 놓은 길을 따라 후발 병력을 투입하면 이 전투도 끝이 난다.

그리 판단한 그란디스는 느긋하게 전황을 지켜보고 있었지만 크라우스는 아니었다.

그는 지독한 위화감에 몸을 떨고 있었다.

"이상해. 뭔가가 있다. 다른 뭔가가⋯⋯."

이건 도적으로서의 본능이었다.

그는 느낀 것이다.

이미 상대의 함정에 들어와 버렸다는 걸.

"그란디스 님. 병력을 철수시키는 게 어떻습니까? 그냥 물러나서 자리를 잡아도 우리는 손해 볼 게 없습니다."

"무슨 멍청한 소리냐, 크라우스. 이제 곧 렉시트가 상대의 목을 물어뜯을 텐데. 렉시트의 이빨에 물린 사냥감을 우리가 처리하면 전투는 끝난다. 그것도 모르나?"

"알고 있어! 알고 있는데……! 젠장, 뭔가가 이상하단 말이다!"

"대체 뭐가 이상하다는 거지? 흥분하지 말고 설명을 해 봐라."

"그게……!"

그걸 이성적으로 설명할 수가 없었다.

그저 도적으로서의 본능이 어서 도망가라 재촉하고 있을 뿐이었다.

그 시점이었다. 툰카이 부대의 움직임이 묘해진 것은.

우두두두! 고지를 향해 올곧게 올라가고 있던 렉시트의 부대가 돌연 좌측으로 방향을 틀었던 것이다.

멀리 위치해 있던 크라우스와 그란디스는 나무가 흔들리는 것과 먼지가 피어오르는 것을 보고 어렴풋이 파악을 하고 있었다.

"무슨 일이지? 왜 진군 방향을……."

그제야 그란디스도 위화감을 느꼈는지 눈매를 좁혔다.

기묘해지기 시작하는 툰카이군의 공격 경로.

그러는가 하면 병력이 두 갈래, 세 갈래로 나뉘어 이동하기 시작했고, 또 어떤 부대는 그 자리에 멈춰서 전투를 벌이기도 했다.

그렇게 군의 짜임새가 흐트러진 순간 쿵! 에오니아, 그리고 가스파르가 이끄는 캘리퍼의 유격군이 허리를 끊으며 진입로를 막아 버리기에 이른다.

이런 식으로 군이 갈라졌다간 큰일이 날 수도 있었다.

군이 뭉쳐 있다면 아무리 못해도 후발 병력이 올라갈 때까지는 버틸 수 있는 반면, 이런 식으로 산개가 되면 각개격파를 당하며 후발 병력이 올라가기도 전에 선발 병력이 당할 수도 있기 때문이다.

선발 병력이 마구 산개하는 모습을 본 그란디스는 너무 놀라 눈을 부릅떴다.

"저곳에서 대체 무슨 일이 벌어지고 있는 거야!"

"씨발, 그러니까 빼자고 했잖아!"

평정을 잃고 고래고래 소리를 지르는 크라우스.

여기까지 온 이상 뺄 수도 없었다.

크라우스는 그란디스와 함께 편성이 끝난 후발 병력을 이끌고 부랴부랴 전투가 벌어지고 있는 곳으로 향했다.

그곳에서 그들은 목격한다.

허리를 끊은 뒤 진입로에 목책을 세워 길을 틀어막고 있는 에오니아의 유격 부대를 말이다.

"어서 울타리를 설치해 길을 막아라! 적의 후발 병력이 곧 이곳으로 당도할 것이다!"

쿵! 쿵! 땅에 박혀 지형을 틀어막는 목책과 울타리.

그것들이 우뚝 서 있는 나무들과 함께 진형 곳곳에 세워져 부대의 진군을 방해하고 있었다.

축성의 계책.

알스는 상대 진형에 침투하는 것으로도 모자라 안톤이 벌어 준 시간을 이용해 본진을 순식간에 요새화하여 미로로 만들어 버린 것이다.

"그, 그럴 수가⋯⋯!"

그란디스는 도저히 믿기지가 않았다.

상대 진형에 침투해 들어와 이 짧은 시간에 이 정도로 수준 높은 요새를 만들어 버린다니!

"설마!?"

자기 진형에 있던 나무를 베어 버린 기행.

그것은 화공을 하기 위함이 아니었다.

그저 요새 건설에 필요한 목재를 얻어 내기 위해서였다.

그렇담 굳이 불을 피워 화공을 했던 이유는 무엇인가?

그것도 간단하다.

불의 연기를 통해 군의 침투 경로를 숨겨 고지대를 선점하고, 더불어 목재를 운반하는 수레를 감추기 위해서다.

"장군님! 진군 경로가 목책으로 인해 가로막혔습니다! 선발 병력과 합류하기 위해선 우회를 해야 합니다!"

"개소리하지 마! 그딴 소리를 할 시간에 목책이나 파괴해!"

그러나 그 목책을 파괴하는 데에 시간을 소비하는 사이에 오니아의 유격 부대가 그 뒤의 길을 틀어막고, 가스파르의 유격 부대가 옆을 찌르며 시간을 끌었기에 파괴하며 지나가는 것은 의미가 없었다.

"아아······!"

크라우스는 패닉에 빠져 있었다.

유격군을 이용해 선발 병력과 후발 병력을 분단시킨 캘리퍼의 생각은 뻔했다.

후발 병력의 발을 최대한 묶고 그사이에 침투해 들어온 선발 병력을 전멸시키겠다는 뜻이다.

선발 병력의 숫자만 2만이었으니 이 병력이 몰살당할 경우 툰카이군은 회복 불가능한 타격을 입게 된다.

심지어 상대가 공격을 해 온 것이기에 이 갈라른 산지까지 통째로 내줘야 한다.

다시 말해 빼도 박도 못하는 완벽한 패전을 당하게 되는 것이다.

"처, 철수한다. 선발군을 버리고 후퇴하겠다!"

크라우스는 냉정하게 판단했다.

상대의 함정에 들어가 지휘 체계를 잃고 혼란해하고 있는 선발 병력은 이미 구하기 어려웠다.

괜히 무리해서 구하러 들어갔다간 구하러 들어간 후발 병력까지 당할 가능성이 있었다.

"헛소리하지 마라, 크라우스!"

언제나 능글맞은 태도를 취하고 있던 그란디스가 처음으로 분노를 드러낸 순간이었다.

선발군을 버린다는 건 다시 말해 삼건장 렉시트를 버리겠다는 뜻이었으니까.

'이런 곳에서 삼건장 중 하나가 죽는다고? 있을 수 없는 일이다!'

그란디스가 다급히 소리쳤다.

"크라우스, 이제부터 병사들은 내가 지휘하겠다!"

"개소리 마쇼! 군의 총대장은 나요!"

"크윽……! 네 이놈, 서방의 분노가 두렵지 않은 거냐? 배신자인 네놈은 언제 우리에게 죽어도 이상하지 않다는 걸 모르진 않을 텐데. 이번에는 내 말을 따라라. 그렇게만 한다면 네놈에 대해 선처를 베풀게끔 우두머리들을 설득하겠다. 내 명예를 걸고 약속하지!"

"어휴, 진짜……! 알겠소! 알겠으니까 그 잘난 머리를 써서 뭐라도 좀 해 보쇼!"

크라우스는 울상을 지었다.

도망가도 서방 민족에게 목숨을 위협받는 신세가 된다면 차라리 그란디스가 이 전황을 바꿔 주기를 기대하는 게 나았으니까.

✦

어떻게든 목책을 뚫고 올라와 선발 병력과 합류를 하려는 툰카이의 후발 병력.

알스는 의외라며 고개를 갸웃했다.

"크라우스 포크너가 이렇게 멍청한 놈이었나? 이 이상은 활로가 없다는 걸 모르진 않을 텐데."

선발 병력이 캘리퍼 진영 안쪽으로 들어온 시점에서 이 전투는 끝난 셈이었다.

축성의 계책.

이건 말이 축성의 계책이지 읽힌다면 그 즉시 끝장이 나는 도박수였다.

이 계책을 읽은 상대가 캘리퍼군을 상대해 주지 않고 병력을 우회해 보급을 끊어 버리면 역으로 끝장이 나기 때문이다.

그 경우까지 생각하고 알바드에게 사전 연락을 취한 것이지만 이렇게 된 이상 플랜 B를 가동할 필요는 없어졌다.

"장군님! 예정대로 길을 틀어막았습니다!"

"좋다. 제3, 제4, 제5기동부대는 작전대로 이동하며 적을 섬멸하라! 제2, 제3공작 부대는 기동부대가 이동한 경로를 따라 울타리를 설치해 틀어막겠다!"

"옛!"

일사불란한 지휘. 곁에 있던 헬리안 공작은 소름을 느꼈다.

'경이로운 지략이다!'

궤를 달리하는 책략이었다. 이는 크라우스가 병법에 밝지 않은 도적이라 당한 게 아니었다.

설령 적장이 십걸 중 하나였다고 해도 이 책략은 읽기가 어려웠을 테다.

'화공을 펼치는 척 미끼를 두고 정작 이용한 것은 그 연기였다니!'

만약 툰카이 측이 애초에 화공을 생각하지 않았다면 이 책략은 성공하지 못했을 거다. 정말로 화재가 발생하면서 요새 건설이고 뭐고 불가능했을 테니까.

'이 녀석은 상대가 어떻게 행동할지를 알고 있었다.'

그걸 역이용해서 책략을 사용했으니 상대 입장에선 그대로 당할 수밖에.

"장군님! 적의 후발 병력이 빠르게 접근하고 있습니다!"

"지금은 우리 진영으로 들어온 적병을 섬멸하는 게 우선이다. 후발 병력은 당분간 유격 부대에 맡겨 놓겠다."

"옛!"

에오니아와 가스파르의 유격 부대는 지능적으로 움직이고

있었다.

알스에게 세세한 부분 하나하나까지 전술 명령을 받은 에오니아는 활을 이용해 요새를 정찰하고 있는 상대 척후를 끊어 버리며 시간을 효과적으로 벌었고, 가스파르는 자의적으로 움직이며 후발 병력의 옆구리를 찔러 진형의 혼란을 야기하고 있었다.

알스가 고평가하는 부분은 가스파르의 유격 부대였다.

"훗, 역시 제법이야."

가스파르는 소규모 유격전이나 기습 작전에 대해선 정상급 무장에 버금가는 전술적 혜안을 가지고 있었다.

그는 어디를 찔러야 상대가 아파 할지를 알고서 움직였다.

이런 식으로 상대의 발을 묶어야 하는 상황에선 최고의 무장이었다.

"그렇다고는 해도……. 후발 병력이 올라오는 탓에 시간이 조금 촉박해졌네."

알스는 직접 앞으로 나가 장교들을 진두지휘하며 상대의 병력을 깎아먹었다.

진입해 들어온 상대의 선발 병력은 산과 요새가 만들어 낸 미로에 헤매며 급격하게 숫자가 줄어들고 있었다.

"……도련님."

렉시트에 대한 감시로 붙여 두었던 유미르가 나타나 알스에게 속삭였다.

"그자가 덫에 가까워지고 있습니다."

"안톤이 잘해 주고 있는 모양인걸. 유미르 넌…… 아니, 나도 같이 가는 게 좋겠네. 그럼 가 볼까."

"예. 도련님."

괴물 같은 무력을 지닌 삼건장 렉시트.

알스는 그를 살려 보낼 생각이 추호도 없었다.

캉! 카캉! 뒤섞이는 날붙이.

"우오오옷!"

"핫!"

캉! 안톤과 렉시트는 산을 이동하며 결투를 계속하고 있었다.

"왜 그러나! 벌써 지쳤는가!"

"크윽!"

캉! 주르르륵! 렉시트의 일격을 막아 내며 뒤로 밀려 나는 안톤.

실력적인 문제는 아니었다.

안톤은 열세에 처하는 한이 있더라도 작전을 우선시하고 있었던 것이다.

'유미르 님의 표식을 따라 놈을 유인하긴 했는데……. 그녀는 지금 어디에 있는 거지?'

안톤은 적진에 침투하자마자 상대를 영격하러 나갔던 만

큼 그 함정이 정확히 어디에 설치되어 있는 것인지를 알 수가 없었다.

이건 알스가 의도를 한 것이었다.

안톤도 모른다면 렉시트도 그 낌새를 읽을 수 없을 테니까.

"이제 그만 결판을 내자!"

"쳇!"

더 이상 물러날 곳이 없다고 판단한 안톤은 쥐고 있는 무기에 힘을 주어 내리치는 상대의 할버드를 막아 내었다.

쿵! 그대로 짓눌러 버릴 것만 같은 경이로운 거력. 그리고 이때. 이 공격의 무게감으로 인해 둘이 서 있던 지반이 무너지기 시작했다.

"뭣······!?"

"이거였군! 핫!"

이 갑작스러운 상황에서 반응이 빨랐던 것은 안톤이었다. 그는 이것이야말로 알스가 쳐 놓은 덫이라 판단하고 퍽! 렉시트를 발로 차 도약하더니 나무뿌리를 잡았다.

그런 안톤에게 유미르가 나타나 손을 내민다.

"제 손을 잡으십시오."

"고맙습니다, 유미르 님."

탑! 구덩이 바깥으로 올라온 안톤.

반면 렉시트는 아니었다.

구덩이에 빠진 렉시트는 혼란에 빠져 있었다.

"크윽! 뭐냐 이건……!"

그런 그의 위에 나타난 알스가 냉혹하게 고했다.

"일제히 쏴라."

피피핑! 구덩이의 렉시트에게 쏘아지는 수십여 발의 화살. 알스도 직접 활을 들어 사격했다.

"큭!"

위험을 감지한 렉시트는 급소를 방어하며 회피를 했지만 전부 피할 수는 없었다.

허벅지에 한 발, 팔뚝에 한 발, 등에 두 발, 옆구리에 한 발, 정강이에 한 발. 화살이 꽂혀 피가 흐르기 시작했다.

"나 참. 피부 가죽이 얼마나 두꺼운 거야?"

무엇 하나 치명상을 입힌 게 없었다. 옆구리에 박힌 화살조차 근육에 막혀 내장을 노리지 못했다.

"이놈……!"

렉시트는 분기탱천하여 알스를 노려보았다.

이에 알스가 조소했다.

"네가 무예밖에 모르는 멍청한 놈이라서 다행이야. 병법에 능했다면 이런 식으로 쉽게 잡아내기는 힘들었을 텐데 말이야."

렉시트를 뒤따르고 있던 툰카이의 병사들은 어느새 100여 명도 채 되지 않았다. 안톤을 쫓아 마구잡이로 움직인 탓에 요새의 미로에 휘말려 떨어져 나간 것이다.

그 100여 명의 병사들도 덫이 발동함과 동시에 매복 부대가 옆을 찔러 발을 묶어 놓고 있었다.

"널 구하러 올 사람은 당분간……. 아니, 영원히 없어."

"네놈……. 그때 그 애송이 창잡이로구나……! 검과 창을 동시에 사용한……!"

"어이쿠, 이상한 소리는 그만해 주겠어? 한 번 더 쏴라."

피피핑! 이번에는 렉시트도 준비를 하고 있었다.

그는 부웅! 자신의 무기를 휘둘러 대부분의 화살을 떨어뜨리며 방어를 해냈다.

그럼에도 오른 팔뚝에 한 발. 허벅지에 또 한 발이 박혔다.

"이걸로 나를 잡았다 생각하는가! 이 삼건장 렉시트 님을!"

"……."

"이 몸이야말로 하늘 아래 가장 위대한 힘! 네놈은 함부로 내 앞에 나선 것을 후회하게 될 거다!"

"……삼건……장?"

그 순간, 무언가가 알스의 뇌리를 스쳐 갔다.

－삼건장이ーー를ーー러 올 거다.

알스는 순간 벼락을 맞은 것 같은 감각과 함께 기억을 떠올렸다.

'메인 스토리에서 나왔던 대화 내용이다……!'

누가 누구에게 말했던 건지, 그 내용이 정확히 어떤 것이었는지는 기억이 나질 않았지만 한 가지는 분명했다.

삼건장. 이는 게임에서도 등장한 단어였다는 것.

"그 요상한 복장……. 너, 서방의 이민족이지?"

"흐아아아앗!"

알스는 물어보고 싶은 것이 있었지만 렉시트는 문답무용이라는 듯 도약하여 달려들려 했다.

그러나 휘청!

"뭣……!?"

도약하려던 그는 그대로 한쪽 무릎을 꿇고 말았다.

이상을 감지한 렉시트는 핏발이 선 눈으로 알스를 올려다보았다.

"이, 이놈……. 내게 무슨 짓을……!"

"팔레안의 독이야. 즉효성 마비독이지. 오히려 그 정도로 움직일 수 있다는 게 신기한걸. 이 독 한 방울이면 성인 남자 하나가 몇 시간 동안 몸을 가누지 못한다고 들었는데 말이야."

알스가 팔레안의 풀을 찾아낸 것은 자그마한 우연이었다.

그렇기에 이 갈라른 산지에 얼마나 서식하는지를 알 수가 없어 막연하게 유미르에게 모아 달라 부탁할 수밖에 없었는데, 산지를 수색한 가스파르와 유미르는 무려 반나절 만에 팔레안의 풀을 잔뜩 안고 돌아와 주었다.

"지금 네가 당한 독의 양은 어림잡아 스무 방울 이상이다. 아무리 신체가 독에 강하다 해도 효력이 나올 시기이지."

"이……이놈……! 독을 사용하다니……! 네놈에겐 무인으로서의 긍지도 없는가……!"

"없어. 네 무예가, 무인의 긍지가 그렇게 대단한 거라면 징징거리지 말고 지금 이 상황도 혼자서 헤쳐 나와 봐."

"이놈――!!"

렉시트의 전신에 핏대가 올라오고 있었다.

그럴수록 마비독이 더 빠르게 펴져 나갔고, 급기야는 핏줄이 터졌는지 모든 구멍에서 피를 흘리기 시작했다.

'이런 놈은 포로로 잡아도 소용이 없겠어.'

알스는 안톤에게 신호를 보냈다.

"적어도 당신이 끝을 내 주세요."

"……옛."

스릉! 안톤은 월도가 아닌 검을 뽑아 들고 구덩이로 내려갔다.

이제는 손가락 하나 움직이지 못하겠는지 렉시트는 부들거리며 눈알만 들어 안톤을 올려다본다.

"네놈은…… 주인을…… 잘못 만났군. 무인의 긍지를 몰라주는…… 주인은…….”

"필요 없다. 무인의 긍지 따위, 내 충성 서약에 비하면 하찮은 것. 주군이 원한다면 난 기꺼이 비겁자가 되겠다."

"이노옴……!"

콱! 날아가는 목.

알스는 그 목을 챙겨 상대의 후발 병력을 맞이하러 향했다.

"뚫어라! 뚫고 올라가라!"

"젠장! 올라가는 길인 줄 알았더니……! 내려가고 있잖아!"

크라우스와 그란디스가 이끄는 후발 병력은 어떻게든 선발 병력의 뒤에 붙으려 노력했지만 에오니아와 가스파르의 절묘한 시간 끌기로 인해 제자리걸음을 하고 있었다.

하프 엘프인 에오니아는 배우지 않았음에도 산의 지리를 꿰뚫어 보며 기민하게 움직이고 있었다.

다만 숫자에서 밀리는 만큼 곧 산지 중턱까지 침입을 허용해야 했다.

"이제야 올라온 건가……!"

그란디스는 거친 숨을 몰아쉬며 주변을 둘러보았다.

본래라면 이즈음 선발 병력의 잔재라도 있어야 했건만.

조용했다.

터무니없이 조용해진 산지.

"이, 이, 이 짧은 시간에 전부 다 정리했다고……? 그럴 리가 없어! 그럴 리가 없다고! 렉시트가! 렉시트가 있었을 텐데……!"

"렉시트라면 이걸 말하는 건가?"

툭! 굴러오는 사람의 머리. 이 머리를 본 그란디스는 눈을 부릅떴다.

"렉시트!? 말도 안 돼!"

그는 부릅뜬 눈 그대로 머리를 던져 온 목소리를 향해 시선을 올렸다.

잿빛의 투구와 갑옷을 입은 남자.

크라우스가 대신해 외쳤다.

"용병 웨이드!!"

"그런 너는 크라우스 포크너겠군. 수배 전단이랑 똑같이 생겼는걸. 그리고 그 옆은……. 서방에서 온 이민족이겠고?"

알스는 잘됐다며 씨익 웃었다. 렉시트에게서 얻어 내지 못한 정보를 그란디스에게 얻을 수 있을 것 같았으니까.

"자, 이제 어떻게 할 거지? 결사항전을 한다면 말리지 않겠다만."

"……."

쿵! 쿵! 그들을 포위하듯 여기저기에 세워지고 있는 목책. 실시간으로 퇴로가 끊기고 있었던 것이다.

그란디스는 식은땀을 흘렸다.

'웨이드……. 생각 이상으로 무서운 놈이다. 빌어먹을, 렉시트가 죽었다면 전투의 활로는 없어. 크라우스 녀석을 미끼로 삼아 빠져나가야겠군.'

지금 빠져나간다면 어떻게든 도망갈 수가 있다.

그런 생각을 하고 있던 그란디스의 뒤통수를 퍽! 크라우스가 몽둥이로 내리쳐 쓰러뜨렸다.

"크헉! 네 이놈 무슨……!?"

"무슨은 개뿔. 설마 아무 대책도 없이 그냥 여기에 올라오려 한 줄은 몰랐다, 인마! 그냥 도망갔으면 적어도 후발 병력은 온존할 수 있었다고, 미친 새끼야!"

그렇게 말한 크라우스는 이미 계산을 끝내고 있었다.

'항복을 한다 해도 캘리퍼 놈들은 나를 살려 두지 않을 거야.'

저지른 짓이 있기 때문이다.

다시금 몽둥이를 들어 올린 크라우스는 퍽! 퍽! 그란디스의 양쪽 다리를 짓뭉개 버리고는 소리쳤다.

"얘들아! 튀자!"

측근 부하들만을 데리고 빠르게 도망치기 시작한 크라우스.

총대장의 이탈에 어쩔 줄을 몰라 하던 툰카이의 병사들이 의지한 것은 결국 그란디스였다.

"네 이놈 크라우스……!"

다리를 다쳐 움직일 수가 없었던 그란디스는 어쩔 수 없이 항전에 돌입. 양군은 전투에 들어갔다.

"나 참. 콩가루가 따로 없네."

알스는 어이가 없어 웃으며 군을 지휘했다.

이미 모든 조치는 끝이 나 있었다.

호랑이 입에 들어온 그란디스의 후발 병력은 포위되어 섬멸당하기 시작했고, 도망간 크라우스는 안톤에게 처리를 하라 지시했다.

툰카이 병사들은 더 이상의 희망이 없다 생각했는지 무기를 버리고 항복을 하기 시작. 전투는 싱겁게 끝을 맞이했다.

"휘유!"

알스는 안도의 한숨을 내쉰 뒤 창을 치켜들며 외쳤다.

"이 전투, 우리 캘리퍼군의 승리다! 전군, 함성을 드높여라!"

"우오오오오——!!"

캘리퍼군의 함성 소리는 도미노처럼 이어지며 갈라른 산지를 진동시키고 있었다.

이번 전쟁은 스벤너에도, 빌랑에도 이기지 않는 이상 큰 이득이 없는 전쟁이었다.

귀족들의 사병 위주로 병력을 파견한 다른 국가와 달리 일반 국민을 징집한 탓에 농업에 타격이 있었기 것이다.

하여 그들 입장에선 전쟁이 단기간에 끝나는 편이 바람직했으나 양측은 박빙의 전과를 올리며 전쟁은 장기전으로 심화될 양상을 보이고 있었다.

많은 사상자가 나왔던 뷜랑과 스벤너의 전투에서도 결국엔 비슷한 피해를 입으며 어느 한쪽이 우세를 점하진 못했다.

그나마 일방적인 전과가 있었다면 크라우스 포크너가 갈라른 산지에서 듀난 그림우드를 죽인 것 정도.

이건 이제 낡은 정보이긴 했지만 거리로 인해 정보 전달이 느렸던 서방의 이민족들은 한발 늦은 시점에 이 정보를 받아 들고 있었다.

"크라우스 포크너라면 그 배신자 녀석을 말하는 건가?"

한 노인이 그리 말하자 청년이 말을 받았다.

"맞습니다. 상관을 죽이고 군을 이탈해 도적이 됐던 그자입니다. 아마 당신의 제자였었죠? 테토라 아니스트리."

테토라라 불린 여성은 뇌쇄적인 미소를 지어 보였다.

"글쎄. 나는 그런 못생긴 뚱땡이를 키운 기억은 없는데?"

"뚱땡이라 말하는 시점에서 그를 알고 있다 시인하는 것입니다만."

"흥, 그놈이 멋대로 제자라 칭했던 것뿐이야. 내가 직접 뭔가를 가르쳐 준 적은 없어."

"당신을 곁에서 지켜보며 스스로 터득했다는 겁니까. 그렇다면 더욱 놀랍군요. 훌륭한 군재를 가지고 있다는 뜻이니까요. 추후 대륙을 정복할 때 선처를 베풀어 포섭하는 것도 방법이겠습니다."

두 명의 남성과 한 명의 여성.

이들은 서방 민족을 지탱하는 세 명의 우두머리였다.

그들은 느긋하게 대화를 나누고 있었지만 그들의 뒤에 있던 측근은 잔뜩 굳은 표정으로 서로를 경계하고 있었다.

테토라가 화장을 고치며 말한다.

"그곳엔 그란디스와 렉시트가 있다고 했잖아? 분명 그 돼지가 도움을 달라며 꿀꿀거렸던 거겠지."

이에 노인이 고개를 흔들었다.

"그란디스는 이런 요란한 매복 계책은 사용하지 않는다네. 이건 테토라, 네가 사용할 법한 계책이지."

"흥, 어떻게든 그 뚱땡이랑 나를 연관시키고 싶은 모양인데. 마음대로 해. 난 상관없으니까."

그들은 전황을 낙관하고 있었다.

특히 그란디스와 렉시트가 파견된 갈라른 산지에 대해선 패전이란 있을 수 없다 생각했다.

그렇기에 일주일 후에 그 소식이 들어오자 여유로웠던 그들의 안색도 굳어지고 말았다.

"다, 다시 말해 주겠습니까?"

청년이 믿기지 않는다며 보고를 하고 있던 병사에게 되물었다.

"옛! 툰카이군이 갈라른 산지의 전투에서 패배! 툰카이군은 전투에 임한 5만의 병력 중 4만의 병력이 죽거나 항복했으며 그란디스 님은 포로로 잡히고 렉시트 님은 전사하였습니다!"

살인적인 침묵이 흐르는 회의장.

"삼건장 렉시트가…… 죽었다고?"

"그것이 정녕 사실이냐?"

"제법인데?"

제각각의 반응을 보이는 세 우두머리.

테토라가 말한다.

"렉시트를 죽인 건 용병 웨이드라고 했지?"

"그렇습니다!"

"재밌잖아! 삼건장을 죽일 수 있는 건 우리들밖에 없다고 생각했는데 말이야! 대륙 샌님들 중에도 제법 쓸 만한 녀석이 있었던 거네? 하하하하!"

광소를 터뜨리는 테토라.

"좋아, 그놈은 내가 상대해 주겠어. 노예로 만들어 내 앞에 무릎 꿇리고 발바닥을 핥게 해 주지."

크라우스가 자신의 제자라는 부분은 부정했지만 자신과 비슷한 스타일의 군략을 사용한다는 건 인정을 하고 있었다.

그런 크라우스가 처절하게 패배한 것에 대해선 자기도 모르게 호승심이 일었다.

테토라가 알스에게 흥미를 드러내자 다른 둘은 못 말리겠다며 고개를 흔들었다.

"웨이드란 자도 안됐군. 이 미친 여자에게 걸리다니 말이야."

"동감입니다."

둘은 진심으로 알스에 대한 애도를 표하고 있었다.

이러한 정보들은 비단 서방 이민족뿐만 아니라 각 국가에도 전해지고 있었다.

"아버님? 뭘 읽고 계신 건가요?"

에리나는 연신 감탄성을 내지르며 전장 보고서를 읽고 있는 길버트에게 물었다.

길버트는 잔뜩 흥분한 눈으로 답한다.

"마침 잘 왔다, 에리나. 이걸 한번 보거라."

보고서를 살펴본 에리나도 토끼 눈을 떴다.

"적 병력의 대부분을 물리치고 갈라른 산지를 완전 점

령……!"

"대단해. 정말 대단한 놈이다. 용병 웨이드!"

길버트는 확신했다.

"이놈은 이번 전쟁을 통해 십걸이 될 능력을 가지고 있음을 증명한 게다. 공석이 생기기라도 하면 차기 십걸은 그가 될 거야!"

"십걸……! 웨이드가 십걸에……."

일단 하위인 20인의 군웅에는 확실히 들어갈 터였다.

마침 듀난이 죽으면서 공석이 생겼기 때문이다. 그 듀난을 죽인 크라우스 포크너를 압도해 버렸다.

당연히 차기 군웅은 웨이드가 될 수밖에 없었다.

"어떻게든 그놈을 헬리안 녀석에게서 빼 와야 해. 그러기 위해선 한시라도 빨리 정체를 알아야 하는데……. 크로싱의 인물인지 캘리퍼의 인물인지조차 알 수 없으니 답답해 미치겠군! 딸아, 너는 짚이는 바가 없니? 조안에게 들어 보니 이전에 그란셀에서 그를 마주했었다고 하던데."

"그게……."

알스를 살레온 계파에 끌어들이면 앞으로는 눈치 보지 않고 얘기를 나눌 수 있고, 당장 혼약을 추진해 볼 수도 있으니 바람직한 일일 수도 있었으나 그녀는 눈앞의 이득만 바라보지 않았다.

'그렇게 되면 다시는 날 만나려 하지 않을 거야.'

혹은 특유의 유들유들한 성격대로 그럴 수도 있지라며 대수롭지 않게 넘어갈 수도 있지만 에리나는 최종적으로 침묵을 택했다.

"모르겠습니다. 만나긴 했으나 얼굴을 가린 상태였기에……."

"그렇겠지. 후우! 뭔가 단서라도 있으면 좋겠건만."

헬리안 공작이 철저하게 정보를 차단한 탓에 길버트는 단서조차 잡지 못했다.

살레온 계파에서 알스의 정체를 알고 있던 조제트 밀리아스도 지난번 전쟁의 책임을 물어 무기한 근신을 하며 은퇴 수순을 밟고 있는 상태였다.

"아버님, 그것을 알아내기 전에 웨이드를 사칭하는 걸 그만두는 게 순서에 맞지 않을까요?"

"그거라면 케스퍼 녀석에게 전부 뒤집어씌우면 되니 상관없단다. 이젠 오히려 빨리 들켰으면 좋겠군."

그래야 궁지에 몰린 밀리아스 후작가를 집어삼킬 수 있으니까.

"아버님……."

에리나는 그런 꿍꿍이속을 가진 길버트가 안타까웠다. 정치가로선 이보다 더 능력 있는 사람은 없었으나 적어도 알스는 그런 유의 사람을 가까이 두지 않을 것 같았으니까.

한편 이 소식은 레인폴에 있던 루트거에게도 전해졌다.

"믿기 힘들 정도군."

보고서를 읽고 있던 루트거는 알스가 꾸민 축성의 계책에 진심으로 감탄하고 있었다. 무엇보다 나무를 벤 기행을 통해 상대를 속인 부분이 놀라웠다.

"이 책략은 나라도…… 아니, 카이엔 선생님조차 꼼짝없이 당했을 거야."

물론 그 이후의 대처는 툰카이군과 완전히 달랐겠지만 적어도 책략의 전모를 파악하긴 힘들었을 것이다.

"아버님? 뭘 읽고 계신가요?"

잘 준비를 하고 있던 에스텔이 잠옷 차림으로 루트거의 서재를 방문했다.

"아무것도 아니다."

"아무것도 아니긴요. 혹시 전쟁에 대한 보고서인가요?"

"그렇긴 하다만, 너는 신경 쓰지 않아도 된다."

"……"

에스텔은 눈매를 좁히고는 말한다.

"그렇게 말씀하시는 걸 보면 캘리퍼군에 대한 이야기가 있는 거군요. 저도 보여 주세요."

에스텔은 알스의 소식을 알고 싶어 매일매일 일라인 저택에 드나들고 있었다.

첫 교전에서 툰카이군이 캘리퍼군의 대장군을 죽였다고

했을 땐 가슴이 철렁 내려앉아 잠도 제대로 자지 못했을 정
도다.

　그러니 캘리퍼군의 새로운 정보라고 하니 꼭 보고 싶었다.

　루트거는 한숨 쉬며 보고서를 건네주었다. 에스텔은 눈을
빛내며 보고서를 살폈다.

　"웨이드가 군의 지휘권을 잡고 툰카이군을 격파……. 아
버님. 그렇다면 알스 님께서 무사할 가능성이 높아진 거겠
죠?"

　"분명 무사할 거다. 이렇게나 압도적으로 이겨 버렸으니
까. 지금쯤이면 능글맞은 얼굴로 이후의 작전을 설계하고 있
을지도 모르겠군."

　"아버님도 참. 알스 님은 하급 장교라고요. 어떻게 작전을
설계한다는 건가요."

　"애야, 그게 사실은……."

　"사실은 뭐죠?"

　"……아니다. 본인에게서 듣는 게 낫겠지. 그보다 다 읽었
으면 돌려 다오. 일리야 안페이에게도 전해 줘야 하니까."

　"예, 여기 있어요. 그렇다 해도 용병 웨이드……. 이렇게
나 대단한 지휘관이었던 거군요. 마돈과의 전쟁에서 승리를
거뒀을 때도 대단하다 생각하긴 했지만, 이 정도의 승전을
거둘 거라곤 생각하지 못했어요."

　"그래, 그는 능히 십걸과 어깨를 나란히 할 만한 기량을

갖추고 있어. 경험이 부족하단 것 외에는 흠잡을 곳이 없을 정도지."

"십걸! 아버님께서 그렇게 말씀하실 정도니 분명 그렇겠죠."

에스텔의 안색이 어두워졌다.

'그가 지금은 캘리퍼 쪽에서 일을 하고 있다지만 언제든 등을 돌리고 캘리퍼를 적대할 수도 있어. 만약 그가 캘리퍼군과…… 알스 님과 적대하게 되면 어쩌지?'

웨이드는 그녀에게 있어 생명의 은인이자 루트거가 충성을 바친 자였다.

아버지의 명예를 위해서라도, 병을 치료받은 은의를 갚기 위해서라도 그를 배신한다는 선택은 할 수 없었다.

하지만 그렇다고 알스가 웨이드에게 죽게 놔둘 수도 없었다.

'그 경우 결국 알스 님과 아버님도 적대하게 된다는 거야. 나는 대체 어떻게 해야…….'

에스텔은 비극의 여주인공이라도 된 기분이었다.

곧 그녀의 뇌리에 번뜩이는 것이 있었다.

'그래! 그렇다면 알스 님을 우리 쪽으로 끌어들이면 되는 거야.'

에스텔은 큰 결심을 하고는 말했다.

"아버님, 한 가지 부탁드리고 싶은 게 있어요."

"부탁? 뭐든 말해 보렴."

"알스 님을 웨이드에게 소개시켜 주세요."

"……엉?"

루트거가 할 수 있는 반응은 그것뿐이었다.

"알스 님은 아직 어리지만 무척 우수한 분이세요. 초등 아카데미 때부터 고등 아카데미까지 수석을 놓치신 적이 없을 정도니까요. 알스 님께서 가세하면 분명 웨이드에게도 큰 도움이 될 거예요."

"잠깐. 그런 세세한 부분까지 대체 어떻게 안 거니? 그가 스스로 말하던?"

"아뇨, 알스 님은 그런 것은 잘 말해 주시지 않아서……. 그분의 어머님과 누님에게 여쭤봤어요."

"그, 그러니."

물어본 것이 성적뿐만은 아닐 거라고 루트거는 확신했다.

"근데 그게 말이다……. 아무래도 곤란할 것 같다."

"어째서인가요!"

"둘을 만나게 해 주는 건 이론적으로 불가능하다고 해야 할까. 애초에 그럴 필요가 없다고 해야 할까. 아무튼 미안하다."

"그럴 수가! 그렇다면 아버님이 직접 휘하에 거둬 주세요! 알스 님이 아버님의 부관이 된다면 천군만마를 얻은 것과 다름없을 거예요!"

"그러니까 말이다……. 불가능하단다."

"아아……!"

뭐든 들어주는 자상한 아버지가 설마 자신의 부탁을 거부할 줄이야! 에스텔은 작지 않은 충격을 받았다.

이렇게 된 이상 어쩔 수 없었다.

"그렇다면 제가 직접 얘기를 해 보겠어요. 웨이드도 알스 님의 우수함을 듣는다면 분명 흥미를 느낄 거예요."

"그보다는 어이없어하며 웃겠지. 나도 무심코 폭소를 터뜨릴 뻔했다."

"아버님! 그런 소리 마시고 응원이라도 해 주세요!"

에스텔은 중대 임무라도 받은 것처럼 비장했다. 루트거는 고개를 절레절레 흔들 뿐이었다.

❖

전투를 끝낸 나는 갈라른 산지에 주둔한 채 주변 상황을 지켜보고 있었다.

"보고드립니다! 리앗트 평야에서 벌어진 크로싱과 에우로 페군의 교전에서 크로싱이 요지를 점령하며 적들을 몰아냈습니다!"

"급보! 알바드와 베카비아의 연합군이 진군! 스벤너는 엘론 평야를 버리고 크게 물러났습니다! 스벤너군은 우리가 옆을 찌르고 들어올 것을 우려한 모양입니다!"

물꼬가 튼 것처럼 들려오는 승전보.

이걸로 이 전쟁은 기울었다.

메인 스토리대로 빌랑의 연합군이 승리를 거두게 된 것이다.

'이 정도라면 오히려 공세로 전환할지도 모르겠어.'

아니나 다를까 빌랑 군영에선 공세를 취하려는 듯한 움직임을 보이고 있었다.

분명 나쁘지 않은 선택이었음에도 나는 왜인지 위화감이 들었다.

이렇게 단순하게 가기에는 이 전쟁에 여러 가지 변수가 얽혀 있는 것 같았으니까.

'느닷없이 나타난 서방 이민족들……. 그들이 이번 전쟁의 열쇠를 쥐고 있는 건지도 몰라.'

그렇기에 나는 움직임이 있기 전에 에오를 호출했다.

"알스 님, 부르셨습니까."

"그래, 하나 부탁하고 싶은 게 있어서."

"작전에 관한 일이십니까? 혹시 저를 추격전의 선봉으로 하신다거나!"

"아니, 내 개인적인 일이야. 에오, 너는 지금 당장 레인폴로 돌아가서 책을 좀 가져와 줬으면 해."

"책……입니까?"

"조금 특별한 책이야. 그 책은 서재가 아니라 내 방에 있는 옷장 뒤편에 있는데 책의 겉표지에는 아테나 워 테일즈라 쓰여 있을 거야. 상, 하권이 있는데 둘 다 가져와 주면 돼."

그 책은 다른 것이 아니었다.

혹시나 내 기억이 흐려질 것을 우려해 기억하고 있던 메인 스토리를 옮겨 적은 것이었다.

그 책에 내가 기억하고 있던 삼건장에 대한 단서가 있을 수도 있었다.

에오는 고개를 갸웃했다.

"그런 것이라면 유미르를 시키는 게 낫지 않을까요? 알스 님의 방을 관리하던 건 그 녀석이니까요."

"유미르는…… 따로 다른 일을 시킬 생각이거든."

그 내용을 다른 사람에게 보이는 건 바람직하지 않기 때문이다.

거기엔 메인 스토리는 물론이고 각 무장의 개인 인연 이벤트까지 줄줄이 들어가 있으니까. 모르는 사람들이 보면 책의 내용은 마치 천기누설, 혹은 망상병 환자가 쓴 것처럼 느껴질 테다.

유미르는 혹여나 그 내용을 읽는다 해도 언제나와 같은 포커페이스를 유지할 것이기 때문에 나로서는 읽었는지 읽지 않았는지 가늠을 할 수가 없다.

반면 에오는 그렇지 않았다. 전부 얼굴에 티가 나니까.

"미리 말해 두지만 그 책의 내용은 절대 확인해선 안 돼. 약속 지켜 줄 수 있지?"

"명심하겠습니다!"

"그래. 그럼 바로 출발해 줘."

"옛!"

이미 전세가 기울어진 지금은 별다른 변수가 없긴 했지만 만약의 경우가 있는 만큼 내가 할 수 있는 대비들은 해 놓기로 했다.

그리고 에오가 떠난 이튿날의 점심.

느긋하게 휴식을 취하고 있던 내게 헬리안 공작이 기별을 주며 나타났다.

"웨이드, 뷜랑의 총군영에서 연락이 도착했다."

"알바드군과 발을 맞춰 전선을 밀어 올리라던가요?"

"그래. 병력을 이 앞의 구역인 학센까지 전진시키라더군."

전쟁을 더 하겠다는 의지를 드러낸 뷜랑.

상책이긴 했다. 상대의 사기가 떨어져 있기도 했고, 툰카이군이 회복 불능의 타격을 입은 탓에 힘의 균형이 깨져 있었으니까.

"어쩌겠나?"

"……조금 기다리도록 하죠."

"기다린다니?"

"가장자리에 위치한 우리 군은 굳이 성급하게 움직일 필요가 없습니다. 중앙 전선에서 충분히 밀고 올라간 뒤에 움직여도 괜찮아요."

"뷜랑 측에선 좋아하지 않을 텐데."

"처리할 포로들과 부상병들이 너무 많아 진군을 할 여유가 없다고 전하면 됩니다. 실제로 그렇잖아요?"

"음, 알겠네. 일단은 그리 전하겠네."

그렇게 나는 이 갈라른 산지에 머문다는 선택을 했지만 다른 전선은 아니었다.

8개의 전선 중 우리를 제외한 7개의 전선이 일제히 적의 영토로 전진. 연합군은 총공세에 나선다.

쾌진격을 시작한 연합군.

전선이 무너진 키메라 동맹은 속절없이 물러나며 영토를 빼앗기고 있었다.

그 모습은 내가 느끼기에 마치 우리들을 끌어 들이는 것처럼 보였다.

'역시 뭔가가 있는 것 같은데……'

하지만 그 뭔가에 대해선 나도 막상 떠오르는 게 없었다.

'이 전황에서 변수를 만들 수 있는 방법이라는 게 대체 뭐지?'

그때 헬리안 공작이 다급하게 내 막사로 들어와 말했다.

"웨이드, 총군영에서 독촉을 하는 연락이 도착했네. 이제는 우리도 움직여야 해. 이러다간 우리 캘리퍼의 외교적 입장이 난처해질 거야."

"우리가 승전을 한 덕에 전황이 좋아진 건데도 말입니까?"

"물론 그 부분을 들먹이면 무마를 할 수 있겠지만 굳이 그럴 필요가 있겠나. 지금은 진군을 하는 게 상책이네. 자네가 뭘 걱정하는지는 모르겠지만 말이야."

시간제한에 걸린 건가.

내키지는 않지만 이제는 다른 선택지가 없었다.

"……좋습니다. 공작님이 출진 준비를 지휘해 주세요. 2시간 후에 진군을 시작하겠습니다."

"드디어……! 바로 준비하겠네!"

후다닥 뛰쳐나가는 헬리안.

그러길 30분 정도 지났을까. 돌연 에오가 나타났다.

"알스 님, 부탁하신 물건을 가져왔습니다."

"벌써? 마차를 타고 가도 4일이나 걸리는 거리인데?"

4일은커녕 에오는 하루 하고 반나절 만에 돌아왔다.

"말을 바꿔 타며 밤새도록 달렸습니다!"

"그렇게까지 열심히 하란 건 아니었는데……. 아니 뭐, 지금은 도움이 됐지만."

그 덕에 출진 전에 타이밍을 맞출 수 있었다.

"그런데 에오, 책의 내용은 보지 않았겠지?"

"물론입니다!"

노파심에 물은 거지만 그녀의 순수한 표정에는 거짓 한 점 없었다.

책을 펼친 나는 먼저 프롤로그에 등장하는 키메라 전쟁에 대해 살펴보았다.

－키메라 전쟁에 출전한 주인공 카시우스 로이드는 스벤너 왕국과의 전투에서 적 장교 둘을 처치하고 소규모 교전을 승리로 이끈다.

－전쟁은 뷜랑 연합군이 승리하였고 이로 인해 각국의 외교 정세가 요동친다.

－카시우스 로이드는 이 전쟁을 통해 엘드릭 왕자에게 발탁되어 펜실론 아카데미로의 특례 입학이 결정되었다.

지금에 와서 드는 의문은 왜 주인공이 특례 입학을 했어야 했느냐였다.

나만 해도 꾸준히 아카데미를 다니며 어렵지 않게 입학을 확정 지었으니까.

'주인공이 노예 생활을 했기 때문이겠지. 나처럼 꾸준하게 아카데미를 다니지는 못했을 테니까.'

그렇게 이해를 하면 됐지만 이러면 주인공이 왜 노예 생활을 했느냐에 대한 의문이 새로 부상한다.

그 부분은 이 책에서 확인할 수가 없었기에 나는 서둘러 삼건장에 대한 대목을 찾았다.

여기서 시간이 꽤 걸렸다.

왜냐하면 이 대목이 책의 끝자락에 있었기 때문이다.

그것은 스토리의 후반 부분이었다.

멸망한 베카비아 왕국의 땅에서 새로운 국가를 건국한 주인공은 곧 위기를 맞이하게 된다.

크로싱 공화국이 대대적으로 병력을 끌어모아 토벌전에 나섰기 때문이다.

ㅡ쥬라스 파밀리온이 이끄는 10만의 군대가 국경을 침공. 주인공은 위기를 맞이한다.

이 당시는 건국 초기였기에 제대로 된 전력이 갖춰져 있지 않았었다.

주인공이 끌어모을 수 있던 병력은 고작해야 6만. 이걸로는 크로싱을 물리치기가 힘들었다.

그 대책을 마련하기 위해 주인공은 가신들을 한데 모으고 총회의를 개최했다.

그리고 그 자리에서 누군가가 말한다.

－걱정 마라. 내가 지원군을 불렀으니까. 삼건장이 우리를 도우러 올 거다. 그들이 우리 군을 돕는다면 크로싱의 악한 들을 물리칠 수 있을 거야.

내 머릿속은 혼란해졌다.

'주인공의 가신들 중에 서방 민족과 내통하는 자가 있었어!'

게임에선 서방에 대한 부분은 제대로 다뤄지지 않았었다. 아마 곧 업데이트되는 부분에서 다뤄졌을 게 분명하다.

'하지만 대체 누구지?'

누가 서방과 관계를 맺고 있었단 말인가.

'젠장, 누가 말했는가가 기억나지 않아.'

게임에선 그냥 텍스트 한 줄로 지나가기에 세세한 부분까지 기억하기가 힘들었다.

이 책을 쓸 당시에도 그 부분은 기억나지 않았는지 '누군가'라고만 표시해 놨다.

알스의 몸에 막 들어온 시점이었다면 어떻게든 떠올렸을지도 모르지만 지금은 그 시점으로부터 5년이 지났다. 아무리 애를 써 봐도 누가 말했는가는 떠오르지 않았다.

'후보군이 너무 많아.'

심지어 그 총회의에는 내 일곱 가신 전부가 참석하고 있었다.

'혹시 일곱 가신 중 하나일까? 그래도 말투를 보면 성녀나 구호반, 명공은 아닌 것 같은데……'

이 말투는 누구와 닮았냐고 하면 스승이나 루트거 쪽이었다. 혹은 가스파르도 어울린다.

'아니, 그곳엔 일곱 가신 외에도 수많은 사람이 있었어. 굳이 그렇게 생각할 필요는 없겠지.'

주인공의 부하 누구라도 서방의 내통자가 될 수 있는 상황이었다.

심지어는 알스가 이런 말을 했을지도 모른다.

그렇게 되면 알스의 배후에 있는 건 서방 민족이 된다.

그 반대라면 알스를 함정에 빠트린 세력이 서방 민족일 수도 있다.

'복잡하군.'

그래도 소득은 있었다. 배후에 있는 세력 중 하나가 서방 민족이라는 건 알았으니까. 그 서방 민족과 밀접한 연관을 맺고 있는 스벤너 왕국도 배후 세력이라고 보는 게 옳겠지.

이제 남은 수수께끼는 또 하나의 배후 세력이 어디냐에 관한 것과 알스가 둘 중 어디 편이었냐는 점뿐이다.

'조금씩 진실에 도달해 가고 있어. 파라인 국왕이 숨기고 있던 일을 알게 되면 더 가까워질지도 몰라.'

서서히 윤곽이 드러나는 배신자의 존재.

그리고 이렇게 되니 새삼 에오니아의 주가가 상승했다.

조건부 참가 캐릭터인 그녀는 플레이 상황에 따라 그 자리에 없을 수도 있으니 게임사에서 이런 중요한 대사를 주진 않았을 테니까.

적어도 에오니아만큼은 용의 선상에서 벗어난 것이다.

"정말 고마워, 에오. 먼 길 갔다 오느라 힘들었지?"

"전혀 힘들지 않았습니다!"

그렇게 말하는 것치곤 온몸이 먼지투성이가 되어 있었다. 정말로 잠을 아껴 가며 밤낮으로 달린 모양이다.

그 융통성 없음에 기가 차기도 했지만 한편으론 고마웠다.

나는 손수건을 꺼내 그녀의 얼굴을 닦아 주었다.

"하여간. 너밖에 없어. 그래도 다음엔 쉬어 가면서 해 줘. 늘 이런 식이면 걱정되잖아."

"읏……! 며, 명심하겠습니다."

에오는 고작 책 두 권을 가져온 걸로 이런 극찬을 들을 거라곤 생각하지 못했는지 얼떨떨한 표정이다.

곧 헤실헤실 웃으며 말한다.

"후헤헷, 혹시 달리 가져올 물건은 없으신지요? 어디든 한달음에 달려가 가져오겠습니다."

"괜찮아. 이거면 충분하니까."

"한데 그 책은 무슨 의미를 가지고 있는 건가요? 보기에 급하신 것 같았습니다만."

"이번 전쟁의 단서를 가지고 있거든."

"그 책에 단서가……?"

어떻게 책 따위에 단서가 있냐며 고개를 갸웃하는 에오.

하지만 실제로 나는 책의 내용을 통해 적의 의도를 알아챘다.

'서방과 관계를 맺은 자. 스벤너 왕국과 통하는 자.'

그런 자가 지금 연합군 측에 있다면?

적군의 움직임이 의미하는 바를 알 수 있다.

'이거 난리 났군.'

난 벌떡 자리에서 일어났다. 마침 헬리안 공작이 출진 준비를 마쳤는지 내 막사로 들어왔다.

"웨이드, 출진 준비가 끝났네. 지금 당장이라도……."

"그건 됐습니다. 그보다 당장 후방 보급기지에 전하세요! 기지에 적의 밀정이 침투해 있다고요!"

"뭐라고!"

그러나 한발 늦고 말았다.

머지않아 전령이 헐레벌떡 뛰어와 보고를 시작한 것이다.

"급보--!! 율린, 게러드, 제란, 코크리 등, 후방의 보급기지가 적의 습격을 받아 파괴당했다고 합니다!"

총 22개에 달하는 보급기지가 파괴되고 비축되어 있던 군량이 모조리 불타 버렸다.

이는 적진 깊숙이 공격해 들어가고 있던 연합군을 역으로 궁지로 몰아 버리는 치명적인 타격이었다.

전쟁에 있어 보급의 중요도는 입 아프게 설명할 필요도 없다.

40만에 달하는 대군을 조직했다면 더더욱.

"그럴 수가……! 보급기지가 파괴됐다고? 그것도 모두가 동시에? 어떻게 그런 일이 발생할 수 있다는 거냐!"

헬리안 공작은 믿기지 않는다며 소리쳤다.

"보급기지에 대한 경비가 그 정도로 허술하진 않았을 테다!"

"그, 그것이. 자세한 부분에 대해선 아직 전해진 바가 없습니다."

나는 확신했다.

'역시 내통자가 있다!'

스벤너의 내통자인지 서방 민족의 내통자인지는 아직 알 수 없지만 뭐가 됐든 이걸로 인해 전황은 완전히 바뀌어 버렸다.

공세를 취해 밀고 올라간 연합군이 보급 없이 버틸 수 있는 기한은 기껏해야 이틀. 필히 후퇴를 해야 한다.

상대는 후퇴하는 연합군의 꼬리를 물고 늘어지며 피해를 주려 할 터였다.

"곤란하게 됐군. 이제 어떻게 할 거지, 웨이드?"

"남아 있는 선택지는 하나밖에 없죠."

이제는 양측 다 이 전쟁을 원만하게 끝내는 방향으로 갈 수밖에 없었다.

보급기지를 털린 연합군은 이 이상 공세를 취하지 못한다.

키메라 동맹 측도 추가로 공격하기에는 위험 부담이 있다.

빌랑의 군량은 털렸지만 이웃한 국가인 알바드와 캘리퍼에서 보급을 해 주면 그래도 전선을 유지할 수 있으니까.

이제는 어떻게 피해를 최소화하느냐가 관건이었다.

"우리는 그 뒤처리를 해야 할 것 같네요."

그러기 위해 나는 전도의 한 지점을 가리키며 진군 명령을 내렸다.

군의 보급고가 파괴됐다는 소식은 스벤너군을 쫓고 있던 알바드&베카비아 연합군 측에도 전해졌다.

"그게 무슨 말도 안 되는 소리냐!"

길리아스 멜번은 길길이 날뛰며 괴성을 내질렀다.

반면 카이엔은 납득했다며 고개를 끄덕인다.

"위화감의 정체는 이것이었던 건가. 이미 빌랑의 심장에 벌레가 숨어 있었던 게로군. 제법 하는구나, 제무토."

카이엔은 마주하고 있는 스벤너군을 노려본 후 몸을 돌리며 말했다.

"길리아스. 후퇴하겠다. 베카비아의 소피아 베론에게도 퇴각 명령을 전달해라."

"옛!"

"유시스, 너는 후방을 맡아라. 제무토 녀석이 이 호기를 놓칠 리가 없다. 분명 매섭게 추격을 해 올 게야."

그 예측대로 후퇴를 하고 있던 스벤너의 10만 군대는 언제 그랬냐는 듯 방향을 돌려 공세로 전환.

연합군의 꼬리를 물고 쫓아오기 시작했다.

스벤너의 총대장이자 십걸의 일원인 악뇌 제무토는 냉철하게 추격을 지휘하고 있었다.

"장교들을 노려라. 지휘 체계를 마비시켜 혼란을 야기해라."

그의 목소리는 마치 기계 같았다. 인간미라고는 한 줌도 느껴지지 않는 목소리.

그것은 그 부관들도 마찬가지였다.

오직 전쟁을 치르기 위해. 이기기 위해 만들어진 군대. 그것이 제무토가 이끄는 스벤너의 제1군이었다.

이에는 조력을 위해 파견되어 있던 서방 민족의 책사들도 질려 버리고 말았다.

'대단히 이질적인 군이다. 왜 부족의 우두머리들이 이들을 인정하고 동맹을 맺었는지 알 것 같아.'

작업을 하듯 능숙하게 연합군을 깨부수는 스벤너의 병사들.

그것에 이변이 일어난 것은 추격을 하고 2시간이 되던 시점이었다.

"……."

제무토는 지그시, 한 지점을 응시하고 있었다.

그러고는 말한다.

"갈라른 산지에서 지원을 왔는가, 용병 웨이드. 대처가 신속하군."

그 말이 끝나기 무섭게 알스가 이끄는 캘리퍼의 3만 병력이 측면에서 나타나 스벤너군을 공격하며 알바드 연합군을 위기에서 구원해 내었다.

이에 맞춰 카이엔도 군을 반전시켰다.

"역시 제때 와 줬구나. 길리아스. 2만을 떼어 주겠다. 캘리퍼군과 발을 맞춰 적을 몰아내라."

"옛!"

반격에 나선 알바드군.

이에 스벤너 측도 대응하기 시작했다.

"장군님, 어떻게 하시겠습니까?"

"예상했던 일이다. 준비했던 대로 대응해라."

"명 받들겠습니다."

그렇게 알스와 제무토가 본격적으로 맞대결을 펼치려 했으나 이 전장에는 한 가지 변수가 더 있었다.

"……!"

이번에는 제무토조차 흠칫 놀라고 말았다.

그는 휙! 전장의 우측으로 시선을 돌렸다.

"저건…… 대체 어디의 군대냐?"

돌연 나타난 5천의 기병대.

그 부대를 지휘하고 있던 남자. 쥬라스는 악마처럼 웃었다.

"자, 어디 한번 당신의 그릇을 보여 주겠습니까, 제무토……!"

우두두두! 쾅!! 스벤너의 우측면을 두들긴 쥬라스의 기습작전은 그 누구도 예상치 못한 것이었다.

쥬라스가 이끌고 있던 크로싱의 군대는 에우로페를 쫓아 북상했었기 때문이다. 군량이 불타 버린 현재는 에우로페에게 쫓기며 퇴각을 하고 있을 터였다.

그런데 이렇게 척후에도 걸리지 않고 갑자기 접근해 왔다는 건 다른 뜻이 아니다.

"내가 밀고 내려올 것을 알고 이곳에서 매복을 하고 있었던 건가. 쥬라스 파밀리온."

얼음 같았던 제무토의 미간이 꿈틀했다.

파견되어 있던 서방 민족의 책사들도 이 상황을 쉽게 받아들이지 못했다.

"대체 어떻게!?"

이 움직임의 의미는 하나였다.

쥬라스는 처음부터 보급기지가 털릴 것을 알고 있었다는 것이다.

"내통의 계책을 읽고 있었다는 건가!"

갈라른 산지의 용병 웨이드가 움직이지 않았던 것은 이해를 할 수가 있었다. 워낙 큰 전투를 치렀기에 정비의 시간이 필요했을 테니까.

그러나 쥬라스는 아니었다.

이 기행에는 알스도 소스라치게 놀라고 있었다.

"저놈은 대체 왜 여기 있는 거야?"

그만큼 의외의 수였다.

"센텀 보병대가 대파! 센텀 보병장도 사망했습니다!"

"프리온 궁병대가 공격을 받고 있습니다! 적의 기병대를 떨쳐 내기가 어렵습니다!"

파고들어 와 맹공을 펼치는 쥬라스의 유격군.

이에 서방 민족의 책사들이 조심스럽게 말한다.

"저희들이 나서서 대처를 할까요? 손이 부족한 듯 보입니다만."

"우리가 우익을 맡아 적을 몰아내겠습니다."

그러자 제무토의 심복이자 스벤너의 참모장인 하시쿠란이 대신 답한다.

"그럴 필요는 없습니다."

그는 당연하다는 듯 제무토에게 말한다.

"총사령, 후퇴의 준비를 하겠습니다."

"그래. 맡겨 두겠다."

그의 말에 서방 민족의 책사들이 토끼 눈을 떴다.

전투를 거의 하지 않았음에도 후퇴를 한다니? 전황이 좋진 않아도 잘만 대처하면 적을 물리칠 수 있는데도 말이다.

이에 하시쿠란이 그들에게 말한다.

"장군님께선 확실히 이길 수 있는 전투 외에는 하지 않으십니다. 명심하십시오."

어찌 보면 겁쟁이로 보일 수도 있는 전쟁 철학. 하지만 이것이야말로 제무토를 무패의 대장군으로 있을 수 있게 한 원동력이었다.

자신의 설계가 깨진 시점에서 제무토는 이 전장에 미련을 보이지 않았다.

"차례차례 후퇴한다. 적에게 꼬리를 물리지 않게끔 주의하며 퇴각해라."

기민하게 물러나는 스벤너군.

"흐음, 그런 식으로 나오는 겁니까."

쥬라스는 의미심장한 표정으로 그 등을 바라보고 있었다.

"그렇담 역으로 한 방 먹여 주도록 할까요."

섬뜩하게 양 입꼬리를 올리는 쥬라스. 부하들은 그 모습에 소름이 돋아 몸을 부르르 떨었다.

보급기지의 파괴로 인해 일제히 후퇴하기 시작한 연합군

은 초기 지점까지 물러나는 수밖에 없었다.

군량 보급이 힘든 외진 전선에선 아예 전선을 버리고 후퇴를 했을 정도다.

이에 에우로페의 군대가 스벤너 제2군과 연합해 가장 좌측에 위치한 세피란트 전선을 차지하는 전과를 올린다.

그렇게 왼쪽 가장자리를 키메라 동맹이, 우측 가장자리인 갈라른 산지를 연합군이 차지하며 전황은 동일해진다.

오히려 키메라 동맹 측이 근소하게 우위를 점하고 있었다.

연합군의 보급망이 안정되기 전까지가 기회라 생각했는지 계속해서 전투를 걸어왔다.

꽤 아슬아슬한 상황인지 내 쪽에까지 지원 요청이 오고 있었다.

하여 나는 적당히 1만의 군대를 이끌고 쥬라스가 있는 전선으로 향했다.

정말 전투를 하겠다는 건 아니었다.

일종의 보여 주기라고 할까.

내가 이런 식으로 지원을 가는 모션을 취하면 상대도 일단은 물러나는 수밖에 없으니까.

그렇게 내가 1만의 병력을 이끌고 합류하자 공격을 하려던 에우로페군은 일시 후퇴. 나는 쥬라스와 마주하게 되었다.

쥬라스 녀석은 아무렇지도 않은 듯 평온하게 앉아 있었으나 다른 장교들은 아니었다.

지독한 전투를 치렀는지 우리가 온 것을 보고는 안도의 한숨을 내쉬었다.

"꽤나 집요하게 공격을 해 왔나 보네요? 에우로페가 이렇게 끈질긴 곳인 줄은 몰랐네요."

내 물음에 쥬라스는 어깨를 으쓱였다.

"그럴 수밖에 없죠. 우리가 잡아낸 포로가 대단히 높은 지위를 가지고 있거든요."

"포로요? 누굴 잡은 거죠?"

"에우로페의 제1왕자. 로멜로 갈라스입니다."

"1왕자라면……."

"맞아요. 에우로페의 왕위 계승자입니다."

쥬라스는 이 충격적인 사실을 화장실에 갔다 왔다는 듯 태연하게 말한다.

"왕자를……. 에우로페도 에우로페네요. 왕자가 포로로 잡혀 있는데 이런 맹공을 펼치다니 말이죠. 그러다간 혹여 당신이 왕자를 처형해 버릴 수도 있는데 말입니다."

"내가 그렇게 하지 않을 것을 알고 있기 때문이겠죠. 잊었습니까? 크로싱의 철칙을."

"포로는 모조리 노예로 잡는다 그겁니까……. 그런데 대체 어떻게 잡은 겁니까? 그 정도의 인물을 생포하려면 정상적인 방법으론 어려울 텐데요. 필시 보호하는 군대가 있었을 테죠."

"적이 내려오는 것을 노리고 있었습니다. 보급기지를 파괴한 것으로 승기를 잡았다고 생각했는지 아무 생각 없이 밀고 내려오더군요. 그러니 미리 매복시켜 놨던 병력으로 비어 있는 후방을 찔러 왕자를 사로잡아 줬습니다."

그러고 보니 쥬라스는 이번 내통의 계책을 알고 있다는 듯이 행동했다. 그런 거라면 승기를 잡았다고 착각한 에우로페를 기습하는 것 정도는 일도 아니었을 테다.

"당신, 어떻게 내통의 계책을 알고 있었던 거죠?"

"그럼 저도 묻겠습니다만. 웨이드, 당신은 어떻게 알고 있었던 겁니까?"

"저는…… 몰랐습니다. 그저 군 행정이 바빠 그곳에 머무르고 있었을 뿐이죠."

"저에게 거짓말은 통하지 않습니다만? 군 행정이고 뭐고 그 당시 당신이 할 수 있었던 최선책은 상대를 추격해 밀고 올라가는 거였습니다. 이미 툰카이군이 괴멸한 상황에서 상대는 당신의 군대를 막을 만한 전력이 없었어요. 그런데도 그곳에서 대기하고 있었다는 건 무언가를 감지했다는 거겠죠."

이 자식. 그냥 넘어가 주면 어디가 덧나는 걸까.

녀석의 말은 전부 사실이긴 했지만 인정하고 싶지는 않았다.

"거기까지 해 줄 정도로 캘리퍼에게 좋은 조건을 보장받지는 못했거든요. 귀찮아서 하지 않았습니다."

이건 내 성향을 감안해서라도 설득력이 있었는지 쥬라스는 납득을 하는 모양새였다.

"자, 저도 대답을 했으니 당신도 대답을 해 주시죠."

"좋습니다. 다만 지금은 아닙니다."

"지금은 아니라뇨?"

"얼마 지나지 않아 더 흥미로운 사건이 발생할 테니까요. 그때가 되면 한꺼번에 얘기를 하는 게 낫겠다 싶군요."

"또 무슨 꿍꿍이속입니까?"

"곧 알게 될 겁니다."

"쳇."

쥬라스 녀석이 흥미로운 사건이라고까지 말하니 등골이 오싹해졌다.

'게임의 스토리가 시작됐기 때문일까.'

주변 상황이 빠르게 격화되고 있는 것이 느껴졌다.

이놈이 특히 문제였다. 쥬라스 녀석은 마치 모든 사건에 개입하는 것 같았다.

녀석은 내 생각을 아는지 모르는지 웃으며 제안한다.

"용건은 이걸로 끝입니까? 시간이 남는다면 체스라도 한 판 하죠. 그때 이후로 저도 나름대로 공부를 했습니다."

얘기라도 나누자며 그런 제의를 했지만 이놈과는 친분을 쌓고 싶지 않았다.

"당신이 공부를 한다니 상상이 안 가네요. 꺼림칙하니 거절하도록 하죠. 그리고 용건은 있습니다."

"흠? 무슨 용건이죠?"

힘들게 여기까지 진군한 이유가 따로 있었다.

"대가를 좀 줬으면 합니다만."

"대가요?"

"이곳까지 힘들게 지원을 와 주지 않았습니까."

"하핫, 왜 여기까지 왔나 했더니 그런 목적이었습니까. 뭐, 좋습니다. 제가 지원 요청을 한 건 아니지만 도움을 준 건 사실이니…… 뭘 원합니까?"

"포로를 넘겨주시죠."

이번 전쟁의 전리품으로 챙겨 가기로 한 포로.

그러나 내가 잡은 포로라고 해 봐야 그란디스라고 하는 서방의 책사와 툰카이의 장군인 크라우스 포크너밖에 없었다.

그 외에 군 장교들도 포로로 잡긴 했지만 다들 크라우스의 측근인지 산적이나 노상강도 출신들이 많았다.

그런 놈들을 휘하에 데리고 오기는 꺼려졌다.

그란디스도 마찬가지. 녀석은 포로로 잡힌 이후 어떤 고문을 받아도 입을 열지 않고 있었다. 서방에 대한 충성심이 굉장히 강했다. 그런 녀석을 내 부하로 삼을 수 있을 리가.

하여 이걸 빌미로 쥬라스와 교환을 하기로 했다.

"에우로페의 왕자 말고도 포로를 꽤나 잡았다고 들었습니다. 제가 잡은 서방 민족의 끄나풀을 줄 테니 에우로페의 포로를 넘겨주지 않겠습니까?"

"크라우스 포크너는요?"

"그 녀석은 캘리퍼 왕가가 데리고 갔습니다. 포로들을 잔혹하게 처형한 죄와 대장군 듀난을 살해한 죄를 물어 고문한 뒤 공개 처형할 생각이겠죠."

쥬라스는 잠시 고민하더니 고개를 끄덕였다.

"좋습니다. 마음에 드는 포로를 데려가십시오."

"역시 통이 크네요. 그렇담 우선……."

아직 크로싱이 잡은 포로 중에 어떤 유용한 인재가 있는지는 알 수 없었다. 설령 있더라도 포섭하는 작업이 쉬운 것도 아니고.

그러니 확실한 보험 하나를 가져오기로 했다.

"당신이 잡았다던 에우로페의 1왕자 로멜로 갈라스를 주십시오."

6장

크로싱의 군영에 마련된 포로수용소.

나는 안톤과 함께 이곳을 돌아다니고 있었다.

나는 외부인이었지만 안톤이 함께 있었던 덕에 이상하게 생각하는 사람은 없었다.

안톤은 쥬라스에게서 건네받은 포로 명단을 살피며 주요 인물을 하나하나 설명하였다.

"이자는 에우로페의 보병 대대장인 마나 톨킨스라는 자입니다. 신분은 귀족입니다."

"통과."

"그리고 이 남자는…… 르브론 데임스라고 하는군요. 기병대의 병사입니다만 일신의 무력이 제법 뛰어났다고 합니다."

"이름만 보면 저랑 찰떡궁합이 따로 없네요."

괜히 관심이 갔으나 그렇게까지 뛰어난 기량을 가지고 있는 건 아니란다.

"뭔가 눈에 차는 인재가 없네……."

"그럴 수밖에요. 주군의 곁에는 이미 뛰어난 자들이 많이 있으니까요. 유미르 님도 그렇고, 가스파르와 루트거 님도 그렇습니다. 제 아내도 마찬가지이고요."

"에오니아는요?"

"미라벨 님은…… 조금. 엇나간 부분이 있다고 할까요."

특유의 간신 기질을 꼬집는 듯하다.

"하하, 그 말은 본인에게 하면 안 돼요. 싸움 납니다."

딱히 끌리는 인재는 없었다. 조금이라도 능력이 좋아 보이면 대부분 귀족인지라 포섭하기가 힘들었고, 평민 인재들은 옥석을 골라내기가 사실상 불가능했다.

'로멜로 왕자를 받아 온 것만으로도 본전을 뽑은 거긴 한데.'

뭔가 조금 아쉬웠다.

"어쩔 수 없죠. 돌아갑시다."

"예."

그렇게 발걸음을 돌렸을 때였다.

"잠깐 기다려!"

고막을 찌르는 듯한 날카로운 목소리.

"그 잿빛의 투구. 네가 웨이드지!"

"……?"

거적때기 같은 옷을 입고 있는 소년이었다.

나이는 나보다 두 살 정도 어릴까. 이제 막 변성기가 왔는지 목소리 톤이 높았다. 체형은 튼튼해 보였지만 아직 다 성장하진 않았는지 체격은 크지 않았다.

"부탁이야! 브람스 아저씨와 램퍼드 아저씨를 풀어 줘! 두 사람에겐 이제 막 아이를 임신한 아내가 있다고!"

"입 닥쳐라!"

주변에 있던 간수병들이 위협을 줬지만 녀석은 고집 센 눈으로 나를 정면에서 마주했다.

"싫다! 두 사람을 풀어 줄 때까지 얼마든지 난리를 피워 주지!"

"이 건방진 새끼가!"

퍽! 퍽! 다른 포로들의 기강도 잡을 겸 녀석을 흠씬 두들겨 패는 간수병들.

"난 얼마든지 패도 좋으니 두 사람을 풀어 줘!"

녀석은 좀처럼 뜻을 굽히지 않았다.

얼굴이 퉁퉁 붓고 입안이 터져 피가 가득했음에도 눈빛은 전혀 죽지 않았다.

흥미가 동한 나는 안톤에게 눈짓을 줬다.

"그만!"

안톤이 신호를 보내자 간수병들은 후다닥 물러난다.

난 녀석에게 다가가 말했다.

"재밌는 녀석인걸. 그런데 넌 네 처지를 알고 있니? 넌 곧 크로싱의 노예가 될 거야. 대가를 지불할 수 없는 자들은 전부 그렇게 되지. 보아하니 에우로페에서도 잘사는 편은 아니었던 것 같은데, 그 둘을 풀어 주는 대신 네가 내게 해 줄 수 있는 건 뭐지? 설마 아무런 대가도 없이 단순히 인정에 기대어 풀어 달라고 하는 건 아니겠지?"

"지금 줄 수 있는 건 없어! 나중이 되면 갚겠다!"

"어떻게 갚겠다는 건데?"

"훌륭한 장군이 되어서!"

"……뭐?"

녀석은 호기롭게 소리쳤다.

"난 장차 대장군이 될 남자다!"

얼빠진 침묵이 흘렀다. 간수들도 어이가 없다며 코웃음을 쳤다.

"헛소리는 잘 들었어."

"뭐라고!"

"그런 대단한 녀석이 여기엔 왜 잡혀 있는 건데?"

"그, 그건……. 아저씨들을 구하려다가……."

"네가 정말 대장군이 될 재목이었으면 어떻게든 구해 내지 않았을까? 그랬으면 너도 괜히 붙잡혀서 이런 치욕을 받을 일도 없었겠지."

"……지금은 부족하다는 걸 인정해. 하지만 조금만 있으면 달라질 거야!"

"말은 누구라도 할 수 있는 거거든."

내가 발걸음을 돌리자 녀석은 상심한 듯 고개를 푹 숙인다.

간수병들은 녀석을 질질 끌고 가 좁은 독방에 처넣었다.

나는 슬쩍 말했다.

"안톤, 녀석이 말한 자들을 해방시켜 줘요."

"녀석의 말을 들어주는 거라면 그러실 필요는 없습니다."

"저 녀석의 말에 설득당한 건 아니에요. 그저, 우리 쪽에도 집에서 기다리는 임산부가 있잖아요? 피차 비슷한 처지이니 한번 인정을 베풀어 주기로 했습니다."

"아……."

안톤의 입장에선 더 와닿았을 테다.

"배려 감사합니다. 그럼 그렇게 처리를 하겠습니다."

"저 녀석도 치료를 해 줘요. 저걸로 죽어 버리기라도 하면 괜히 꿈자리가 뒤숭숭해질 것 같으니까."

"옛!"

대장군이라.

'기개는 높이 살 만하지만…….'

이 세계에서 일개 평민이 대장군이 되기란 하늘의 별 따기와 같았다.

저 녀석도 대장군은커녕 굶어 죽지라도 않으면 다행이라 생각했다.

왕자 로멜로를 내 쪽으로 데리고 온 것은 전략적인 의미도 있었다.

에우로페가 크로싱군에 맹공을 펼치고 있는 이유는 왕자를 되찾기 위해서였으니 내가 왕자를 데리고 갈라른 산지로 돌아오자 에우로페는 닭 쫓던 개 꼴이 되고 말았다.

내가 있는 곳을 공격하자니 갈라른 산지는 이미 요새화가 끝나 감히 건드릴 수 없는 상태였다.

게다가 포로를 처형하지 않는 걸로 유명한 크로싱과 달리 나는 어디로 튈지 알 수 없기에 상대도 신중해졌다.

에우로페는 장고 끝에 왕자를 되찾는 것이 불가능해졌다 판단하고 후방으로 군을 물리게 된다.

'이제야 좀 한숨 돌릴 수 있겠네.'

툰카이, 에우로페가 모두 물러나며 교착 상태가 벌어진 전선.

슬슬 투구가 불편해지고 있었기에 나는 안톤에게 회색 투구를 씌워 대역을 맡긴 뒤 다시 알스로 돌아오기로 했다.

오랜만에 돌아온 부대에선 퍼지 형이 대견한 듯한 미소로 반겨 주었다.

"고생했다, 알스. 네 덕에 듀난 장군님도 편히 눈을 감으셨을 거야."

"퍼지 형님도 고생하셨어요."

퍼지 형은 멋쩍은 듯 뒷머리를 긁적였다.

"그리고 그 뭐냐……. 나와 스티나의 진급을 명령했었다며? 거기까지 해 줄 필요는 없었는데 말이다."

"무슨 소리예요. 그때 그 퇴각전에서 퍼지 형은 큰 전과를 올렸는걸요. 합당한 대가입니다."

"훗, 고맙다."

내 막사에 짐을 푼 뒤에는 정처 없이 군영을 떠돌았다.

최고 지휘관 신분일 때는 보이지 않던 것들을 살펴보기 위해서였다.

그러던 도중 동기인 배닝스와 마주치게 되었다.

"알스! 돌아온 거냐! 그래, 다리 부상은 괜찮아졌고?"

내가 후방으로 간 이유에 대해선 적당히 부상이라 둘러댔기에 이상하게 생각하는 사람은 없었다.

후방으로 가기 전에 대화를 나눴던 배닝스는 내가 다리를 다친 게 아니란 건 알고 있었지만 설령 겁을 먹고 후방으로 갔다고 해도 이해는 하는지 말을 맞춰 줬다.

"괜찮아졌어. 그보다 이건 웬 소란이야?"

"그게 말이지……. 듀난 장군님의 시신이 온다나 봐."

"아……."

그리고 보니 툰카이 측에서 듀난의 시신을 넘겨주기로 했다. 훗날 있을 포로 협상을 유리하게 가져가기 위해 캘리퍼의 외교적 환심을 사려는 것이다.

그들은 다른 포로들의 시신들도 최대한 정중하게 되돌려 주었다.

그 시신들이 도착하자 군의 분위기가 무겁게 가라앉았다.

한 병사가 전우의 시신을 눈앞에 두고 울부짖었다.

"대체 이 전쟁에 무슨 의미가 있었던 거야……!"

이번 전쟁을 치르며 연합군이 얻어 낸 대가는 전무했다. 심지어 키메라 동맹 측이 얻어 간 성과조차 별거 없었다.

승전도 패전도 아닌 허무.

도합 10만 이상이 희생된 이 전쟁에서 얻어 낸 것이 아무것도 없다는 것에. 친구를, 전우를, 가족을 잃은 대가가 이런 허탈함이라는 것에 절규하고 있다.

넝마가 된 듀난의 시신을 인도받은 도로시도 무너지듯 주저앉았다.

"왜 그러고 있어요, 아빠. 어서 일어나요……!"

오열하는 도로시의 주위로 사관생들이 묵념을 하고 있었다.

이를 조용히 지켜보고 있던 내 곁으로 헬리안 공작이 다가와 중얼거리듯 말한다.

"전쟁이란 괴물의 냉혹함이지. 승전을 해도, 패전을 해도 빌어먹을 상황이라는 건 달라지지 않으니까. 특히 이런 패전도 승전도 뭣도 아닌 상황은 더 엿 같지."

"……."

"그 탓에 나는 군을 떠나 정계에 들어간 걸세. 전쟁을 사전에 차단할 수 있는 방법이 있을 거라 생각했거든. 그것도 결국엔 이 꼴이군. 젠장."

헬리안에게선 사리사욕 이상의 무언가가 느껴졌다.

파라인 국왕에게서 느꼈던 대의가 엿보인다고 할까.

"그런데 괜히 지금 시점에 시신을 인도받은 것 아닌가? 군의 사기가 꽤나 떨어져 버리고 말았는데."

"괜찮습니다. 막상 적이 쳐들어오기라도 하면 눈에 불을 켜고 격퇴할 테니까요."

조용한 분노가 병사들을 휘감고 있다고 할까. 이건 사기가 떨어졌다기보단 올라가 있다고 보는 편이 맞았다.

"당장은 그렇겠지. 하지만 전선이 장기화된다면 필히 문제가 발생할 거야. 자네가 생각하기에 이 대치는 얼마나 갈 것 같나?"

"못해도 한 달은 이어지겠죠. 다만 우리 전선에서 전투가 일어날 가능성은 거의 없습니다."

"은근히 길군. 좋아, 그럼 사기를 진작할 수 있는 방법을 마련해 두도록 하지."

헬리안 공작이 생각해 낸 방법은 다른 게 아니었다.

병사들에 대한 대대적인 면회를 진행하기로 한 것이다.

대치 상황이 벌어지고 일주일.

교착 상태가 벌어짐과 함께 양측은 정전협정에 대한 물밑 작업에 들어갔다.

영토에 대해 최대한 이득을 보기 위해 국경선이 될 지점에 병사를 배치하는가 하면 양측의 첩자들이 정보를 모으기 위해 암암리에 혈투를 벌이고 있었다.

이면의 전쟁이 본격적으로 시작된 것이다.

그런 날이 선 상황이었음에도 우리 군영엔 따사로운 공기가 흐르고 있었다.

군영 곳곳에 준비된 면회장에 사람들이 끊임없이 드나들고 있었던 것.

우리가 위치한 전장은 동쪽 가장자리에 있었던 덕에 캘리퍼에서 온 면회객을 받아들이기가 수월했다.

헬리안 공작의 주도하에 병사들의 가족이나 연인들이 면회장을 찾으면서 부대를 휘감고 있던 우울함이 해소되고 있었다.

마음 같아선 나도 쉬고 싶었지만 면회객 사이에 에우로페의 첩자들이 숨어 들어올 수도 있었기에 로멜로 왕자에 대한 감시를 강화해야 했다.

그렇게 면회에 대해선 뒷전으로 생각하고 있었지만 내게도 면회객이 있었던 모양이다.

유미르가 다가와 속삭였다.

"도련님. 클레어 사모님과 율리아 아가씨가 오셨습니다."

"나 참. 오지 않아도 괜찮다고 했는데⋯⋯."

내가 웨이드인 걸 알고 있는 아버지나 맥스 형은 배려를 해 줬는지 오지 않았지만, 모르고 있는 어머니와 율리아 누나는 아니었다.

둘을 문전박대할 수도 없었기에 나는 안톤에게 대역을 맡기고 귀족 전용 면회장으로 발걸음을 옮겼다.

면회장은 마치 파티장처럼 구성이 되어 있었다. 초빙해 온 음악가들이 악기를 켜고 있었고, 귀족들은 작게 마련된 공간에서 댄스를 즐기고 있었다.

고급 식재료도 공수를 해 왔는지 음식들이 제법 기름졌다.

"뭐야, 이런 음식이 있었어?"

군 생활의 절반을 손해 본 느낌이었다.

전투식량에 이골이 나 있던 나는 당장 테이블을 잡고 음식을 가져오려 했으나 마침 율리아 누나가 나타났다.

"막둥아─!"

손을 흔들며 외치는 율리아 누나의 뒤로는 여섯 명의 여자

아이들이 뒤따르고 있었다.

내가 레인폴에서 알고 지내던 애들로, 이전에 꽃다발을 준 어린애들이다.

"누님, 막둥이란 호칭은 그만하기로 했잖아요. 이젠 엘시와 첼시가 막내라니까요?"

"나도 그런 줄 알았는데. 다시 생각해 보니 남동생 중에선 네가 막내 아니겠어? 그러니까 막둥이지!"

"무슨 억지입니까 그게."

"흐흥! 이게 바로 누나의 특권이란다!"

나는 그녀들을 테이블에 앉힌 뒤 손수 음식을 챙겨 왔다.

음식을 본 애들은 눈을 빛냈다.

평민인 이 애들에게 있어선 한 달에 한 번 먹을까 말까 한 진미였는지 쉴 새 없이 손을 놀리기 시작했다.

얼마나 맛있는지 궁금해서 나도 먹어 보았으나 에오가 해 주던 것에 비하면 별거 아니었는지라 금방 손을 뗐다.

"하하……. 여전하네 여긴."

"누님?"

율리아 누나는 주변을 둘러보며 감회에 젖은 듯 쓰게 웃었다.

"혹시 퇴역한 걸 후회하고 계세요?"

"그런 건 아니야. 영지 일을 돕기 위해서였는걸. 그래도……. 미안한 마음이 드는 건 어쩔 수 없네. 나 혼자 도망가 버린 것 같으니까."

"그 대신 제가 군에 들어왔잖아요."

"그것도 그러네. 내 대신 우리 막둥이가 들어온 거라면 군부의 입장에선 훨씬 이득이겠지."

"그러니까 그 막둥이 좀 그만하라니까요."

그렇게 환담을 나누고 있던 차.

율리아 누나가 고개를 들이밀며 속삭였다.

"그런데 막둥아. 쟤는 왜 자꾸 여기를 훔쳐보는 거야?"

계속 이곳을 곁눈질하고 있는 에리나였다. 루안 차이스를 비롯한 살레온 계파 사관생들의 면회를 온 그녀는 이 자리에 끼고 싶은지 계속해서 눈치를 보고 있었다.

"딱 봐도 고위 가문의 영애 같은데. 혹시 아는 사이야?"

"제가 집사 수업을 갔을 때 알게 된 애예요."

"뭐? 나 참. 우리 막둥이가 또 한 명 홀려 버린 거였구나. 하여간."

"홀리다뇨……."

"홀린 거지! 그렇지 않으면 저렇게 노골적으로 훔쳐보겠어?"

율리아 누나가 나무라듯 말한다.

"그런 식으로 여기저기 다리를 올려놓으면 큰일 난다고 말했잖니. 내가 아는 애는 그러다가 배에 칼 맞았다니까? 물론 막둥이 넌 그런 의도가 없었겠지만……. 오히려 그게 더 나빠!"

율리아 누나는 이참에 못을 박으려는 듯 엄한 표정을 지었지만 마침 퍼지 형의 면회를 갔다 온 어머니가 나타났다.

"율리아, 면회까지 와서 무슨 소리를 하고 있는 거니. 그보다, 너도 어서 퍼지에게 갔다 오렴."

"으엑. 제가 왜요?"

"쌍둥이잖니."

"그러니까 가기 싫은 건데요."

"잔말 말고. 이번에 진급을 하게 됐다고 하니 너도 축하를 해 줘."

"어휴, 알겠어요. 얘들아 같이 가자."

율리아 누나는 시무룩한 표정으로 일행을 데리고 떠나갔다.

어머니는 그 모습에 한숨을 쉰다.

"쌍둥이인데도 어찌 저렇게 닮지 않았는지."

"율리아 누나만의 장점이 있는 거죠. 그보다 혼자 돌아다니고 계신 거예요? 그러다 길을 잃으면 어쩌려고 그러세요. 유미르라도 붙여 드릴게요."

"그런 수고를 끼칠 수야 없지. 그런데……. 아직 오지 않은 걸까."

어머니는 주위를 두리번거렸다. 누군가를 찾는 모양이다.

"다른 일행이라도 있으세요?"

"베릴이랑 에스텔도 함께 왔거든. 에스텔은 크로싱 출신인지라 복잡한 수속이 필요한 모양이야."

"예? 누, 누구요?"

"베릴과 에스텔 말이다."

베릴은 이해가 갔다. 베릴의 삼촌이자 우리 어머니에겐 동생인 사람이 이 전쟁에 참여하고 있기 때문이다. 하지만 에스텔은 다르다.

"그거 혹시……. 아니, 무조건 저를 만나러 오는 거죠."

"당연하지. 함께 가고 싶다고 어찌나 부탁을 하던지."

"어머니, 전 잠시 배가 아파서……."

그러나 이미 늦고 말았다.

곧 면회장이 웅성이기 시작했다.

한껏 치장을 하고 온 에스텔에겐 다른 이들의 시선을 잡아당기는 마성이 있었다.

함께 온 베릴을 시녀처럼 보이게 만드는 압도적인 기품.

에리나조차 눈을 크게 뜨고 바라볼 정도의 존재감이었다.

"저건 대체 누구지? 저런 영애가 있었나?"

"없었어. 무조건 없었다고. 만약 있었다면 기억하지 못할 리가!"

그래도 이곳엔 레인폴의 사관생들도 있는 만큼 그 정체가 빠르게 밝혀졌다.

"디, 디안테 양! 오랜만이네!"

배닝스가 어색한 표정으로 손을 흔들었다. 에스텔은 마침 잘됐다며 그에게 물었다.

"반갑습니다. 죄송하지만, 알스 님이 어디에 계신지 아시나요?"

"알스라면 저기에 있는데."

"고마워요."

나를 포착한 에스텔은 종종걸음으로 빠르게 다가왔다.

"알스 님! 무사하셔서 다행이에요. 제가 얼마나 걱정을 했는지 모르실 거예요."

"나 참. 굳이 이 먼 곳까지 왜 왔어요."

"무슨 그런 섭섭한 소리를……! 당연히 와야죠!"

베릴과 함께 자리를 잡은 에스텔은 전투복을 입고 있는 내 모습이 새삼스러웠는지 눈을 빛냈다.

"평소 입고 계시던 사관복과는 다른 거군요. 뭔가…… 거친 느낌이 들어요."

"실전성을 높인 거니까요. 그런 당신도 꽤나 요란하네요. 평소에 그런 드레스는 싫다고 하지 않았어요?"

"예에……. 지금도 별로 좋아하진 않아요. 그래도 함께하는 분의 체면이 있으니 노력해서 입고 왔답니다."

"루트거…… 아니, 아버님이 용케도 허락을 해 줬군요. 함께 왔나요?"

"예, 아버지는 밖에서 기다리고 계세요."

"그렇담 면회를 빨리 끝내야겠네요. 오래 기다리게 할 수 도 없으니."

그러나 에스텔은 단호하게 고개를 흔들었다.

"아버지에겐 밤늦게까지 걸릴 수 있다고 미리 얘기를 해 뒀어요."

"밤늦게라니……. 면회가 가능한 시간은 해가 지기 전까 지 뿐인데요."

"말이 그렇다는 거죠. 그러니 아버지는 신경 쓰지 말아요. 그보다도, 알스 님의 얘기를 해 주세요."

에스텔은 전장에서 있던 이야기를 물으며 이야기를 주도 해 나갔다.

"다리를 다쳐서 후방으로 가셨다고요! 괜찮으신 건가요?"

"괜찮아요. 치료를 받으니 싹 나았어요."

"그래도……. 제가 한번 봐도 될까요?"

자리에서 일어난 에스텔은 내 상처를 보려고 했으나 어떻 게든 만류를 했다. 정말 다쳤던 것은 아니었으니까.

"그렇군요……."

에스텔은 못내 아쉬운 듯 표정을 흐리더니. 풀썩, 자기 자 리로 돌아가지 않고 내 옆자리에 자리를 잡았다.

그러고는 멋쩍음을 감추기 위해 차를 홀짝인다.

이때 베릴이 아차 하며 어머니에게 말했다.

"그러고 보니 고모님. 삼촌과는 만나 보셨어요?"

"그게, 아직이란다."

"그럼 함께 가시겠어요? 아버지도 곧 오실 거예요."

"오빠가? 음, 그래. 그럼 그렇게 할까. 알스, 에스텔. 잠시 자리를 비워도 되겠니?"

나는 눈빛으로 안 된다는 신호를 보냈으나 전해지지 않은 모양이다.

에스텔과 단둘이 남게 되자 어색한 침묵이 흘렀으나 그것도 잠시였다.

그녀가 이때다 하듯 이야기를 꺼냈다.

"저기……. 알스 님은 웨이드에 대해 어떻게 생각하세요?"

"갑자기 그건 왜요?"

"그, 그냥요. 알스 님도 이번 전쟁에서 웨이드의 지휘를 받았으니까요."

"저는 직접적인 지휘를 받진 못했어요."

거짓말은 아니었다. 내가 내 지휘를 받을 수는 없는 노릇이니까.

"그래도 지금은 그의 지휘를 받고 계신 거잖아요?"

"엄밀히 말하면 그런 거긴 하지만……."

"어때요?"

"별생각 없는데요?"

에스텔은 소득이 없다는 듯 입을 삐죽 내밀더니 곧장 본론으로 들어갔다.

"혹시 웨이드의 밑에서 일해 보고 싶다는 생각을 해 보진 않았나요?"

"웨이드의 밑에서요? 하하, 그런 생각을 한 적은 없어요."

내가 웨이드의 밑에서 일한다니. 뭐, 대역을 세우면 불가능한 것도 아니지만 지금은 그럴 생각이 없었다.

"만약에 웨이드가 알스 님에게 휘하에 들어오라 제안한다면요?"

"그럴 일도 없을 테지만. 설령 제안이 오더라도 거절할 거예요."

"어째서인가요! 그는 십걸에 들어간다는 말이 나올 정도로 대단한 사람인데요? 혹시 잘난 척을 하는 부분이 마음에 들지 않으시는 건가요? 아니면 유치하게 투구를 쓰고 다니는 게 마음에 들지 않나요? 앗, 둘 다일지도 모르겠네요. 투구를 쓴 채 잰체를 하고 다니는 건 누가 봐도 꼴불견이니까요. 물론 그건 어린애들이나 할 법한 바보 같은 짓이긴 하지만 분명 얼굴을 숨기고 있는 합당한 이유가 있을 거예요."

"커헉!?"

예상치도 못한 공격에 사레가 들렸다.

"그, 그렇죠. 그런 잘난 듯한…… 태도가 마음에 들지 않아요."

억지로 공감을 했더니 에스텔은 신이 나 말했다.

"정말 그렇다니까요. 가끔씩 한 대 쥐어박고 싶어질 때도 있겠지만 그래도 그는 그럴 만한 능력이 있잖아요. 어머나, 왜 그러세요? 표정이 안 좋아요."

"아무것도 아니에요……."

정신적인 타격에 순간 어지러웠다.

'내가 그렇게 잘난 척을 했었나?'

새삼 생각해 보니 에스텔의 앞에선 항상 고압적인 태도를 취하긴 했다. 비단 에스텔의 앞에서 뿐만이 아니라 웨이드로 있을 때는 나이가 많은 것처럼 연기했기에 알스로 있을 때와는 사람을 대하는 태도가 완전히 달랐다.

"그러니 부디 웨이드에 관한 건은 다시 생각을 해 주세요. 알스 님의 능력이라면 언제 웨이드에게서 영입 제안이 올지 모르니까요."

그렇게 내게 웨이드에 대한 환심을 심어 놓기 위해 에스텔이 노력하던 와중.

불청객들이 다가왔다.

단정한 올빽머리를 하고 있는 두 남자.

"우리도 합석해도 괜찮을까? 일라인."

"좋은 분위기인 것 같은데 같이 얘기라도 하자고."

살레온 계파로 보이는 사관생들이었다. 둘은 에스텔에게 뜨거운 시선을 보내며 합석을 요구했다. 에스텔은 눈살을 찌푸리면서도 무언의 긍정을 표했다.

이런 자리에서 별다른 이유 없이 합석을 거절하는 건 예절에 어긋나기 때문이다.

나는 가세가 약한 남작가 자제인 만큼 더욱 거절하기가 어렵다. 에스텔도 그 부분을 감안해 준 것이다.

"거절할게."

그럼에도 나는 이 녀석들과 얘기를 나누고 싶은 생각이 추호도 없었다.

"뭐라고?"

구겨지는 표정.

"잘못 들었어? 거절한다고 말했는데. 난 단둘이 얘기를 나누고 싶거든."

"너…… 우리가 누군지 모르는 거냐?"

"몰라. 그러는 너야말로 내가 누군지 모르는 건가?"

"뭐?"

"난 중급 장교거든. 너희들의 상관이라고."

"천운으로 진급을 한 주제에 그따위 계급을 들먹인다고? 게다가 네 녀석, 지난 전투에도 참여하지 않았다지? 겁을 집어먹고 후방으로 간 주제에 어디 의미 없는 계급을 들이대!"

"어떻게 생각하든 난 상관없긴 한데. 아무리 봐도 상관에게 취할 태도는 아닌걸. 다른 상관을 불러와야 정신을 차리겠어?”

“큭!”

이쯤 되면 물러날 거라 생각했지만 녀석은 독기에 차 있었다. 에스텔의 환심을 사기 위해 최대한 강한 모습을 보이고 싶은 모양이다.

이 이상 엉겨 붙으면 귀찮으니 강경한 방법으로 처리하려 했으나 그 전에 먼저 끼어든 인물이 있었다.

“아무것도 아닌 새끼가! 너 따위 우리 아버지에게 얘기하면…….”

“그 입 닥치세요! 이 자리가 더러워져 버릴 것 같습니다!”

“웃, 에, 에리나 님!?”

도로시와 함께 다가온 에리나는 매서운 눈으로 녀석들을 노려보았다.

“고작 이런 일로 가문의 권위를 이용하려 하다니 창피함을 아세요!”

“그, 그렇지만 이 녀석이 먼저…….”

“꼴 보기 싫습니다. 당장 제 눈앞에서 사라지세요.”

“그런…….”

“두 번 말하지 않겠습니다.”

“예, 옛!”

후다닥 사라지는 둘.

'역시 대귀족이라니까.'

휘감고 있는 아우라 자체가 다르다고 할까.

상황을 정리한 에리나는 치맛자락을 들어 올리며 정중하게 인사를 해 왔다.

"저희 쪽 사람들이 무례를 범한 점, 진심으로 사과드립니다. 그런 의미에서 잠시 합석을 해도 괜찮을까요?"

"그런 의미라니, 어떤 의미인가요?"

에스텔이 내 대신 말을 받았다. 에리나의 눈매가 꿈틀거린다.

"사과의 말을 전하기 위해서랍니다."

"그렇다면 가만히 내버려 두세요. 그게 가장 와닿는 사과이니까요."

에스텔의 말은 정론이긴 했지만 사과를 하고 싶다는 것까지 거부했다간 내 이미지가 바닥까지 떨어진다.

아까 그놈들이야 의도가 뻔히 보였기에 무례했다곤 해도 다른 사람들도 납득할 수 있는 반면 이건 아니었다.

"알스 님?"

에스텔이 아닌 내게 시선을 보내는 에리나. 나는 고개를 끄덕였다.

"앉으시죠."

"예, 그럼."

내 제안에 당연하다는 듯 자리에 앉은 에리나는 에스텔을 잠시 노려보았다.

에스텔도 지지 않고 깊은 눈으로 마주했다.

그 눈빛에 소름이 돋아 부르르 몸을 떤 에리나는 떠오르는 게 있는지 나직이 말한다.

"당신, 저와 만났던 적이 있나요?"

"있습니다."

"언제였죠? 당신 같은 사람을 만났다면 잊을 리가 없는데……."

"그란셀에서 만났습니다. 그런 것도 잊어버리다니 생각보다 기억력이 좋지 않으시군요."

"그란셀에서라면……. 자, 잠깐. 설마 당신 그때 그 지독한 병을 앓고 있던 아가씨인가요?"

"맞아요."

"그런데 어떻게 모습이……."

"병이 나았거든요."

"고작 그런 걸로……!?"

전율하는 에리나.

옆에 앉아 있던 도로시는 납득이 간다며 고개를 끄덕였다.

"그렇구나. 에스텔이 너였구나. 아, 반말해도 괜찮을까?"

"알스 님의 학우분이신가요? 물론 괜찮답니다. 저에 대해선……?"

"배닝스에게 들었어. 레인폴에 여러 가지로 굉장한 여자애가 있다고 그랬거든."

　호들갑을 떨며 말하는 도로시. 아버지의 죽음을 떨쳐 내려
는지 애써 밝게 행동하려 하고 있는 것 같았다.

　"배닝스가 말하기론 알스의 연인이라고 하던데. 사실이
야?"

　"그런 셈이죠."

　"우와. 정말이었구나."

　이에 에리나가 다급히 끼어들어 왔다.

　"연인이라니. 농담도 잘하시는군요. 알스 님. 농담이죠?
농담인 게 확실하죠?"

　"왜인지 동기들은 그렇게 생각하고 있더라고요. 물론 실
제로 교제하고 있진 않습니다만."

　"후우! 역시 그렇군요. 그 부분은 나중에 철저하게 정정해
놔야겠네요."

　에스텔은 불쾌하다며 눈매를 좁힌다.

　"뭔가요 그게. 당신이 굳이 왜요?"

　"그야, 사실무근의 낭설이 흐르면 좋지 않으니까요."

　"그러니까 왜요? 왜 아무 상관도 없는 당신이 관련되려 하
는 거죠?"

　"그, 그건……."

　에리나는 입술을 질끈 깨물더니.

　"알스 님이 제 은인이기 때문이에요."

"은인……?"

"당신은 모르겠지만 저와 알스 님의 관계는 무척 깊답니다. 이전에 우리 저택으로 집사 수업을 왔었거든요."

"집사 수업!?"

"그때 제 생명을 구해 주신 적이 있었어요. 은인에게 좋지 않은 소문이 흐른다는 걸 알면 막고 싶어지는 것도 당연하죠. 그러니 무관하지 않아요. 아시겠어요?"

"큭!"

혹시라도 엿듣고 있는 사람이 있나 했으나 야외에서 벌어진 면회인지라 다른 소리에 묻혀 들은 사람은 없는 듯했다.

"그보다 에스텔 양. 너무 가까이 붙어 있는 것 아닌가요? 연인도 아닌 사이에 그런 모습은 바람직하지 않다고 생각해요. 당신의 그 태도 때문에 그런 말도 안 되는 소문이 흐르는 거라고요."

"뭘 모르는군요. 알스 님은 다리에 부상을 입었어요. 부축을 하기 위해 붙어 있는 겁니다."

"부상을요? 정말인가요?"

"관심이 없으신가 보네요. 알스 님은 부상으로 인해 전장을 이탈해 후방에 계셨었어요."

"알스 님이 전장을 이탈해서 후방으로요? 그럴 리는…… 아항."

사정을 알겠다는 듯 입꼬리를 올리는 에리나.

"보아하니 에스텔 양은 알스 님에 대해 모르는 부분이 많은 것 같네요. 하긴, 그 비밀은 아무에게나 쉽게 공유할 수 없는 거니까요."

"무슨 비밀을 말하는 건가요."

"어머나, 저도 참 말실수를. 아무것도 아니랍니다. 부디 잊어 주시길."

"당장 말해요."

"미안해요. 제 입으로 말하긴 어렵겠네요."

"큭!"

에스텔은 내게 시선을 돌렸으나 나로서도 여기서 웨이드의 정체를 드러낼 순 없었다.

이 한 방으로 기세는 에리나에게 완전히 넘어가 버렸다. 에스텔은 그 비밀에 관한 것을 알고 싶어 발만 동동 구른다.

신경전을 벌이는 둘.

도로시가 침을 꼴깍 삼키며 내게 속삭여 왔다.

"알스, 이건 네가 어떻게든 해야 할 것 같아."

"그러게."

인간관계에 대해 우유부단한 태도를 취했던 게 이런 상황까지 만들고 말았다. 만약 친어머니의 성묘를 더 일찍 갔었다면 이런 상황까지 만들진 않았을 테다.

내가 뿌린 씨앗인 만큼 해결을 하고 싶었으나 으르렁거리고 있는 둘을 보니 어떻게 해결해야 할지 막막했다.

'어떻게든 결론을 내야지.'

질질 끌다간 율리아 누나의 말마따나 칼을 맞을지도 모를 일이고.

그런 생각을 하던 차. 면회를 갔던 어머니와 베릴이 돌아왔다.

어머니는 합석해 있는 에리나를 보고는 눈을 휘둥그렇게 뜨더니 곧 사정을 알겠다는 듯 미소 지으며 말한다.

"에리나 양. 그런 거라면 미안하다는 말을 하고 싶어요."

"그, 그런 거라니. 어떤 것을 말씀하시는지……?"

"알스에 관한 것 말이에요."

"윽."

에리나는 달아오른 얼굴을 부채로 가린다.

"그리고 에스텔도, 미리 말하지 않아 미안하단다."

"미안하다뇨?"

그러면서 어머니는 나조차도 난생처음 듣는 얘기를 꺼냈다.

"안됐지만, 이 아이의 첫 번째 상대로는 이미 정해 둔 사람이 있거든."

새로운 폭풍의 예감. 이 일이 내 생각보다 더 복잡하게 꼬여 있다는 걸 이제 와서야 깨닫게 되었다.

7장

양군이 대치를 하고 어언 보름.

양측의 정전 협상도 순조롭게 진전되고 있었다. 아마 5일
이내에 협상이 끝나겠지.

나는 헬리안 공작에게 실무를 맡겨 두고 알스로서 생활하
고 있었다.

'내게 정해진 상대가 있었다니.'

어머니가 던진 폭탄발언의 후폭풍은 작지 않았다. 그 자리
가 그대로 얼어 버렸을 정도로.

'대체 누구지?'

어머니는 아직 때가 아니라며 알려 주지 않았다. 시기가
되면 알려 주겠다나.

'굳이 첫 번째 상대라 지칭한 것도 이상해.'

마치 두 번째, 세 번째도 받아들일 수 있을 거라는 듯 말하였다.

아무리 귀족들의 일부다처가 일상적이라 해도 이상했다.

어쩌면 어머니가 나를 다른 가문에 보내기 싫어 적당히 둘러댄 것일지도 모르겠다.

에스텔은 둘째 치더라도 에리나와 혼약을 한다면 데릴사위로 가게 될 가능성이 있으니까.

'어머니가 알려 주지 않는 이상 지금은 신경 써 봤자 소용없겠네.'

조금 골치가 아파졌기에 유미르를 불렀다.

"부르셨나요. 도련님."

"응, 잠깐 바람 좀 쐬고 싶어서. 어차피 할 일도 없으니 조금 멀리 나갔다 올까 봐."

"바로 준비를 하겠습니다."

바깥 마을에 가서 맛있는 거라도 먹고 올 생각이었으나 채비를 하고 나가기 전.

"허억! 허억! 알스!"

가스파르가 숨을 헐떡이며 내 막사를 열어젖혔다.

전투가 끝난 뒤에도 배후에서 활약하며 뒷정보를 모으고 있던 그는 마치 당장이라도 전투가 펼쳐질 것 같은 급박한 얼굴을 하고 있었다.

"뭐죠? 그렇게 급하게."

"급할 수밖에. 난리가 났다."

"정전협정이 엎어지기라도 했습니까?"

"그건 아니지만……. 결과적으로 그렇게 되겠군."

"자세히 말해 봐요."

"복잡한 얘기는 아니다. 그저……."

이어지는 그의 대답은 나로서도 대단히 충격적인 것이었다.

"뷜랑의 국왕이 암살당했다."

국왕 시해 사건. 이로 인해 이 전쟁은 내가 알고 있던 것과는 전혀 다른 방향으로 진행되기 시작한다.

뷜랑 연합 왕국.

초기에 네 개의 제후국이 모여 결성된 국가로, 그들은 펜실론 제국 멸망 이후 대륙이 혼란한 틈을 타 급격하게 세를 불렸다.

제후 세력은 10개로 늘어났고, 최근에는 마돈에서 떨어져 나온 괴뢰군까지 흡수하며 총 11개의 제후 세력이 존재했다.

이 제후 세력 하나하나의 힘이 소규모 국가와 맞먹을 정도였으니 괜히 뷜랑이 초강대국이라 불리는 게 아니었다.

상비군의 수준은 스벤너나 크로싱에 조금 밀리는 감이 있으나 압도적인 농업 생산량으로 말미암아 여차할 때는 최대 50만까지 병력을 운용할 수 있는 저력을 가지고 있었다.

    그런 뷜랑 연합에도 국왕이 존재했는데, 연합 왕국이었음에도 국왕의 권력이 대단히 높았다.

    뷜랑의 개국 왕 월프리드 슈바르쳐가 강한 통치력으로 말미암아 다른 제후들을 강하게 휘어잡고 있었기 때문이다.

    다만 불안 요소도 있었다. 당장은 왕권이 강해도 다음 왕은 어떻게 될지 알 수 없었던 것.

    이미 제후들은 각자의 이해에 맞는 왕자들을 차기 국왕으로 밀며 암암리에 왕위 계승을 위한 암투를 벌이고 있었다.

    아직까진 월프리드가 정정했기에 이런 문제들이 수면 위로 드러나고 있지 않았지만 이번 암살로 인해 상황은 급변했다.

    내가 지휘 막사로 들어가자 헬리안 공작이 심각한 표정으로 맞이했다.

    "왔군. 소식은 들었겠지?"

    "예, 국왕 암살 사건이 벌어졌다고요."

    "자세한 건 나도 잘 모르지만 슈바르쳐 국왕이 죽은 건 확실한 것 같네. 스벤너 놈들. 이런 무지막지한 수를 사용하다니."

    "……과연 스벤너가 한 짓일까요?"

    "그게 아니라면 뭔가. 당연히 스벤너가 한 것이지 않겠나."

    그렇다고 보기에는 뭔가 부자연스러웠다.

    "이미 정전협정이 마무리 단계에 접어들어 있었지 않습니까. 게다가 스벤너의 입장에서도 지금 전쟁을 끝내는 게 현명해요."

지금은 봄의 끝자락. 다시 말해 농번기이다.

상비군만 파견한 다른 국가와 달리 징집병까지 끌어모은 스벤너와 빌랑은 전쟁이 불필요하게 장기화될 경우 한 해 농사에 지장이 생긴다.

그나마 빌랑은 농경 대국이니 버틸 만하다고 해도 스벤너는 아니었다.

"게다가 전쟁이 계속된다고 해도 딱히 스벤너가 얻어 갈 수 있는 게 없습니다."

"빌랑 내부에서 자중지란이 일어난다면? 자네도 알다시피 빌랑은 이런 상황에 취약하네. 가뜩이나 연합군 내부에 내통자가 있다는 게 확인된 상황에서 국왕까지 시해당했지. 다음 왕위를 차지하기 위해 제후들이 움직일 걸세. 이는 곧 내란으로 확대될 거야."

"분명 그렇겠죠. 다만 의도가 너무 뻔히 보여요. 그런 뻔한 의도에 휘둘리는 건 제후들에게도 있을 수 없는 일일 겁니다."

"스벤너가 쳐들어오는 경우엔 어떻게든 단합을 할 거라는 건가?"

"그렇습니다. 내란이 걷잡을 수 없이 심화된 시점이라면 몰라도 당분간은 스벤너도 빌랑을 건드릴 수 없을 겁니다. 게다가 이번 일로 빌랑 내에서 스벤너에 대한 민심이 땅에 떨어지고 말았죠. 혹여나 스벤너가 빌랑을 정복한다고 해도 각지에서 반란이 일어나 뷜랑 영토를 평정하기 어려워질 겁니다."

"그건…… 그렇지. 잘 생각해 보면 스벤너 입장에선 다른 놈들만 좋은 상황이 된 셈이군. 그렇다면……."

"예, 그 다른 놈들 중 하나가 범인일 가능성이 높겠죠."

"미리 말해 두지만 절대 우리 캘리퍼는 아니네."

"알고 있습니다."

나는 그 다른 누군가에 대해서 짐작 가는 바가 있었다.

'그 미친놈. 설마 이런 일을 벌일 줄이야.'

녀석은 가볍게 흥미로운 사건이라고 했지만 이건 그 정도 수준이 아니었다.

대륙 전체를 뒤흔들 대사건이었다.

국왕 암살 사건 이후 당연하게도 정전협정은 중단이 되었다.

오히려 뷜랑은 추가 징집을 실시하며 스벤너를 정벌하겠다며 씩씩거렸다.

이미 국왕을 누가 죽였는가에 대한 진실을 밝히는 건 크게 중요하지 않았다. 뷜랑의 정치가들은 흔들리는 국가를 안정화시킬 필요가 있었는데, 분노의 화살을 스벤너로 돌리는 방법이 가장 확실했다.

이때 각국은 이해관계에 따라 움직였다.

먼저 툰카이와 에우로페 왕국은 괜한 불똥이 튈까 우려하여 부랴부랴 키메라 동맹에서 탈퇴했고, 뷀랑 연합군 측도 수비를 돕기 위해 온 것이지 공격하러 가는 걸 도우러 온 건 아니라며 군을 철수시키기 시작했다.

상황이 이렇게 되자 스벤너도 대대적으로 군을 철수시키며 발을 빼 버렸다. 여기서 뷀랑의 대군과 전쟁을 펼쳤다간 십중팔구 장기전이 될 게 뻔했고, 그 경우 국가의 내실이 망가져 버리기 때문이다.

그렇게 스벤너가 철수하자 뷀랑도 일단은 냉정을 찾았다.

그렇다기보단 외세가 물러났으니 본격적으로 집안싸움에 들어간 것이다.

그 첫 번째 행동으로써 뷀랑의 제1왕자 오스카 슈바르쳐가 이 전쟁을 승전으로 포장하고 대대적인 승전 파티를 개최하게 된다.

마치 자기가 국왕이라도 된 것처럼 말이다.

"웨이드, 자네에게 이런 것이 도착했네."

헬리안 공작이 파티의 초대장을 내밀며 말했다.

"승전 파티라니……. 어이가 없네요."

"스벤너가 먼저 퇴각한 건 사실이니까 말이야. 어떻게 할 생각인가?"

"……가 보겠습니다."

"의외군. 분명 가지 않겠다고 할 줄 알았는데 말이야."

혹여나 정체를 들킬 위험성이 있었던 만큼 출석하고 싶지는 않았으나 쥬라스 녀석과 만나려면 어쩔 수 없었다.

이야기를 나누자는 내 요청에 녀석이 파티장에서 만나자고 전해 왔기 때문이다.

'모든 일이 연관되어 있는 거야.'

크로싱과 캘리퍼의 마돈 정벌, 서방 민족의 등장, 키메라 전쟁의 판도를 바꾼 내통자. 그리고 뷜랑 국왕의 암살까지.

전부 실제 게임에선 벌어지지 않은 일이었으나 그럼에도 난 이것들이 게임의 메인 스토리와 밀접한 연관이 있을 거라 확신하고 있었다.

사흘 후.

연합군 측은 최소한의 병력만 전선에 남기고 해산했다.

우리 캘리퍼군도 전장의 뒷정리를 할 일부 부대만 남고 곧바로 해산했다.

본래는 연회를 벌여 군의 사기를 증진시킨 뒤 해산을 시키는 게 맞았으나 뷜랑의 보급고가 털린 탓에 그런 여유가 없었다.

그렇게 일반 병사들과 장교들은 캘리퍼 왕국으로 복귀를 하고 있는 상황에서 나는 안톤과 함께 승전 파티가 열리는 도시 엘피드로 향했다.

'하여간 쥬라스 녀석. 왜 굳이 대화 장소를 파티장으로 잡은 거야. 대충 만나면 될 것을.'

내 입장에서 파티장은 가기 싫은 장소였다.

정체가 들킬 위험은 둘째 치고, 착용하고 있는 투구로 인해 음식을 전혀 먹을 수가 없기 때문이다.

음식을 전혀 먹을 수 없는 파티라니. 과연 참가하는 의미가 있는 걸까.

파티장에 도착한 나는 안톤을 쥬라스의 부관으로 먼저 들여보낸 뒤 파트너 없이 연회장으로 들어갔다.

에오가 자신을 파트너로 데려가 달라 말했지만 그녀의 경우 과거 파티장에서 사고를 친 경력이 있어 놔두고 오기로 했다. 지금쯤 시무룩하여 유미르에게 위로를 받고 있겠지.

상황이 상황인 만큼 파티는 화려하지 않았다. 빌랑 측의 인물들이 상복으로 보이는 옷을 맞춰 입고 있어 분위기를 더 우중충하게 만들었다.

"웨이드 님께서 입장하십니다!"

문지기의 호령과 함께 파티장에 입장한 나는 찌르는 듯한 시선을 마주했다.

"저자가 용병 웨이드인가……."

"크라우스 포크너를 손바닥 뒤집듯 처리해 버리다니. 정체가 궁금해지는군."

"저자는 캘리퍼의 인물인가, 그도 아니면 크로싱의 인물인 건가……?"

여기저기서 수군거림이 들려왔다.

이곳에는 군 장교들 외에도 뷜랑의 귀족들, 그리고 이 연합군에 기여를 한 각국의 고위 귀족들도 대거 참석하고 있었다.

그들은 품평하는 듯한 시선으로 내 정체를 추측하고 있었다.

"돌연 칩거에 들어간 베이올라프임이 확실해."

"에우로페의 기린아라 불렸던 그자 말인가? 하긴, 웨이드의 실력을 감안하면 베이올라프라고 하는 편이 가장 신빙성이 있지. 하지만 그렇다면 왜 연합군 측에서 싸운 건가?"

"모국인 에우로페가 숙적인 툰카이와 손을 잡은 것이 마음에 들지 않았던 건지도 모르. 실제로 이번 전쟁에서 웨이드가 쳐부순 건 툰카이군이었잖나. 게다가 크로싱에게서 로멜로 왕자를 데리고 온 것도 그래."

"그런가! 크로싱에게서 로멜로 왕자를 보호했던 건가!"

"바로 그거지!"

그들은 제멋대로 상상의 나래를 펼치고 있었다.

베이올라프가 웨이드라는 낭설은 예전부터 있었기에 이상한 일도 아니었다.

나는 그들에게서 신경을 끄고 우선은 상석에 앉아 있는 뷜랑의 제1왕자 오스카에게 인사를 했다.

그는 피곤한 얼굴로 나를 맞았다.

"반갑네. 자네가 신성처럼 나타나 전장을 휘젓고 다닌다는 용병 웨이드인가. 이번 전투의 전과는 들었네. 정말이지 대단하더군."

"과찬이십니다."

"과찬이라니. 크라우스 포크너를 사로잡고 그 서방 이민족의 끄나풀을 사로잡았는데 말이야. 듣자 하니 제무토와도 대결을 펼쳤다지? 자네는 십걸과 겨루어 살아남은 걸세. 자네가 십걸과 견줄 수 있는 영웅이라는 거지."

"……."

왜 이렇게 쓸데없이 혀가 긴 걸까.

그 이유는 곧장 밝혀졌다.

"그런 만큼 자네의 정체가 궁금해지는 건 어쩔 수 없더군. 어떤가, 투구를 벗어 볼 생각은 없나?"

"송구하지만 투구는 벗을 수 없습니다."

"그런가. 그렇다면 다른 방법으로 가야겠군."

"……."

"용병 웨이드, 지금 당장 투구를 벗어라. 이건 왕명이다."

연회장이 웅성이기 시작했다.

의도야 뻔했다.

저쪽에서도 내가 얌전히 투구를 벗을 거라고는 생각하지 않는다. 그럼에도 왕명까지 써 가면서 압박을 하는 건 다른 이유가 아니었다.

내 뒤에 누가 있는가. 그 배후를 확실히 하기 위해서다.

그리고 이에 한 명의 남자가 낚여 나왔다.

"왕자님, 너무 짓궂은 농담이십니다."

헬리안 공작이 나를 구하기 위해 나선 것이다.

오스카 왕자는 눈매를 좁히며 말을 이어 갔다.

"뭐가 짓궂은 농담이라는 거지? 이곳은 빌랑 연합의 영토다. 내 왕명은 절대적이지. 더군다나 파티에 얼굴을 가리는 투구를 착용하고 오는 건 애초부터 실례가 되는 일이지 않나? 이곳은 가면무도회가 아니란 말일세."

백번 지당했다.

오스카 왕자는 자신의 영향력을 뽐내고 싶어 하는 것 같았다. 앞으로의 왕위 계승 다툼을 유리하게 가져가기 위해서 말이다.

그걸 위해 굳이 '내 왕명'이란 표현을 사용했다.

"그게 아니면 뭔가. 지금 이곳에서 빌랑의 왕권에 도전이라도 할 생각인가? 아무리 타국의 사람이라고 해도 그냥 넘어갈 수는 없겠는데."

오스카 왕자가 강하게 나가자 헬리안은 주춤할 수밖에 없었다.

괜히 빌랑과 마찰을 빚어서야 좋을 것도 없었고, 애초에 그는 이런 걸 혼자 결정할 정도로 무소불위의 권력을 가지고 있지도 않았다.

이윽고는 결심을 했는지 강하게 나서려는 듯했지만 그 전에 내가 먼저 그놈에게 신호를 보냈다.

'너 인마 빨리 안 나와?'

내 신호에 쥬라스는 피식 웃고는 고개를 끄덕이며 앞으로 나섰다.

"장난은 그쯤 해 두시죠, 오스카 왕자님."

"파밀리온 재상. 장난이라니. 나는 진지하네만."

"그럼 진지하게 그만두십시오. 당신들이 다치게 될 테니까요."

"우리가 다치게 된다니, 무슨 뜻인가?"

"웨이드는 제가 개인적으로도 비호를 하고 있는 인물입니다. 그에게 위해를 가하는 건 제가 용납지 않겠다는 겁니다."

"흥, 조금 전에도 말했듯이 이건 왕명이네. 지금 자네의 발언은 뷀랑의 왕권에 도전해 보겠다고 말한 것과 다름없네만?"

"그 말씀. 진심으로 하는 것입니까? 진심으로 이 쥬라스 파밀리온이 뷀랑의 왕권에 도전하길 원하시는 겁니까?"

"……!"

"후회하실 텐데요."

은연중에 기운을 끌어 올리는 쥬라스. 그 기운으로 인해 주변의 귀족들은 움찔하며 주춤했고 뷀랑 군부의 장교들은 경계심을 표출했다.

뷀랑의 대장군 진 하이삭은 보호하듯 오스카 왕자의 옆을 지켰다.

쥬라스가 말을 이어 간다.

"저의 의지는 곧 크로싱의 의지. 제가 뷜랑의 왕권에 도전한다는 것은 즉, 크로싱이 뷜랑에 도전한다는 뜻이 됩니다만?"

"핫! 국왕도 아닌 자가 오만하기 짝이 없는 말을 하는군."

"국왕께서도 납득을 하시겠죠."

"그런가? 파라인 국왕께서는 일개 용병을 위해 그런 큰일을 벌이는 것에 동의하지 않으실 거라 생각하는데."

"글쎄요. 그건 어떨까요? 한번 시험해 보시겠습니까?"

헬리안 공작과 달리 쥬라스는 그 정도의 입지를 가진 인물이었다. 괜히 3년 전까지 크로싱 왕위 계승 1순위였던 게 아니다.

일촉즉발의 공기가 흐르는 파티장.

오스카 왕자는 돌연.

"하하하핫! 내가 졌네, 졌어."

웃음을 터뜨리며 말했다.

"미안하네. 내 장난이 지나쳤던 것 같군. 아무렴. 전쟁을 승리로 이끈 주역인데 고작 투구를 착용하는 걸 문제 삼을 수야 없지."

쥬라스도 마주 웃어 보였다.

"홋, 저도 농담이 지나쳤던 것 같습니다. 제 우스갯소리도 마음에 담아 두지 말아 주십시오."

"물론이네."

오스카 왕자는 소기의 성과를 거뒀다며 만족스러워했다.

지금 이것으로 말미암아 용병 웨이드의 배후에 크로싱이 있다는 게 확실해졌으니까.

심지어 쥬라스가 강하게 반발을 할 정도로 결속이 굳건하다는 것도 알았다.

"내 실없는 장난은 신경 쓰지 말고 파티를 즐기시게. 웨이드, 그리고 파밀리온 재상."

하여간. 말려든 나는 무슨 죄인지.

쥬라스 녀석과 합석을 한 나는 지나가는 음식들을 눈으로 맛보며 멍하니 시간을 보내고 있었다.

'과연 남부의 뷔랑인가……'

뷔랑 왕국은 그 기후를 통한 다양한 향신료가 재배 가능한 국가였다. 심지어는 어업도 발달해 있었다.

척박한 크로싱과는 정반대라고 할까.

하여 요리의 종류도 굉장히 다양했는데, 투구를 끼고 있는 나는 입맛만 다시며 바라보는 수밖에 없었다.

에오가 해 주는 것에 비하면 맛은 덜하겠지만 처음 보는 음식이니 어떤 맛인지 알고 싶었다.

'에오를 데리고 올 걸 그랬나.'

그녀라면 한 번 먹어 본 것만으로 완벽하게 재현을 해 줄 텐데 말이다.

　'일단 먹어 보기라도 하면 나중에 에오에게 설명을 해 줄 텐데.'

　어떻게 먹을 방법이 없었다.

　이를 눈치챘을까.

　"안톤에게 음식을 따로 챙겨 놓으라 전해 놓겠습니다. 그럼 되겠지요?"

　쥬라스 녀석. 은근히 눈치가 빠르다.

　녀석이 말을 이어 갔다.

　"그건 그렇고. 제게 묻고 싶은 게 있다고요? 웨이드."

　"얘기해 줄 수 있긴 합니까? 어떻게 빌랑의 내통을 알아챈 건지……. 그리고 왜 빌랑의 국왕을 암살했는지를……!"

　"……훗, 후하하하하하핫!"

　녀석의 광소에 파티장의 시선이 몰려들었다.

　쥬라스는 아랑곳 않고 한참이나 웃어 젖혔다.

　그러고는 섬뜩하게 말한다.

　"보아하니 제법 충격적이었던 모양이군요. 기대를 저버리지 않은 것 같아 다행이군요."

　"정말 당신이 했다는 겁니까……!"

　이 미친놈. 그러고서 빌랑의 왕자가 주최한 파티에 나오다니. 들키지 않을 자신이 있어서 온 거긴 했겠지만 나로서는 흉내조차 낼 수 없는 배짱이었다.

내가 주변 눈치를 보자 쥬라스는 한술 더 떠 말한다.

"사실은 그것 때문에 굳이 대화 장소를 이 자리로 잡은 겁니다. 당신에게 보여 주고 싶었거든요."

"보여 주고 싶다니요?"

"웨이드, 잘 새겨 두세요. 지금 광경이야말로 뷜랑의 현실입니다."

"뷜랑의 현실……."

나는 새삼 뷜랑의 귀족들을 다시금 살펴보았다.

'그런 뜻인가.'

뷜랑의 귀족들은 상복을 입고 있긴 했으나 딱히 진심으로 슬픈 기색은 보이지 않았다. 오히려 국왕의 죽음으로 인해 상황이 극적으로 바뀔 것을 기대하고 있는 눈치였다.

"죽은 윌프리드 슈바르쳐는 암군이 아니었습니다. 오히려 명군에 가까웠죠. 게다가 왕위 계승자 또한 사전에 정해 놓았었어요. 그럼에도 이런 꼴입니다. 이것이야말로 제가 뷜랑의 국왕을 암살한 이유죠."

"그게 이유라고요? 그렇게만 말하면 이해하기가 힘든데요. 조금 더 자세히 말해 주시죠."

"한꺼번에 설명을 해 주죠. 가까운 시일 내에 카르텐으로 오세요. 대부님께서 숨기고 있는 일을 포함하여 전부 얘기해 줄 테니까."

하기야 여기서 남은 얘기를 하기에는 장소가 좋지 않았다. 언제 이놈이 한 짓이 들통 날지 몰랐으니까.

나는 초조한 마음으로 어서 파티가 끝나기만을 바라고 있었다.

그런 내 바람과는 달리 승전 파티의 분위기가 무르익기 시작했다.

점점 배가 고파졌던 나는 빠져나갈 틈을 엿보고 있었다.

기회는 무도회가 시작될 즈음 나왔다.

나와 합석을 하고 있던 쥬라스가 카이엔을 만나러 향하자 시선이 전부 그쪽으로 쏠렸던 것이다.

이때를 노려 빠져나온 나는 안톤이 안내해 준 정원 구석에 자리를 잡았다.

파티장 바깥에 조성된 정원은 비교적 한산했다.

나는 옷을 갈아입은 뒤 사람의 시선이 닿지 않는 곳에 자리를 잡고 안톤이 열심히 배달해 주는 음식들을 음미하며 달을 바라보고 있었다.

'쥬라스가 뷜랑의 국왕을 암살한 이유인가.'

생각이 정리되니 짐작 가는 바가 몇 개 떠올랐다.

'만약 그런 거라면 쥬라스의 목적은…….'

그 목적을 생각하니 순간 현기증이 일었다. 혼자 생각해 봤자 머리만 더 복잡해질 것 같았기에 다른 걸 생각하기로 했다.

'아카데미로 돌아가면 어떻게 되려나.'

교사 역이었던 듀난이 죽었고, 대륙의 정세도 급변했다.

내년에 펜실론 아카데미에 입학하게 될 우리들에 대한 교육이 크게 강화될 것은 자명한 일이었다.

'아카데미에 들어간 뒤에는 일이 술술 풀릴 거라고 생각했는데.'

내가 알고 있는 메인 스토리가 진행되는 시점이기 때문이다.

그러나 이미 내가 알고 있던 스토리는 망가져 있었다. 주인공의 든든한 뒷배가 되어 주는 빌랑 왕국이 큰 위기에 처했기 때문이다.

'아마 내 행동 때문이겠지.'

내 행동이 나비효과를 일으켰을 가능성이 굉장히 높았다.

'어차피 이젠 스토리에 크게 연연하지 않기로 했으니 별로 상관없으려나.'

이제부터는 그때그때 상황에 맞춰 움직이기로 했다.

그걸 위한 준비도 잘돼 있었다.

영지도 있고, 사병도 있고, 가신들도 있다. 쥐뿔도 없었던 게임 속 알스에 비하면 충분한 힘을 가지고 있다.

게다가 메인 스토리가 엇나갔다곤 해도 완전히 망가진 건 아닐 테다. 이번 키메라 전쟁이 발발한 것처럼 큰 흐름은 계속 이어질 가능성도 충분히 있었다.

'쥬라스에게 따로 계획이 있을 게 분명해. 그걸 들어 보고 앞으로의 방침을 결정해야겠어.'

그때 부스럭! 근처에서 인기척이 느껴졌다.

안톤이 새로운 음식을 가져온 건가 생각했으나 아니었다.

"……앗. 선객이 있었군요. 미안합니다. 방해를 한 걸까요."

그렇게 말하며 나타난 것은 수수한 인상의 여성이었다. 외관은 충분히 미인이라 불릴 만했으나 그 얼굴에 쌓인 피로 때문인지 돋보이지가 않았다.

그녀는 파티에 진절머리가 난 기색이었다.

"저도 이곳에 앉아도 될까요? 이 정도로 조용하고 운치 좋은 곳은 없을 것 같아서요."

마음대로 하라며 어깨를 으쓱여 보였다.

그녀는 건너편에 앉아 씁쓸한 표정으로 달을 올려다보았다.

나는 태연하게 식사를 계속했다.

그러던 중.

"……당신. 설마 웨이드인가요?"

그녀가 대뜸 그렇게 말해 왔다.

"당신의 얼굴은 오늘 파티에서 본 기억이 없어요. 그 정도로 수려한 외모라면 제 머릿속에 남아 있지 않을 리가 없는데도 말이에요."

곧 확신에 차서 말한다.

"여기서 음식을 먹고 있는 것도 그래요. 그야 그렇죠. 당신은 파티장에서 음식을 먹을 수가 없었으니까. 이거 파티장에서 가져온 음식들 맞죠?"

"예, 맞아요. 눈으로 보면서도 먹질 못하니까 안달이 나더라고요."

나는 쿨하게 인정을 하기로 했다.

이미 확신 조로 말하고 있었기에 부정을 해 봤자 소용이 없을 것 같았고.

게다가 어차피 내 얼굴을 알아봐야 딱히 쓸 일도 없다.

"정말로 웨이드……! 당신이……!"

"하여간. 얼굴이 반반하다고 그런 의심을 받게 되다니. 뜯어고치든가 해야지."

경악하던 그녀는 곧 믿기지 않는다며 묻는다.

"이렇게나 젊다니……. 당신 대체 몇 살이죠? 보기엔 나보다도 어린 것 같은데요."

"그건 말해 줄 수 없겠는데요. 물론 이름도 말해 주지 않을 거고요."

얼굴을 알아도 상관이 없는 이유가 여기에 있었다.

내 신상을 알지 못하면 아무 소용이 없기 때문이다.

훗날 알스로서 이 여자를 만나면 문제가 생길지도 모르겠지만 그 가능성은 희박할 테다.

내 생각을 읽었는지 그녀가 낮게 말한다.

"제가 당신의 몽타주를 작성할 수도 있다는 걸 모르나요?"

과거 길리아스 멜번도 내 얼굴을 보기는 했으나 워낙 찰나였기에 제대로 된 몽타주를 만들진 못했었다.

　반면 나를 지그시 관찰하고 있는 그녀는 달랐다.

　나는 입꼬리를 올리며 말했다.

　"당신이야말로. 그게 자살행위라는 걸 모르지 않을 텐데요."

　"……!"

　"제 배후에 누가 있는지는 알고 있잖아요?"

　"크로싱 공화국……!"

　"그리고 캘리퍼 쪽에도 인맥이 있거든요. 부디 표적이 되어 쥐도 새도 모르게 사라지는 일이 없게끔 잘 처신했으면 하네요."

　혹시 모르니 안톤에게 이 일을 얘기해 놓기로 했다.

　"크윽! 겁을 먹을 것 같습니까! 어디 해 보시죠!"

　그렇게 말하는 눈동자에는 두려움이 깃들어 있었지만 한편으론 용기가 엿보였다.

　나는 새삼 그녀의 정체가 궁금해졌다.

　"그런데 당신은 누구죠?"

　"무슨……. 지금까지 제가 누구인지도 모르고 이야기를 하고 있었던 겁니까!"

　진심으로 놀랐다며 눈을 휘둥그렇게 뜨는 여성.

　"당신이 이름을 댄 적이 있었나요? 예전에 만난 적도 없는 것 같은데요."

그런데 어째서인지 낯은 익었다.

그녀는 입술을 앙 깨물며 소리친다.

"베카비아의 소피아 베론입니다! 캐링턴 전투에서 당신과 맞붙었던 천재공주라고요!"

낯이 익은 이유가 있었다.

직접 만난 적은 없어도 일러스트로 본 적이 있었으니까.

고생을 많이 했는지 일러스트와는 인상이 달랐지만 이제는 확실히 알 것 같았다.

그런데.

"천재…… 풉! 공주……. 자기 입으로…… 푸흡!"

"으읏……. 이건 그냥 알아듣기 쉬우라고……."

부끄러운 소리를 했다는 건 본인도 알고 있는지 얼굴을 붉힌다.

그녀는 곧 깊은 한숨을 내쉬었다.

"저를 물 먹인 자가 이렇게 어린애였다니 힘이 쭉 빠지네요. 필히 백전노장의 장군이라고 생각했어요."

"현실은 때론 잔혹하기도 하죠. 그보다 제 몽타주를 뿌리겠다는 생각은 좀 바뀌었나요?"

"알고 있어요. 그래 봤자 우리 베카비아가 얻는 이득은 없으니까요. 지금 상황에서 괜히 크로싱이나 캘리퍼와 마찰을 빚을 이유도 없고."

"이해가 빨라서 다행이네요."

"후우……! 웨이드를 만난다면 크게 한 소리를 해 줄 생각이었는데……. 이렇게 되다니."

소피아는 울분이 있었던 모양이지만 내 나이를 알고는 독기가 사라진 모양이었다.

내가 베카비아에 악의를 가지고 전투에 임한 게 아니란 걸 깨달은 것이다.

"아무것도 모른 채 크로싱에 이용당했던 거로군요. 그렇다면 당신에게 화를 낼 의미도 없죠."

"뭐, 그런 셈이죠. 그보다 이것 좀 먹어 볼래요? 이거 맛있네요."

마침 이야기 상대가 없어서 심심한 차였다.

나는 소피아와 가볍게 이야기를 나누며 시간을 보내기로 했다.

승전 파티까지 끝내고 영지로 돌아가는 길.

측근들은 드디어 올 것이 왔다며 무게를 잡고 있었다.

공치사의 시간.

에오니아는 이번에야말로 전공 1위를 차지하겠다며 벼르고 있었고, 안톤마저 이번 공치사를 기다리고 있었는지 긴장을 하고 있었다.

반면 유미르와 가스파르는 어찌 되든 상관없다는 태도다.

"나 참. 둘만 너무 진지한 거 아니야? 좋아, 그럼 잠깐만 기다려 봐."

말은 이렇게 해도 나도 공치사에 대해선 준비를 해 놓고 있었다.

준비한 물건들을 가져온 나는 먼저 전공 3위를 발표했다.

"전공은 1, 2, 3위만 발표할게요. 먼저 말하지만 모두 잘해 줬어요. 그러니 순위에 너무 연연하지 않았으면 좋겠습니다. 일단 3위는 유미르."

"영광입니다."

유미르는 듀난 장군이 죽었던 첫 번째 전투에서 상대의 좌우 협공에 대비한 척후 작전을 수행해 줬고, 삼건장 렉시트와 싸울 때에도 힘을 보탰다.

마지막 전투에선 팔레안의 풀을 모아 주었으며 안톤을 덫이 있는 곳으로 교묘하게 안내해 적을 함정에 빠뜨리는 데에 일조했다.

"그러니 3위야. 자, 이걸 받아."

"도련님. 이건……?"

"수인들은 꼬리 관리를 위한 빗이 필수품이라고 해서. 유미르 넌 언제나 낡은 나무 빗을 사용했잖아. 그래서 저번에 사 봤어. 줄 기회를 보고 있었는데 마침 잘됐네."

엘피드에서 구매한 꽤 고가의 빗이었다.

유미르는 포근하게 미소 지었다.

"정말 감사합니다. 실례가 안 된다면 추후 도련님께서 직접 빗어 주실 수 있을까요. 그것이야말로 저에게 있어 최고의 포상입니다."

"물론 해 줄게."

여기까진 분위기가 좋았으나.

"포상이라니!"

"……."

에오와 안톤 사이의 분위기는 더 험악해졌다.

포상이 등장한 순간 이것은 공치사가 아니라 논공행상이 된 셈이었으니까.

반면 가스파르는 자기가 전공 4위임을 눈치챈 모양이다.

"포상이 있다면 더 열심히 할 걸 그랬군. 나중엔 더 중요한 임무를 맡겨 달라고."

"뭡니까. 아직 발표하지 않았는데요. 당신이 1위일 수도 있다고요?"

"그럴 리가. 보나 마나 저 둘이 1, 2위겠지. 빨리 발표나 하라고. 누가 1위인지 나도 궁금하니까."

그 말대로 이번 전쟁에선 에오와 안톤이 막상막하의 활약을 펼쳤다. 지난 전쟁에선 루트거가 독주를 해 1위가 명확한 상황이었지만 이번은 아니었다.

에오로 말하자면 손끝을 바르르 떨 정도로 긴장하고 있었다.

순간 골치가 아파 왔기에 공동 1위로 하면 안 되겠냐 제안을 했지만 에오가 납득을 하지 못하겠는지 내게 말해 왔다.

"알스 님, 이런 걸 제 입으로 말하기는 부끄럽습니다만. 저는 초전에서 적 부대의 지휘관을 활로 사살했고, 그 남자와의 결투에선 알스 님과의 완벽한 합격으로 무기를 파괴했습니다."

"그래, 마지막 전투에서도 유격 부대를 이끌며 큰 기여를 했지."

"그리고 벌목 작업도 제가 지휘를 했고, 알스 님의 개인 부탁으로 레인폴로 돌아가 책을 가져오기도 했으며……."

에오는 쉴 새 없이 자신의 기여를 설명했다.

안톤은 못마땅한지 참다가 한마디를 한다.

"미라벨 님. 자신의 공을 불필요하게 내세우고 다니는 건 신하 된 자로서 옳지 않다고 생각합니다만."

"뭐라고!"

눈싸움을 벌이는 둘.

애매하게 공동 1위로 갔다간 둘 다 납득을 하지 못할 것 같았기에 결판을 내놓기로 했다.

"그럼 뜸들이지 않고 전공 1위를 발표할게요. 안톤, 당신입니다."

"옛……! 분에 넘치는 영광! 몸 둘 바를 모르겠나이다!"

"당신은 초전에서 듀난 장군을 구출해 후방으로 이끌었

고, 마지막 전투에선 당신이 벌어 준 시간으로 말미암아 축성의 계책이 성공할 수 있었습니다. 당신이 교육시켜 놓은 장교들도 완벽하게 작전을 수행해 줬고요."

여기에 더불어 적의 핵심 전력인 렉시트를 처치했고, 적의 총대장인 크라우스 포크너까지 생포했다.

에오의 공도 물론 컸지만 안톤의 공이 조금 더 높았다.

"이건 자그마한 포상입니다."

일라인 남작가의 문양이 수놓아진 손수건과 아기의 옷이었다.

둘 다 상품으로서의 가치는 없어도 상징적인 가치가 있다. 완전히 내 인물로 인정하겠다는 증표 같은 거였으니까.

"정말 감사합니다. 하핫, 일리야가 좋아하겠군요."

안톤은 만족스러운지 물건을 받아 들고 미소 짓는다.

"이제 전공 제2위인데……."

에오를 보니 큰 충격을 받은 듯했다.

"3연속 2위라니……."

"나 참. 그렇게 풀 죽지 마, 에오."

"풀 죽지 않았습니다……."

당장이라도 울 것처럼 울먹이며 그런 소릴 해 봐야 설득력은 없다.

"안타깝게 2위이지만…… 괜찮다니까."

나는 에오의 어깨를 두드려 준 뒤에 기분을 풀어 주기 위한 회심의 포상을 주기로 했다.

일명 우는 아이 떡 하나 더 주기 작전이다.

"자. 이걸 받아."

"이, 이, 이, 이건……!?"

에오는 큼지막한 보석이 박힌 레이피어를 받아 들고 경악
했다.

자고로 보검을 포상으로 준다고 하는 것은 그 충성심을 대
단히 높이 산다는 뜻이었다.

이쪽 세계에서도 보검은 주군에게서 받을 수 있는 최고의
포상이었다.

나는 그녀에게 슬쩍 속삭였다.

"객관적인 전공은 2위지만 내게는 네 활약이 1위였어. 정
말 잘해 줬어, 에오니아 미라벨."

"허업……!"

헛숨을 삼키는 에오.

빈말은 아니었다. 실제로 이번 전투에서 나와 가장 많은
합을 맞췄던 건 그녀였으니까.

"아닙니다. 저야말로 영광입니다. 감사합니다, 알스 님!"

그리고 이걸로 전세 역전이었다.

"……훗. 후훗. 후후훗."

여유를 되찾은 에오는 안톤을 향해 보란 듯이 미소를 지어
보였다.

안톤은 안톤대로 보검을 보며 부럽다는 기색을 감추지 못한다.

이건 여담이지만.

그녀가 다른 무기는 전부 버려 버리고 이 레이피어를 주무기로 사용하겠다며 난리를 피웠기에 한참이나 말려야만 했다.

일단 레인폴로 돌아온 나는 일리야 스승과 루트거까지 데리고 곧장 쥬라스 녀석을 만나러 카르텐으로 향했다.

겸사겸사 에우로페와의 포로 협상도 카르텐에서 약속했기에 나는 곧장 협상에 들어가야 했다.

먼저 기다리고 있던 에우로페의 사절단은 흉흉한 분위기로 나를 맞이했다.

"……흠. 네놈이 웨이드인가."

에우로페는 사절단으로 군부의 인물들을 파견해 왔다. 그들은 험악한 인상을 지은 채 칙칙한 기운을 내뿜고 있었다.

이에 내 측근도 나를 지키듯 곁에 섰다.

혹여 태교에 좋지 않을까 하여 일리야 스승을 보았으나 스승은 오랜만에 피가 끓어오르는지 오히려 즐거워하고 있다.

"이거야 원, 에우로페의 대장군께서 직접 오실 줄은 몰랐네요."

십걸의 일원이자 에우로페의 수호신이라 불리는 제르바인 픽포드였다.

픽포드는 내 말은 듣는 둥 마는 둥. 자기 할 말을 하기 시작했다.

"로멜로 왕자님은? 어쩌고 계시지?"

"정중하게 대접하고 있습니다. ……지금은 말이죠."

"지금은?"

"오늘 협상이 결렬된다면 취급에 대한 방침을 바꿀 생각이거든요."

"개소리. 에우로페의 왕족에게 무례를 범할 생각이냐!"

"즉, 타인이라는 뜻이겠죠? 저와는 하등 상관없는 타인. 당신들이 협상에 성실히 응하지 않아 시간이 끌린다면 제 입장에선 그저 밥이나 축내는 포로에 불과해지겠죠."

"네놈……!"

"그렇게 위협하지 마십시오. 당신들이 협상에 성의를 보이면 그만인 일이니까."

"좋다. 조건을 말해 봐라."

"간단합니다."

내가 굳이 쥬라스에게 가서 에우로페의 포로를 데려온 이유.

사실 굳이 로멜로 왕자를 데려올 필요는 없었다. 다른 귀족 포로들을 데려왔어도 충분히 협상이 가능했을지도 모른다.

로멜로 왕자는 확실한 보험일 뿐이었다.

베이올라프를 데려올 보험.

"당신들의 국가에 저를 사칭하는 자가 있더군요. 베이올라프 드레스덴이라고 했나요."

그러자 픽포드의 미간이 꿈틀거렸다.

"그가 어쨌다는 거지?"

"아무리 저라도 열이 받더군요. 그러니 다시는 저를 사칭하지 못하게 만들려고 합니다. 베이올라프 드레스덴. 그자를 저에게 넘기십시오. 그 대신 로멜로 왕자를 석방하겠습니다."

"넘긴다? 정확히 어떤 의미이지?"

"생사여탈권을 제가 쥐겠다는 뜻입니다. 이해하기 쉽게 말하면 노예로 삼겠다는 거죠."

"뭣!? 헛소리 마라! 베이올라프는 드레스덴 백작가의 차기 당주다! 그런 고위 귀족을 네놈의 노예로 보낸다고? 납득을 할 줄 알았는가!"

"그렇다면 협상은 결렬이군요."

내가 미련 없이 자리에서 일어나자 스릉! 에우로페의 인물들이 칼을 뽑아 들며 위협을 보냈다.

이에 안톤과 에오니아, 일리야 스승까지 무기를 빼 들었으나 루트거가 스승을 제지하며 슬쩍 뒤로 물렀다.

"뭡니까. 협상이 안 되니 무력으로라도 해결을 보겠다는 겁니까?"

"애초에 네놈부터가 제대로 된 협상을 할 생각이 없었던 것 아니냐. 그따위 허무맹랑한 조건을 들이밀다니 말이야!"

"허무맹랑하지 않습니다. 그저 당신이 납득하지 못했을 뿐."

베이올라프는 에우로페 군부의 입장에선 절대 타국으로 보내선 안 되는 인재였다.

반면 왕가와 귀족들의 입장에선 그 정도는 아니었다.

베이올라프가 수년간 칩거하며 애물단지가 되어 버렸기 때문이다.

"굳이 당신과 협상을 할 필요는 없어 보이는군요. 적당히 에우로페의 왕가와 협상을 한다면 충분히 베이올라프를 데려올 수 있겠죠. 그러니 이번 협상은 여기까지 합시다."

"……잠깐 기다려라."

픽포드가 이를 악물었다. 그는 차라리 자기가 협상을 마무리 지어 공적이라도 올리는 편이 낫다는 걸 알고 있었다.

"조금만 물려 줄 수 없겠나. 최소한 그의 신변에 대한 보장을……."

"불가합니다. 말했듯이 생사여탈권을 포함한 모든 권리를 제가 가져가겠습니다. 그러니 당신들은 애초에 그런 사람이 있었다는 것을 잊어버리는 게 좋을 거예요."

"큭! 네놈, 대체 녀석을 데려가서 어떻게 하려는 거지?"

"말했잖습니까? 저를 사칭하는 것에 열이 받았다고."

"녀석 스스로가 자칭한 건 아니다. 멍청한 다른 놈들이 알아서 떠들고 다닌 거지."

"제가 알 바 아닙니다."

눈을 질끈 감는 픽포드.

이미 외통수였다. 이 협상은 내게 너무 유리하기 때문이다.

"만약 이 협상이 결렬된다면 어떤 일이 벌어질지는 당신이 가장 잘 알겠죠."

만약 이 협상이 파토나 로멜로 왕자가 계속 포로 생활을 한다면 2왕자나 3왕자의 왕위 계승설이 급부상하면서 에우로페는 내홍을 겪을지도 모른다.

그러니 로멜로 왕자를 지지하는 귀족들은 어떤 대가를 치르더라도 이 협상을 성공시키려 할 거다.

계륵이 된 베이올라프를 내게 넘기는 것 정도는 일도 아니었다.

픽포드는 깊은 한숨을 쉬더니 고개를 끄덕였다.

"……알겠다. 국왕께 그런 방향으로 이야기를 하지."

그걸로 끝이었다.

이걸로 베이올라프는 에우로페라는 족쇄를 벗어던지고 내 아래로 들어온다.

물론 진심으로 따르게 하기 위해선 야설을 통한 삼고초려를 할 필요가 있었지만…… 어떻게든 되겠지.

협상을 끝낸 나는 한결 편한 마음으로 쥬라스와 만날 수 있었다.

루트거와 가스파르에게 베이올라프를 데려오기 위한 기타 잡무를 맡긴 뒤, 에오, 유미르, 안톤, 그리고 스승을 대동한 채 쥬라스가 있는 카르텐 최고 관리 집무실로 향했다.

턱을 괸 채 업무를 보고 있던 녀석은 나를 보고 반색했다.

"왔습니까. 빨랐군요. 에우로페와의 포로 협상이 적어도 반나절은 계속될 줄 알았는데 말입니다."

"제가 너무나도 유리한 협상이었으니까요."

"그래서요? 그들에게서 뭘 얻어 낸 겁니까?"

"비밀입니다. 그보다 이제 슬슬 모든 걸 얘기해 주시죠."

"그게 이야기를 듣고 싶은 사람의 태도입니까?"

"하아……."

쥬라스는 기어코 에우로페와의 협상에 대해 알고 싶어 했다. 녀석이 마음먹고 파헤친다면 알아내는 건 일도 아니었기에 그냥 말해 주기로 했다.

"사람을 하나 받아 오기로 했습니다."

"사람? 에우로페에서 당신이 데려올 만한 인물이라면…… 베이올라프 드레스덴입니까?"

"……."

이래서 이놈이 싫었다. 마치 전부 다 알고 있다는 듯한 태도.

그냥 태도만 그러면 상관이 없지만 실제로 전부 다 알고 있으니 짜증이 나는 것이다.

"베이올라프라면 불명의 이유로 칩거를 했다고 들었습니다만. 보아하니 그와 사전 접촉을 한 모양이군요. 그렇지 않고서야 대뜸 데리고 오겠다고 하진 않았을 테니까. 훗, 잘했습니다."

"잘했다고요?"

"당신이 인재를 모아 가는 지금 상황은 제게 있어서도 바람직하니까 말이죠."

"그게 무슨 뜻입니까."

"그것도 포함해서 지금 전부 말해 주겠습니다. 먼저 뭐부터 듣고 싶습니까?"

쥬라스에게서 들을 내용은 셋.

파라인 국왕과 안톤이 숨기던 비밀. 뷜랑의 내통책과 국왕 암살 이유. 그리고 지금 하나 추가된 내가 인재를 모으는 게 쥬라스에게 바람직한 이유다.

"파라인 국왕이 숨기고 있던 비밀부터 듣겠습니다."

"바로 핵심에 다가가는군요."

"애초에 어째서 파라인 국왕은 제게 숨기고 있던 겁니까. 다른 것들은 전부 흔쾌히 해 주면서 말입니다."

"그거야 당연하죠. 그걸 안다면 당신이 대부님을, 우리 크로싱을 적대할 수도 있으니까요."

"크로싱을……?"

"그야. 당신의 친부모를 죽인 게 우리니까 말이죠."

순간 공기가 얼어붙은 것 같았다.

쥬라스는 아랑곳 않고 마치 과거의 행복한 추억을 풀어내듯 이야기했다.

"그건 그러니까 당신이 태어났던 17년 전 전에 있었던 일이죠."

17년 전.

파라인 국왕이 지금처럼 무기력하지 않고 대의를 이루기위해 혈안이 되어 있던 시절이다.

"당신은 펜실론 재흥 세력이 당시에 무엇을 하려고 했었는지 알고 있습니까?"

"……모릅니다."

"그들은 각지를 떠돌며 토대가 되어 줄 세력을 찾고 있었습니다."

"토대라면……."

"이미 존재하는 왕국들 중 하나에게 자신들이 가진 정통성을 주어 펜실론의 이름을 잇게 하려는 속셈이었죠. 그걸 통해 그들은 또다시 권력을 잡으려 했어요."

이에 혹한 국가들이 더러 있었다고 한다.

여러 왕국이 우후죽순처럼 생기는 그 시기에 정통성이란

대단한 이점이었으니까.

"대부님께서는 이를 두고 보지 않으셨습니다. 그분께서는 펜실론의 강경파가 어떤 미친 짓을 해 왔는지 전부 알고 계셨으니까요. 그들이 다시 권력을 잡고 대륙을 재차 통일한다고 해 봤자 어떤 결과가 나올지는 뻔하다고 생각한 모양입니다. 뭐, 지금은 그렇게라도 대륙이 통일되기를 원하는 모양이지만…… 어쨌든요."

하여 파라인 국왕은 그 펜실론 재흥 세력이 토대를 가지기 전에 말살하기로 마음먹는다.

"마침 그들 일행이 파라건 숲을 지나고 있었을 때였습니다. 인적이 드문 곳인지라 작전을 벌이기 딱 좋았죠."

"덮친 겁니까! 당신들이……!"

"정확히 말하면 제가 포함된 특무 부대였죠. 17년 전이면…… 그렇군요. 제가 막 성인이 된 시기였었나요."

"……."

이때 크로싱의 특무 부대는 촘촘한 포위망을 구축하고 숨통을 조였다.

그 결과는 내가 알고 있던 그대로다.

"그렇다면 정말로 당신이. 크로싱이……!"

"예, 당신의 친부모를 죽였습니다."

나도 모르게 울컥하고 말았다. 친부모에 대해 아무런 생각이 없는 나조차 그러했을진대 유미르는 참지 못했다.

"잘도 리즈나 님을-!!"

"진정해 유미르!"

에오니아가 다급히 유미르를 끌어안았다.

"하하하핫! 나를 죽이려 하다니. 우습군요. 정말 희극적이에요."

쥬라스는 유미르를 조롱했다.

유미르는 살기를 주체하지 못하고 있었다. 에오니아가 붙잡고 있지 않았다면 당장이라도 달려들었을지도 모른다.

"유미르라고 했습니까? 저를 죽이고 싶은 거라면 표적을 잘못 잡은 겁니다. 그도 그럴 게 당신들에게 있어 저는 생명의 은인이니까요."

이놈은 또 무슨 소리를 하려는 걸까.

"이건 대부님도 모르는 이야기입니다만. 이참에 말해 버릴까요? 그냥 털어놓을까요? 하하핫!"

마치 장난감을 되찾은 어린아이처럼 웃는 쥬라스. 녀석은 연달아 충격적인 이야기를 입에 담았다.

"당시 그 특무 부대 소속이었던 저는 가장 먼저 당신의 어머니를 찾았습니다. 그리고 아이를 안고 쓰레기 구덩이에 숨어 들어가는 수인까지도 말이죠."

"……!"

"내가 그걸 눈치챘다는 걸 당신의 어머니인 리즈나 알메인도 알았던 거겠죠. 그녀는 제게 애원하기 시작했습니다."

부탁이니 아이만은 살려 달라고. 자기 목숨을 줄 테니 제발 눈감아 달라고.

"그래서 눈감아 줬다는 겁니까? 인정을 베풀어 준 거라고요?"

"제가 그런 사람으로 보입니까?"

"보이지 않습니다."

"그렇죠. 훗날 이용할 만한 가치가 생길 거라 생각했을 뿐입니다. 하여 일이 벌어지는 동안 당신이 숨어 있던 쓰레기 구덩이 쪽으로 사람이 오지 않게 조치를 취해 준 거죠. 생각해 보십시오. 그 피도 눈물도 없는 작전에서 고작 쓰레기 구덩이에 숨은 사람을 놓칠 것 같습니까?"

그건 그랬다.

"제가 아니었다면 당신도, 그쪽의 수인도 죽은 목숨이었습니다. 그러니 생명의 은인이라는 말은 틀리지 않았죠."

병 주고 약 주고 식의 적반하장이었으나 녀석이 아니었다면 목숨을 부지할 수 없었던 것도 사실이었던 것 같으니 맞는 말이긴 했다.

"그렇게 펜실론 재흥 세력의 대부분을 죽이고 뒤처리를 한 뒤에는 당신이 어디로 향하는가 직접 확인을 했죠. 일라인 가문에 들어가 양자로 받아들여지는 것까지 확인을 했습니다."

"설마……. 당신이 내 정체를 알아냈던 건."

"예, 당신이 웨이드인 걸 눈치챈 건 다름이 아니라 당신의 행적을 전부 알고 있었기 때문입니다. 당신이 있는 리벨에 사람을 보내 줄곧 감시를 하고 있었거든요. 일리야 안페이를 스승으로 받아들인 것부터 시작해서 삼사자 전쟁까지! 삼사자 전쟁 이후 모든 행적을 맞춰 보니 당신이 웨이드가 되더군요. 저는 그 순간 운명을 느꼈습니다!"

과거 사건에 대한 진실.

나는 얼이 빠져 뭐라 말을 할 수가 없었다.

그러던 중. 내내 침통한 표정이었던 안톤이 결심한 듯 말한다.

"알스 님. 당시 작전을 지휘했던 것은 제 아버지 갈레리안 퀸테르였습니다."

크로싱의 대장군이자 그 당시 십걸이었던 갈레리안.

그는 일을 끝마친 뒤 대단한 죄악감에 시달렸다고 한다. 그는 펜실론이 건재할 적에도 군부에 있었으니까.

아무리 그 시점에선 펜실론이 망한 상태였다 하더라도 충의로 섬겼었던 황족을 자신의 손으로 죽이고 만 것이다.

"그 죄악감에 아버지께선 퀸테르라는 가문의 이름을 지우고 스스로 목숨을 끊으셨습니다. 그리고 목숨을 끊으시기 전에 제게 말씀하셨죠. 혹여 펜실론의 정통 후계자가 나타난다면 목숨을 바쳐 섬겨 가문의 명예를 회복하라고."

이것이야말로 퀸테르 가문에 내려오는 맹세이자 안톤이 내게 충성을 바친 이유였다.

"혹여 지금 이 자리에서 목숨을 끊으라 하시면 자결을 하겠습니다."

그 눈빛은 진심이었다. 이에 스승은 안절부절못하며 나와 안톤을 번갈아 보았다.

"아뇨…… 괜찮습니다. 당신이 저지른 일도 아니고요."

친어머니에 대한 실감이 없어서 그나마 참을 만했다. 만약 지금 일라인 가문의 가족들이 그런 식으로 처참하게 죽은 거라면 아무리 나라도 눈이 돌아갔을 것이다.

"……송구합니다. 언제든 제 목숨을 원한다면 말씀해 주십시오."

"그런 소리 하지 마요. 당신은 이미 우리 일원이니까."

"정말…… 죄송합니다."

그러나 그때였다.

"안톤, 아닙니다. 그게 아니죠."

쥬라스는 우습다며 말했다.

"당신의 아버지가 죽은 건 단순히 그런 이유 때문이 아닙니다."

"그게 무슨……."

그는 세상 모든 것을 비웃는 것처럼 말한다.

"그도 그럴 게 당신 아버지를 죽인 건 저였으니까요."

8장

쥬라스 이놈은 대체 무슨 말을 하려는 걸까.

안톤도 눈을 휘둥그렇게 뜨고 있었다.

"아, 아버지를 죽인 게 당신이라니. 그게 무슨 말입니까?"

"애당초 안톤. 당신의 아버지가 그렇게 나약한 사람이었을 것 같습니까? 저조차 존경해 마지않았던 그 십걸 갈레리안이 단순히 죄책감에 자결을 한다고요? 어림도 없죠."

"……!"

"누누이 말하지만 모든 일에는 이면이 있는 법입니다. 당시 그 일을 벌였던 당신의 아버지는 분명 죄책감을 가지고 있었어요. 하지만 그것만으로 자결할 생각은 추호도 없었습니다. 오히려 그런 명령을 내린 대부님을 원망했죠."

"파라인 국왕을……?"

"대부님께선 그들을 도적이라 지칭하며 토벌을 명하셨거든요. 도적을 토벌한다고 생각하고 있던 갈레리안은 작전이 끝날 무렵에야 자신이 죽인 것이 누구인가를 깨달았습니다."

"그런……! 아버지를 속인 겁니까!"

"대부님도 그 당시엔 저 못지않은 능구렁이였으니까요. 게다가 거기엔 정치적인 목적도 있었습니다."

"그게 대체……?"

"정적을 굴복시키는 것입니다. 그 당시 당신 아버지는 대부님에게 있어 꽤나 위협적인 존재였으니까요. 대부님은 그 일을 바탕으로 갈레리안을 길들일 생각이었으나……. 결국 갈레리안은 길들여지지 않은 채 대부님께 반기를 들었죠."

파라인 국왕은 처음부터 군부 1인자인 갈레리안을 견제하고 있었다고 한다.

"그 시기엔 귀족 제도가 철폐되고 얼마 지나지 않은 시점이라 귀족 출신의 불온분자들이 굉장히 많았습니다. 그들은 당신의 아버지를 부추겨 대부님을 몰아낼 계획을 세우고 있었죠. 그런 와중 갈레리안이 대부님께 불만을 품은 그 상황은 이상적이었습니다. 실제로 행동에 옮기려는 단계까지 갔었죠."

"반란을 꾀한 겁니까! 아버지가!"

안톤조차 전말에 대해선 모르고 있었던 것 같다. 그는 얼마나 당황했는지 땀을 삐질삐질 흘리고 있었다.

"솔직히 말해 꽤 위험한 상황이었습니다. 대부님은 대부님대로 썩은 가지를 모조리 쳐 내겠다며 강경하게 진압할 생각을 하고 있었으니까요. 하지만 상대는 군부의 1인자입니다. 갈레리안이 반란을 일으킨다면 아무리 대부님이라도 이겨 내기 힘든 상황이었죠. 그렇기에 제가 나섰습니다."

쥬라스는 파라인 국왕에게 말했다고 한다.

자신이 이 반란을 해결한다면 대장군의 자리와 재상의 자리를 넘겨 달라고.

"그 후 저는 극비리에 당신의 아버지를 찾아갔죠. 그리고 말한 겁니다. 펜실론 제국의 핏줄은 아직 남아 있다. 펜실론의 정통 후계자가 살아 있다고 말이죠."

"……!"

"만약 반란을 일으킨다면 그 후계자를 죽여 버리겠다고 위협했습니다. 반란을 일으키려는 저의가 정녕 펜실론에 대한 충의에서 나온 것인가. 그도 아니면 그저 개인의 사리사욕을 위해서인가. 그걸 저울질해 보기 위해서였죠. 그러자 갈레리안은 대부님을 찾아가 퀸테르의 맹세에 대해 전하고 안톤, 당신에게 유언을 남긴 뒤 자결한 겁니다. 뭐, 결과적으론 펜실론 제국에 대한 충의로 자결한 거긴 하군요. 인정합니다."

살인적인 침묵이 흘렀다.

그것도 잠시. 에오니아가 나직이 중얼거린다.

"이 괴물……!"

모두가 에오의 말에 마음속 깊이 동감하고 있었다.

나는 물어보지 않을 수 없었다.

"갈레리안에게 말한 정통 후계자는…… 저와 아리오스 알메인입니까?"

"……훗."

쥬라스는 왜인지 의미심장하게 웃더니.

"아뇨, 당신 하나만을 얘기한 거였습니다."

"아리오스 알메인은 어떻게 된 겁니까? 어떻게 당신이 노예로 잡았던 거죠? 저처럼 행적을 파악하고 있던 겁니까?"

"그렇진 않습니다. 말하지 않았습니까, 당신의 어머니를 가장 먼저 발견한 게 저라고. 다른 자들까지 먼저 발견할 시간은 없었습니다. 녀석은…… 아마 재주 좋게 도망을 간 거겠죠. 저도 거기까진 알 수 없었습니다. 그리고 훗날, 저를 암살하려고 하는 자가 찾아왔습니다."

"그게 아리오스 알메인이었던 거군요. 당신을 암살하려 했다는 건 펜실론 재흥 세력을 말살한 흑막이 크로싱이었던 것까지도 알고 있었던 거고요."

"그런 셈입니다. 조금 애를 먹긴 했으나 제압해 사로잡았습니다만 태도가 불량해 도저히 써먹을 수가 없었죠. 애초에 그 시점엔 쓸모가 없는 카드였기에 대충 다른 왕국에 노예로 팔아 치워 버렸습니다."

밝혀진 과거의 진상.

그것은 더할 나위 없이 끈적이는 악의 속에서 펼쳐진 일이었다.

'결국 이렇게 되면…….'

내가 메인 빌런이라는 설이 더욱 힘을 받게 된다.

주인공인 카시우스 로이드는 크로싱을 불구대천의 원수라고 생각하고 있다. 크로싱은 보나 마나 게임의 최종 보스가 될 테다.

그리고 알스는 그 크로싱의 편일 가능성이 높다.

그도 그럴 게 쥬라스는 알스가 황가의 후예라는 걸 가장 처음부터 알고 있었다. 그러니 훗날 주인공을 견제하기 위한 대항 수단으로 준비해 놨을 것이다.

'유미르의 주인공 암살 미수 사건도 그러한 맥락에서 일어났을 거야.'

크로싱 쪽에서 부추겼겠지. 어떤 식으로 이간질을 했는지는 모르겠지만 그대로 있다간 알스가 위험해질 테니 먼저 제거하라고.

카시우스 로이드가 아리오스 알메인인 것을 유미르가 알고 있었는지는 모르겠지만 알스의 안전을 최우선적으로 생각한 유미르는 결국 그걸 실행에 옮겼다.

"도련님. 어서 나가요. 이런 자와 함께 있을 수 없습니다!"

유미르가 격앙하며 외쳤다. 다른 가신들도 암묵적인 동의를 표했다.

크로싱은, 이 쥬라스 파밀리온이라는 놈은 너무나도 위험하다. 그런 뜻이었다.

하지만 나는 그러지 않았다.

슬프게도. 쥬라스 녀석의 행동이 이성적으로는 납득이 갔기 때문이다.

놈은 무서울 정도로 계산적이고 교활하지만 그렇기에 믿음직한 면모가 있다.

그런 만큼 한 가지를 더 듣고 싶었다.

"이제 과거의 이야기는 됐습니다. 어차피 지나간 일. 그걸로 크로싱과 파라인 국왕을 원망할 생각은 없어요. 당신이 더러운 자식이라는 것도 이미 알고 있었고."

"하하핫! 그 눈빛. 내가 어디를 바라보고 있는가를 알아챘군요. 역시 당신은 다른 버러지들과 달리 말이 통합니다."

"당신이 어딜 바라보고 있는가는 대충 짐작이 가지만 그 입으로 직접 말해 줬으면 하는군요. 뷜랑 국왕의 암살. 그 목적을."

과거의 이야기는 과거의 이야기일 뿐.

중요한 건 앞으로의 일이었다.

쥬라스는 대뜸 말했다.

"알스, 당신은 대륙 통합에 있어 가장 큰 장애물이 뭐라고 생각합니까?"

"동맹이겠죠."

"맞습니다. 각국의 이해관계가 워낙 복잡하게 얽혀 있는 탓에 조금만 위험해지면 동맹으로 대응을 합니다. 베카비아와 알바드가 그랬고, 캘리퍼도 그랬죠. 그나마 마돈은 동맹을 구할 틈을 주지 않고 빠르게 공략을 했기에 멸망을 시킨 거지 그쪽도 시간이 지체됐다면 멸망까지 내몰기는 힘들었을 겁니다."

"……그런 겁니까."

나는 쥬라스가 하고 싶은 말이 무엇인가를 알 것 같았다.

"빌랑 연합 왕국은 그 집합체와도 같은 거라는 거군요."

"바로 그렇죠. 마돈의 괴뢰군이 어떻게 됐는지를 생각해 보세요. 빌랑은 연합을 끌어들이는 방식으로 세력을 불리는 곳입니다. 만약 우리가 공들여 알바드 왕국을 공략한다고 멸망시킬 수는 없을 겁니다. 알바드가 쇠약해지면 연합에 들어오라며 빌랑이 손짓할 테니까요. 그렇게 빌랑만 어부지리를 취하며 알바드는 멸망한 듯, 멸망하지 않은 상황이 됩니다."

그렇게 세력을 불린 빌랑에겐 크나큰 맹점이 존재한다.

"혹여 그런 식으로 빌랑이 통일 왕국을 건설한다고 해도 그건 얼마 가지 못합니다. 왕이 사망하는 등의 사건이 발생하면 즉시 폭발하듯 분열될 테니까요. 그건 대륙 통일이라 부를 수 없습니다."

쥬라스는 지난번 파티에서 내게 말했다. 왕의 죽음에도, 국가의 위기 상황에도 슬퍼하지 않고 자신들의 이득만을 챙기려는 행태. 그것이야말로 빌랑의 현실이라고.

그건 설령 빌랑이 대륙을 통일한다고 해도 달라지지 않을 테다.

"그러니 빌랑만큼은 빠르게 무너뜨릴 필요가 있었습니다. 대륙의 통합에 방해밖에 되지 않는 집단이니까요. 그런 주제에 힘은 굉장히 강하죠. 그러니 그들을 내부에서부터 망가뜨리기로 했습니다. 그걸 위해 저는 10년 전부터 빌랑에 첩자를 심어 두고 기회를 엿보고 있었던 거죠. 그리고 그건 스벤너도 마찬가지였습니다."

"스벤너도 빌랑을 대륙 통일의 장애물로 생각했다?"

"바로 그겁니다."

"그래서 스벤너의 내통 작전을 눈치챈 거군요. 같은 생각을 하고 있었으니……."

"그것도 있고, 첩자를 통해 빌랑의 내부 사정도 잘 알고 있었으니까요."

분명 빌랑은 큰 장애물이었다. 설령 빌랑이 대륙을 통일한다고 해도 삼일천하에 그칠 테니 쥬라스의 말마따나 어떻게든 무너뜨려야 하는 집단이었다.

그 아킬레스건이 빌랑의 국왕 월프리드 슈바르쳐라는 걸 일찌감치 알고 있었던 쥬라스는 기회를 엿보고 있던 것이다.

'스벤너가 대대적으로 쳐들어온 지금이야말로 터뜨리기 좋은 때였다는 건가.'

그걸로 말미암아 스벤너가 국왕 암살의 흉수로 지목되며 크로싱이 용의 선상에서 피해 갔으니까.

이제 빌랑이 무너지는 건 시간문제였다. 그 시간은 길어야 3년. 그 이후에는 갈래갈래 찢어질 가능성이 높았다.

'하지만 빌랑을 어떻게 정복하려는 거지? 크로싱은 빌랑과 인접한 영토가……'

그 순간 내 뇌리에 스쳐 지나가는 것이 있었다.

"설마 마돈의 남부 영토를 얻어 냈던 건……!"

"정답입니다. 빌랑 공략을 위한 교두보로 삼기 위해서죠."

캘리퍼와의 영토 협상에서 고집스럽게 마돈의 남부 영토를 원한 크로싱. 그 마돈의 남부 영토는 빌랑과 인접해 있었다.

"하지만 빌랑을 공략하는 건 우리 크로싱이 아닙니다."

"크로싱이 아니다……?"

"예, 빌랑을 공략하는 건 바로 당신이 될 테니까요."

그러면서 쥬라스는 충격적인 구상을 털어놓았다.

"앞으로 2년간. 우리 크로싱은 점령한 마돈 남부 영토에서 의도적인 악정을 펼칠 겁니다. 당연히 주민들의 원성이 자자해지겠죠. 그때 당신이 그곳에서 거병을 해 줘야 겠습니다."

"왜 그래야 하는가는 짐작이 가지만……. 당신 입으로 말해 주십시오."

"훗, 당신이 짐작한 그대로입니다. 우리 크로싱은 뷜랑을 공략할 명분이 충분하지 않아요. 억지로 뷜랑을 공략하다간 알바드, 베카비아, 에우로페, 툰카이, 스벤너. 모두가 반발을 하겠죠. 역으로 합공을 당해 위기에 빠질 수도 있습니다. 그러니 뷜랑 공략을 위해선 제3자의 손을 빌려야 합니다."

그것이 내가 세운 국가라는 것이다.

"그렇게 당신이 마돈 남부 영토에서 시작해 그쪽 서부에 위치한 마돈의 괴뢰 세력. 그리고 최종적으로 뷜랑의 영토 전역을 정리하면 우리도 발맞춰 알바드와 베카비아를 정리할 겁니다. 아마 스벤너도 지지 않고 에우로페와 툰카이, 발라스를 공략하겠죠. 그렇게 되면 이 천하는 세 개로 나눠집니다."

스벤너, 크로싱. 그리고 내가 지배하는 국가.

쥬라스는 천하삼분지계를 주창한 것이다. 녀석의 간계는 그것으로 그치지 않는다.

"그렇게 대륙은 세 개로 나눠지지만 당신과 우리 크로싱은 내부적으로 혈맹 관계에 있는 거죠. 결과적으로 스벤너는 2

대 1의 싸움을 해야 하는 겁니다. 외통수에 빠지게 되는 거예요."

"상대가 그렇게 되도록 놔두지 않을 텐데요."

"그러니 우리들은 대외적으로 적대를 할 필요가 있습니다. 어렵지는 않겠죠. 당신이 우리 영토에서 반란을 일으켜 국가를 세운다면 자연스럽게 적대 관계가 형성될 테니까. 그 이후에는 보여 주기식으로 적대를 하며 각자 할 일을 하면 되는 겁니다. 저는 북부를, 당신은 남부를 정복하여 대륙의 판도를 세 개의 국가로 좁히는 거예요."

그리고 상황은 거기서 끝. 적대 관계인 줄 알았던 크로싱과 우리가 손을 잡고 스벤너를 멸망시키고 대륙을 통일하는 거다.

사실상 천하이분지계인 셈. 그것도 우리 쪽이 압도적으로 유리한 형태다.

"그 이후에는 어떻게 할 생각입니까?"

"국가를 합병시키는 거죠. 통일 국가의 지배는 당신이 해도 좋습니다. 이 부분은 대부님께도 확인을 받았습니다."

"……당신이 하지 않고요?"

"저는 왕좌 따위엔 관심이 없습니다. 제가 보고 싶은 건 역사의 흐름뿐. 대륙이 통일된 뒤에는 당신이 만들어 나가는 나라를 먼발치에서 지켜보도록 하죠."

도저히 믿을 수 없는 놈이었지만 내게는 녀석의 말이 진심으로 느껴졌다.

정 믿지 못한다면 그냥 내가 왕위를 포기하고 크로싱 쪽에 모든 걸 넘겨줘도 통일의 대업은 완성된다.

그만큼 쥬라스 녀석이 그려 놓은 큰 그림은 완벽했다.

"자, 당신은 어떤 선택을 할 겁니까."

과거의 죄를 물어 크로싱을 저버리고 다른 길을 가는가.

그도 아니면 과거를 잊고 미래를 위해 크로싱과 손을 잡는가.

쥬라스는 내가 어떤 선택을 하든 상관이 없다는 듯 그저 흥미로운 시선으로 지켜보고 있었다.

나는 대답을 보류하고 쥬라스와의 대담을 끝냈다.

'당장은 선택하지 않을 수 있었지만…….'

쥬라스가 제시한 기간은 2년. 그때까지 결정을 내려야 했다.

내가 꺼림칙하게 생각하고 있던 것은 하나였다.

만약 쥬라스의 말대로 한다면 결과적으로 주인공의 적이 될 가능성이 무진장 높다. 애써 외면하던 알스의 최종 빌런 설이 정말로 실현되는 것이다.

그 반대의 의미도 있을 수 있지만 지금 모인 정보만 보면 그 부분은 고려할 사안이 아니다.

'아직 시간은 있어.'

내년부턴 주인공과 마주치게 되는 펜실론 아카데미 생활이 시작된다.

정세가 바뀌어 쥬라스의 큰 그림이 망가질 수도 있으니 당분간은 상황을 지켜보기로 했다.

"후우! 머리 아프네. 조금 쉬어야지."

나는 소파에 몸을 맡겼다. 보통 이렇게 말하면 에오가 눈치껏 차를 내왔지만 어째서인지 아무런 반응이 없다.

그녀는 멍하니 나를 바라보고 있었다.

"에오? 뭐 하고 있어?"

"……"

"나 참. 유미르. 대신 차를 내와 줄래?"

에오는 그 이후에도 한참이나 멍하니 있다가 유미르가 다과를 내오고 나서야 중얼거렸다.

"……역시 제 눈은 틀리지 않았습니다."

"뭐라는 거야. 너도 어서 앉아. 차가 식겠네."

내 말은 들리지도 않는 듯.

"고귀한 분이라고 생각은 했지만 설마 황가의 핏줄이었다니! 저 에오니아 미라벨. 앞으로도 알스 님의 대업을 위해 분골쇄신하겠습니다!"

그 부분이 마음에 들었던 모양이다. 과거 파라인 국왕과의 대담에서도 어렴풋이 내 혈통에 대해 짐작을 했던 모양인데 그것이 오늘 쐐기를 박는 형태가 되자 에오는 크게 감동했다.

"미리 말하지만 난 내가 황족이라고 생각하지 않거든. 그 부분은 그냥 잊어버려. 난 알스 알메인이 아니고 알스 일라인이야. 그리고 혹여나 내가 국가를 세운다면 귀족 제도까지 철폐해 버릴 테니까 귀족조차 아니게 되겠지. 그러니 신분이란 건 아무런 상관이 없는 거야."

"그렇지만……."

"뭐, 크로싱처럼 국왕 시스템은 남겨 둘 수도 있으니 왕이 될 수도 있겠지만. 어쨌든. 내가 황족의 핏줄이라는 것만으로 그런 식으로 태도를 바꾸지 마."

"태, 태도를 바꾼 것은 아닙니다! 전 언제나 알스 님을……!"

"됐고. 여기 앉아 봐."

이참에 에오의 간신 기질을 고쳐 보기 위해 혼내듯 타일렀더니 에오는 시무룩하여 고개를 숙였다. 그 모습을 보니 나도 마음이 약해졌다.

"뭐, 그래도 그 마음만은 고마워. 앞으로도 잘 부탁할게."

"앗……! 옛! 저도 잘 부탁드리겠습니다!"

에오에겐 결국 오냐오냐해 주게 되고 만다.

이래서 에오의 간신 기질이 고쳐지질 않는 건지도 모르겠다.

이 모습을 쓰게 웃으며 지켜보고 있던 스승이 고개를 끄덕이고 말해 왔다.

"나도 입장을 확실히 해야겠어. 알스, 지금까지는 그저 스승과 제자의 관계였지만 이제는 바꿔야 할 때가 온 것 같다."

스승은 부드럽게 미소 짓고는 한쪽 무릎을 꿇었다.

"이 일리야 안페이. 부러지지 않는 검과 올곧은 창이 되어 너의 앞길을 지켜 나가겠다."

"하하……. 스승도 제 혈통을 듣고 생각이 바뀌셨나요?"

"그렇게 보이니?"

"아뇨, 고맙습니다. 스승. 아니, 일리야 안페이. 앞으로도 당신을 의지하겠습니다."

턱! 서로 간의 신뢰가 담긴 악수였다.

이를 본 에오는 자기와 뭐가 달랐냐며 입을 삐죽 내밀고 있다.

"그리고 안톤. 당신의 생각도 듣고 싶습니다만."

안톤도 나만큼 복잡할 것이다. 아버지의 죽음에 얽힌 일이 있으니까.

"크로싱에 대해서 큰 원한은 없습니다. 그러니 앞으로도 지금 같은 형태로 주군을 보필하겠습니다."

"……그래. 그랬던 건가."

"예? 뭘…… 말씀하시는 것인지요."

"아뇨, 아무것도 아니에요."

나는 이제야 그자의 정체를 알 것만 같았다.

게임의 알스가 배신자로 낙인찍혀 감옥에 갇혔을 때 알스를 탈옥시킨 정체불명의 괴무장. 일곱 가신 외에 알스를 따랐던 또 하나의 인물.

이름도, 얼굴도 알지 못했던 그 괴무장의 정체는 안톤이 아니었을까.

아마 쥬라스가 안톤을 부추겼을 것이다.

−당신이 섬겨야 할 펜실론의 정통 후계자가 감옥에 갇혀 있습니다. 안톤, 지금이야말로 퀸테르의 맹세를 완수할 때입니다.

이에 안톤은 물불 가리지 않고 알스를 탈옥시킨 것이다.

'그렇담 사실은 일곱 가신이 아니라 여덟 가신이었다는 게 되네.'

게임에서도 안톤은 알스의 사람이었다는 것.

이번 일을 통해 안톤에 대해서도 완전히 신뢰할 수 있게 되었다.

"앞으로도 잘 부탁하겠습니다. 안톤."

"옛! 신뢰에 보답하기 위해 분골쇄신하겠습니다!"

나는 그 자리에 없었던 가스파르와 루트거에게도 상황을 설명하였다. 아직 확정된 건 아니지만 대륙 통일에 관한 건 이전부터 생각해 왔기에 그들에게도 말하기로 하였다.

그러자 가스파르는 씁쓸한 미소를. 루트거는 걱정스러운 표정을 짓는다.

"대륙 통일이라……. 솔직히 말해 난 그게 그렇게 좋은 건지는 모르겠단 말이지."

가스파르의 말이었다.

"난 펜실론 제국의 끝을 봤으니까. 그 국가가 얼마나 막 나갔는지 뼈저리게 알고 있어. 나는 그때 통일 국가의 말로도 결국엔 똑같다는 걸 알았지. 뭐, 네가 당분간은 태평성대를 만들지도 모르겠지만 네가 없어진 이후엔 또 똑같은 길을 밟을 것 같아 걱정이 되는군."

"당신답지 않게 진지한 이야기를 하네요. 그래도 그 부분은 걱정하지 마십시오. 통일 이후에 대해서도 생각해 놓은 게 있으니까."

"그렇다면야…… 조금 기대가 되기도 하는군. 가능하면 내 수명이 다하기 전에 대업을 끝마쳐 달라고."

"뭘요. 당신 모습을 보면 30년도 더 살겠는데."

"훗, 그렇게 되면 좋겠다만."

루트거도 우려를 먼저 표했다.

"자네의 기량이라면 전쟁을 승리로 이끄는 건 가능할지도 모르지. 하지만 국가를 운영하는 건 장군이 아니라 내정을 담당하는 관리들이네. 내가 생각하기에 자네의 밑에 내정을 맡아 줄 사람은 아직 보이질 않는군."

"저도 그 부분은 생각해 두고 있었어요. 참고로 묻겠습니다만 루트거 당신은 그런 유의 내정이 가능합니까?"

"군부 내정은 충분히 가능하지. 다만 농업이나 상업, 건설 같은 진짜 내정 일은 아무래도 힘에 부치지."

"흠."

게임에서의 내정은 그냥 적재적소에 캐릭터를 때려 박아 두면 저절로 해결이 됐지만 당연히 현실은 가혹했다.

무장들은 충분하다시피 모은 반면 내정 인재들은 여전히 하나도 확보하지 못했다.

만약 지금 상태에서 국가를 운영한다면 내가 갈려 나간다. 그러니 나를 보좌해 줄 내정 인재들이 반드시 필요했다.

'그 부분은 베이올라프와 상담을 해 봐야겠어.'

베이올라프에겐 장차 내무를 총괄하는 재상의 자리를 맡길 생각이었다.

그런 만큼 그와 손을 잡고 지금부터라도 내정에 대한 준비를 하기로 했다.

베이올라프의 신병이 인도된 것은 일주일이 지난 뒤였다.

쥬라스가 중계를 하여 먼저 베이올라프의 신병을 확보한

뒤, 로멜로 왕자를 석방하는 것으로 포로 교환은 끝이 났다.

나는 유미르와 가스파르를 통해 베이올라프의 행적을 숨기는 작업을 한 뒤, 그를 레인폴로 은밀히 데리고 왔다.

나는 초장부터 투구를 벗고 그를 맞이했다.

베이올라프는 내 얼굴을 보곤 주변을 두리번거렸다.

"웨이드를 찾는 거라면 여기 있습니다만."

"하하, 미안하다. 대역에게 용건이 있는 게 아니라서 말이야."

"대역이 아닙니다. 웨이드의 목소리를 들려줘야 납득을 하겠습니까?"

"……농담이겠지. 네가 정말 웨이드라고? 대체 얼마나 어린 거지?"

"이제 열일곱 살이 되는군요. 그보다 앉으시죠."

아직도 믿기지 않는지 그는 내 얼굴을 뚫어지게 바라보고 있었다.

"이번 일에 대해선 당신도 어떻게 돌아가는지 알고 있겠죠. 제가 처음부터 얼굴을 드러낸 이유도 짐작하고 있겠고요."

"날 억지로라도 휘하에 넣겠다는 거겠지."

"억지라기보다는 이렇게 된 이상 무슨 수를 써서라도 당신을 신하로 삼겠다는 뜻입니다."

"똑같은 얘기다만."

"조금 다르죠. 뭐가 됐든 당신을 진심으로 따르게 만들겠다는 뜻이니까요. 이미 그거에 발을 내디딘 이상 전 끝까지 갈 겁니다."

"그거라면…… 관능 소설 말인가?"

"보낸 것은 읽어 봤습니까?"

"그래."

"어땠죠? 아, 미리 말하지만 악평은 하지 말아 주시죠."

그러나 베이올라프는 아랑곳 않고 말했다.

"관능 소설로는 애매했지."

"큭!"

억지로 쓰게 만든 주제에 악평을 하다니. 주먹이 울고 있다.

그가 말을 이어 갔다.

"뭐라고 할까. 내가 원한 건 남자들이 읽을 소설인데 네가 보낸 건 여자들이나 좋아할 법한 이야기였거든. 정사 장면을 제외하고 말이야. 마치 여성들의 관점에서 쓴 글이라고나 할까."

"아."

설마 에스텔과 에리나가 개입을 하며 나도 모르는 사이 여성향 소설로 바뀌어 버린 것일까.

"그래서인지 관능 소설 특유의 배덕감이 느껴지질 않았어. 정사 장면이 없는 순애 소설로서의 완성도는 오히려 꽤 괜찮지만 정사 장면이 포함된 관능 소설로는 애매하다는 거야."

"흐음."

정곡을 찌르는 비평이었다. 그렇다면 나도 화를 낼 수가 없었다.

"실은 두 명의 친구에게 도움을 받았거든요. 미리 말하지만 대필은 아닙니다. 결국엔 제가 썼으니까요."

"핫, 역시 그랬나. 뭐, 거기까지는 문제 삼지 않겠어. 글을 보면 네가 얼마나 고민했는가를 알 것 같으니까."

"하아……! 어쨌든 이건 망했네요. 조금만 기다려 줘요. 다음 책을 서둘러 쓸 테니까."

게임의 알스가 그랬던 것처럼 삼고초려를 할 생각이었으나 베이올라프가 손바닥을 보이며 제지했다.

"아니, 의외로 괜찮게 써먹을 수 있을지도 몰라."

"무슨 뜻이죠?"

"부족한 건 어디까지나 배덕감이니까. 그걸 보충하는 거지."

"하지만 이미 글은 완성됐어요. 여기서 주인공의 성격을 갑자기 바꿔 버리면 전체적인 분위기가 이상해질걸요?"

배덕감을 늘리는 방법이라고 하면 정사 장면의 강도를 높이는 수밖에 없다.

하지만 소설의 주인공인 윌슨은 에리나와 에스텔의 영향

으로 기사도에 충실한 정의 캐릭터가 되어 있었다.

정사 장면에서도 능욕 느낌이 나는 건 하나도 없었다.

"그건 그렇지. 그런 식으로 수정을 하면 글의 앞뒤가 맞지 않을 테니까. 하지만 외부적으로 수정을 가하면 그것도 가능해지지."

"외부적으로요?"

대체 무슨 소리를 하는지 나도 짚이는 바가 없었다.

그런 내게 베이올라프는 자신의 창의성을 드러냈다.

"우선은 정사 장면을 뺀 순애 소설을 발표하는 거야. 내가 봐도 괜찮게 썼으니 여성들을 중심으로 꽤 잘나가겠지."

"그리고요?"

"그다음 다른 필명으로 강도 높은 정사 장면을 삽입한 추가판을 내놓는 거지!"

요는 이렇다.

먼저 내 이름을 대고 순애 소설을 발표한 뒤, 다른 필명으로 정사 장면을 추가한 해적판을 내놓는다.

이미 나온 순애 작품을 더럽힘으로써 배덕감을 만들어 내자는 것이다.

"당신…… 천재입니까?"

설마 그런 방법을 생각해 내다니.

이 경우 주인공의 행동과 성격이 앞뒤가 맞질 않는다고 해도 독자들도 대충 그러려니 하고 넘어가게 된다. 어차피 해

적판이니까.

내 마음대로 정사 장면의 강도를 높일 수 있는 것이다.

이 세계엔 아직 저작권에 대한 인식이 없기에 가능한 일이었다.

"하지만 그 정도로도 아직은 부족할 것 같은데요. 병사들의 성욕 문제를 해결해 줄 거라곤······."

"그건 당연하지. 애초에 너의 책 한 권으로 모든 게 해결될 거라곤 처음부터 생각하지 않았어."

그러면서 베이올라프는 자신이 준비해 온 것들을 내게 설명하기 시작했다.

야설은 시작에 불과했다.

베이올라프는 이미 다른 수단까지 생각을 해 놓고 있었다.

"각지의 무희들을 섭외해 무희단을 만들었지. 이들로 하여금 주기적으로 위문공연을 펼치게 하면 병사들의 통제도 수월해질 거라 생각해."

"확실히."

내게는 야설 보급보다도 현실적으로 들렸다.

"단순히 무희들의 공연만 있는 건 아니야. 온갖 놀라운 기예들을 펼칠 수 있는 서커스단도 준비돼 있어. 칩거 생활을 하며 은밀히 모았거든. 조만간 그들을 레인폴로 불러들이려 하는데 어떻게 생각하지?"

"그건······ 제 쪽에서도 꼭 부탁하고 싶군요."

현재 레인폴은 빠르게 발전하고 있었지만 그 탓에 부작용도 많이 생겨나고 있었다.

주된 부작용은 오락거리의 부재였다.

주거지만 잔뜩 늘려 나간 탓에 주민들의 행복도를 올려 줄 오락, 문화시설이 부족했던 것.

"차라리 그 서커스단이 정기적인 공연을 할 수 있는 대형 천막을 만들어 보는 것도 나쁘지 않겠네요."

"아주 좋지. 하지만 크로싱에서 쉽게 허가를 내줄까?"

"그거라면 걱정하지 않아도 좋습니다. 이미 레인폴은 제가 다스리고 있는 거나 다름없으니까."

"오오! 믿음직스러운걸."

베이올라프는 즐겁다며 말한다.

"이거야. 내가 원하던 건 이런 내 생각을 이해해 주고 함께해 주는 동지였거든."

"저는 그 기준에 통과한 겁니까?"

"물론이지. 하지만 하나 더. 약속받고 싶은 게 있어."

"뭐죠?"

"미리 말하지만 나는 내 조국 에우로페를 사랑한다. 그런 만큼 조국을 등진다는 건 어려운 선택이지."

"명목상으로 이미 당신은 에우로페에게 버려졌는데요?"

"그렇다 해도 조국을 향한 마음은 꺾이지 않아. 만약 네가 끝까지 나를 납득시키지 못한다면 나는 스스로 목숨을 끊을 생각이다."

"흐음. 그래서요? 약속받고 싶다는 게 뭐죠?"

"조국을 배반하는 것을 합리화할 수 있는 더 큰 대의. 그걸 약속해 줬으면 한다."

"대의라고 하면요?"

"더 나은 국가를 만들기 위한 거라면 나도 널 따르겠어. 혼란한 대륙을 통일하고 나아가서…… 수인들을 향한 차별 의식을 뿌리 뽑는 거야. 그걸 약속하고 행동으로 옮겨 준다면 네게 충성을 바치겠다."

모습을 보아하니 전자보단 후자가 훨씬 더 중요한 것 같았다.

"좋습니다. 저도 수인들에 대한 차별은 없어져야 한다고 생각했으니까요."

내가 흔쾌히 수락하자 베이올라프는 안도의 한숨을 쉬었다.

"고맙다. 새삼 내 소개를 다시 하지. 베이올라프 드레스덴이다. 이제부턴……."

"알스 일라인이라고 합니다."

"그래, 알스. 앞으론 널 위해 일하겠다. 나에 대해선 그냥 올라프라고만 불러 줘. 이제부턴 귀족 베이올라프가 아닌 평민 신분의 올라프로 살아갈 생각이니까."

"그렇담…… 알겠습니다. 잘 부탁해요. 올라프."

베이올라프의 영입 성공.
이걸로 일곱 가신 중 넷이 모이게 된 것이다.

다음 권으로 이어집니다

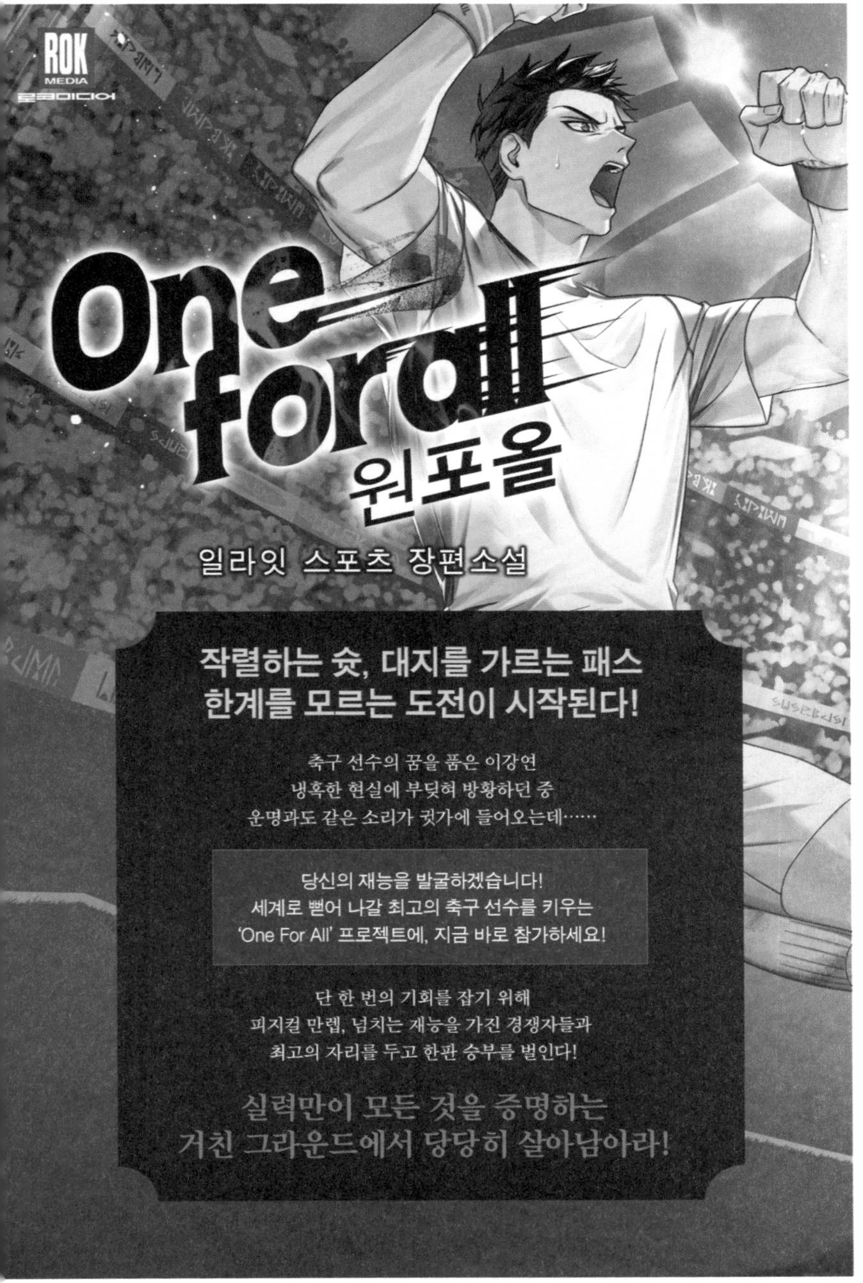
ROK MEDIA
로크미디어
One for all
원포올
일라잇 스포츠 장편소설
작렬하는 슛, 대지를 가르는 패스
한계를 모르는 도전이 시작된다!
축구 선수의 꿈을 품은 이강연
냉혹한 현실에 부딪혀 방황하던 중
운명과도 같은 소리가 귓가에 들어오는데……
당신의 재능을 발굴하겠습니다!
세계로 뻗어 나갈 최고의 축구 선수를 키우는
'One For All' 프로젝트에, 지금 바로 참가하세요!
단 한 번의 기회를 잡기 위해
피지컬 만렙, 넘치는 재능을 가진 경쟁자들과
최고의 자리를 두고 한판 승부를 벌인다!
실력만이 모든 것을 증명하는
거친 그라운드에서 당당히 살아남아라!

기갑천마

거짓이슬 퓨전 판타지 장편소설

종말을 막지 못한 절대자
복수의 기회를 얻다!

무림을 침략한 마수와의 운명을 건 쟁투
그 마지막 싸움에서 눈감은 무림의 천하제일인, 천휘
종말을 앞둔 중원이 아닌 새로운 세상에서 눈을 뜨는데……

"천휘든 단테든, 본좌는 본좌이니라."

이제는 백월신교의 마지막 교주가 아닌 평민 훈련병, 단테
그럼에도 오로지 마수의 숨통을 끊기 위해
절대자의 일 보를 다시금 내딛다!

에이스 기갑 파일럿 단테
마도 공학의 결정체, 나이트 프레임에 올라
마수들을 처단하고 세상을 구원하라!